第七魔王子ジルバギアスの魔王傾国記
7th Demon Prince Jilbaglas, The Demon Kingdom Destroyer
甘木智彬 Tomoaki Amagi
イラスト：輝竜 司 Tsukasa Kiryu

「【惰弱なる同盟の諸君！
我が陣に迂闊にも迷い込んだ同盟の雑兵がいたため、
この通り返しておこう。
随分と帰りたがっていたようだからなァ】」
エメルギアス＝イザニス

………！　わたしも、あなたに出会えてよかった………………………！」
、震えているようだった。
れた感触。
な星空なのに。
気づいた。レイラの頬を、きらりと輝くものが伝っている——
、冷たく澄んだ風に、またたく間に吹き散らされていった。
たいに——

ズドンッ、と今まさにシャルがいた地面に、『それ』が突き立つ。
魔族の槍だった。そして柄の部分には──何かが刺さっている。
何かが……
いや、それは……
ひと目ですぐにわかった、だが……
理解、したくなかった……
「いや……イヤッ、いやあああああああ──ッッ！」
バルバラ＝ダ＝ローザ
シャルロッテ＝ヴィドワ
「わたしも
レイラの声
ひた、と。
俺の頬に
雨？
こんなに綺
そしてすぐ
だけどそれ
まるで星屑

第七魔王子ジルバギアスの魔王傾国記 Ⅲ

甘木智彬

OVERLAP

III

Index

7th Demon Prince Jilbagias,
The Demon Kingdom Destroyer

Illust 輝竜 司

序章

俺の前に、人族の兵士たちが並ばされている。

その数およそ50。若者の顔はほとんどなく、大半が中年や老人だ。

それでいて、歴戦の猛者という雰囲気はなかった。むしろ素人集団にしか見えない。今までまともに武器を握ったことも、戦場に出たこともないが、付け焼き刃の訓練で基礎の動きだけは身につけた――そんな印象。

民兵、と言えばしっくりくるかもしれない。

前世の勇者時代、彼らのような人々をよく見てきた。魔王軍の猛攻に晒《さら》された末期の国々が、なりふり構わずかき集めた戦力。戦とは無縁だった男たちが、即席の兵隊に仕立て上げられて、前線へと送られる。俺自身、彼らと肩を並べて戦ったこともあれば、彼らを指揮する立場になったこともあった。たとえ士気が高くとも、練度の低さはいかんともしがたく、彼らの多くは生きて帰れなかった……

眼前の人族たちが浮かべる表情もまた、元勇者の俺には、馴染《なじ》み深いものだった。

思い詰めたような顔。もう後がない、崖っぷちまで追い詰められた焦燥に、ある種の諦念。それでも決して捨て鉢になるだけでは終わらない、何かを『守る』という覚悟――腹をくくって、剣を手に取った男たちの顔だ。

だが。

そのような人族の民兵が、こんなところにいるはずがない。

——魔王国、レイジュ領のど真ん中になんか。

何より、彼らの質素な青い衣……この服装は……

「それで、」

俺は、胸の内に去来する様々な感情を飲み下し、努めて冷静に問う。

「——この者たちを殺せ、と？」

視線の先には、不敵な笑みを浮かべて仁王立ちする、年かさの女魔族。

「ハッ。できるものならね」

大柄で筋肉質な、まさに『女傑』という言葉が相応《ふさわ》しい女魔族は、馬鹿にするような口調で答えた。何が可笑《おか》しい……何を笑っていやがる！　憎らしいほどプラティに似た、その女魔族の顔を睨《にら》みつける。

『抑えよ！　殺意を気取られるぞ！』

アンテが鋭い語気で制す。ああ？　それがどうした、構いやしねえよ。

確かに女魔族の赤茶色の瞳は、こちらの心を見透かすように妖しく輝いている。だが俺の怒りは、魔王子として正当なものだ。

「……随分と舐《な》められているようですね、俺は。『最後の試練』などと大仰なことを言っておいて、蓋を開けてみればこれですか？」

クイ、と人族集団を顎で示しながら、俺はいかにも忌々しげに言ってやる。

「この程度の雑兵、何人束になろうと同じですよ。時間と資源の無駄だ。余興にしても、もう少しまともなものを用意して頂きたい」

偽らざる本音だった。『禁忌を犯すにしても無駄な犠牲は出さない』、それが俺の信念だが、そうでなくとも、この試練とやらに意味があるとは思えなかった。

魔力弱者だけじゃ、今の俺は止められない。ましてや民兵もどきが集まったところで何になる？　周りの魔族どもに、それがわからないとは思えないんだが。

それとも、あれか？　もっと他にあるのか？

——もっと、ろくでもないことが。

「ジルバギアス、あなたの実力を軽んじているわけじゃないのよ」

背後からなだめるような声。振り返るまでもない——プラティフィア＝レイジュ。今世の、俺の『母』。彼女は面白がるような、微笑《ほほえ》ましいものでも見るような、慈愛に満ちた顔をしていた。まるで、とっておきのプレゼントを用意していて、我が子が驚き喜ぶことを期待しているかのような——

「ここしばらくの訓練で、あなたは申し分ない力を示したわ。今すぐ実戦に投入しても、問題ないと皆が太鼓判を押すほどに。でもあなたは、いちレイジュ族の戦士ではなく、魔王子なの。万が一のことがあってはならない——だから、実戦に出る前に、教えてあげたかったのよ」

じゃら、じゃらと鎖帷子《くさりかたびら》の音がする。

誰かが歩いてくる。武装した戦士の足音。

「――聖属性のもとに結束した、人族の厄介さをね」

プラティが示す先には――

勇者がいた。

使い込まれた胴鎧《どうよろい》。無骨な剣に、傷だらけの盾。歴戦の風格を漂わせながらも、その顔は若い、あまりに若い。それでいて表情は巌《いわお》のように固く、引き結ばれた唇、眉間の深い皺《しわ》、そして何より、ギラギラと燃える瞳――怒り、憎悪、覚悟の光――まるで――

『……お主のようじゃの』

ぽつりと、アンテが言った。

そう、まさに――前世の俺を思わせるような。

俺は強烈な違和感を覚えた。これほど、あからさまな魔族への憎しみを隠さない男が、魔王国の奥地に五体満足でいるという現実に。夜《ナイト》エルフ猟兵たちが弓を引き絞り、いつでも矢を放てるように狙いを定め、俺の家来の魔族たちも槍《やり》を突きつけて警戒しているが、彼の態度は毅然《きぜん》としたものだった。

泣きたくなるほど――立派な『勇者』だった。

「贅沢《ぜいたく》な話だねえ」

プラティ似の大柄な女魔族が、ニヤニヤと笑う。

「実戦前に、本物の聖属性を体験できるなんてさ。魔王国史上初じゃないかねえ？」

「あなたのために用意したのよ、ジルバギアス。勇者が生け捕りになるなんてこと、滅多にないんですからね」

ニコニコしながらプラティも言った。

「――あなたにはこれから、この勇者が指揮する民兵たちと戦ってもらうわ」

……食い縛った歯がギリギリと悲鳴のような軋《きし》みを上げる。

『アレク！　抑えよ!!』

ああ……これは、流石《さすが》に……ここで『怒る』のは、おかしい。魔王子として。

だから、俺が取るべき最善の選択肢は――この『怒り』と『憎しみ』を『戦意』に変換し、勇者に向けているかのように、見せかけること……！

「思わず――言葉を失ってしまいましたよ、母上」

俺は、どうにか笑顔を浮かべながら、答えた。

「まさか、こんな素晴らしい『試練』を用意してくださるなんて……！」

周囲を見回す。魔族の戦士ども、俺の家来たち、夜エルフ猟兵に、猫系獣人の兵士――

「――奴《やつ》らを蹂躙《じゅうりん》するのが、楽しみでなりませんよ」

てめぇらいつか、皆殺しにしてやる。

嘲るような俺の言葉に、若き勇者が一層顔を険しくするのが、視界の端に映った――

というわけで、どうも、第7魔王子ジルバギアス＝レイジュです。

今日もクソッタレな人類の敵として生きてます。

1．魔王子の里帰り

ファラヴギの魂を見送り、レイラと和解して、しばらく経《た》ったある日のこと。

「里帰り、ですか？」

「ええ。あなたもそろそろ、レイジュ族の皆と顔合わせをしないと」

俺はプラティと夜食《ランチ》を共にしていた。一緒に飯を食べるのは久々のことだ。プラティは闇の輩《ともがら》において希少な癒者《ヒーラー》、魔王城では高等医官的な立場で忙しいし、俺とは訓練の時間を合わせるのが精一杯で母子の交流はかなり少ない。

俺がフッーのガキだったら母親恋しさに泣いてたぞ。

『そのときは我がお守《も》りをしてやるゆえ問題ない』

アンテがフフンと笑うが、俺がフツーのガキだったらお前と出会えてねえんだよなぁ。

「——そろそろあなたの出陣を考えているのよ」

何気なく出された言葉に、俺は食事の手を止めた。せっかく楽しめていた、内陸の魔王城では珍しい海の幸（氷魔法で運ばれてきた）が、口の中で味を失っていく。

「もちろん今日明日の話ではないけれども」

俺の顔色を観察しながら、プラティは平坦《へいたん》な口調で続ける。

「あなたも知っているでしょう。デフテロス王国はそろそろ落ちるわ」

——デフテロス王国。ああ、知っているとも。魔王子としてだけでなく勇者としても。

俺が魔王城強襲作戦に参加する直前、最後に戦っていたのはプロエ＝レフシ連合王国という国だった。デフテロス王国はその後背地にあたる。だが俺が転生した頃にはプロエ＝レフシ連合王国は滅び去り、デフテロス王国は魔王国と国境を接することになった。

つまり、最前線になった。そして去年から今年にかけて魔王軍の大攻勢がかけられ、デフテロス王国は一気に領土を削り取られている。今ではもう、風前の灯だ――

「来年には、デフテロスの王都に魔王国旗が翻るでしょうね。王都攻めは誉れよ。あなたが参加すれば――それは華々しい初陣になるわ」

艶然と俺を見つめるプラティ。……既に、公式に首級《ファラヴギ》を挙げている俺だが、対同盟軍の実戦経験は、まだない。

「……腕が鳴りますね」

王都攻め。ああ、そりゃさぞかし華々しい実戦デビューになるだろうよ……！　俺は穏やかな呼吸を維持し、肩の力を抜きながら、何食わぬ顔で言った。

「ふふ。言葉の割には落ち着いているわね。普通の魔族の若者なら、もっと血気盛んになっているところよ」

流石ね、などとプラティは満足げに頷《うなず》いた。

『この女の、ある種の能天気さには救われるところがあるの』

う、うん……そうだな。あと俺が一族の連中、つまり普通の魔族から隔離されて育てられていたのも、いい方向に転んだかもな……

「ただ、ジルバギアス。対同盟戦ともなれば、これまでのように夜エルフや獣人の側仕《そばづか》えだけ、というわけにはいかないわ」

おっと、それでさっきの話に戻るわけか。

「レイジュ領に里帰りして一族の皆と顔合わせしつつ、同時に、戦場であなたと共に戦う人員も見繕う必要があるのよ。いわゆる家来ね」

………いらねえ。心の底からいらねえ、家来なんて……

「普通は、同年代の者と組むんだけど……その、あなたの場合は、同年代は子どもしかいないから……」

「俺も子どもなんですが？」

「ふふっ。――今のあなたなら、成人したばかりの若者程度には負けないでしょう」

『面白い冗談ね』みたいなノリで流してんじゃねーよ。

「それにしても、大丈夫ですかね。歳上《としうえ》の連中と俺が組んで」

ヤケクソ気味に白身魚のソテーを頬張りながら、俺は言った。

「ふふふ。言っておくけど、魔法ありの模擬戦でわたしから一本取れる相手なんて、レイジュ族には族長を含めてほんの数人しかいないわ」

……むしろいるのか。そこに驚くわ。族長ってやっぱ強いんだな。

「そんなわたしと、寸止めもなしに、実戦さながらの訓練を積んでいるあなたなら、成人したばかりのひよっこなんて赤子の手を捻《ひね》るようなものでしょう。……もっとも当人たちはそうは思わないでしょうから、里帰りしたら若い衆から歓迎されるに違いないわ」

見ものね、とプラティは意地の悪い笑みを浮かべている。

「また、あの惰弱な角一族のような奴が出てくると？」

ファラヴギ討伐は虚偽だとイチャモンをつけてきて、角をへし折られたアホみたいな。

「まあ、あそこまで惰弱な角の持ち主は、レイジュ族にはいないでしょうけどね？」

問題は角の強度じゃなくてオツムの出来なんだがなぁ。

『いっそのことひとりを見せしめにして、『角折』ジルバギアスの二つ名を確たるものにしたらどうじゃ？』

レイジュ族の魔族をひとり潰せる、と考えればそれも悪くない手だけどな……ちなみに『角折』の二つ名は、あのアホの一件のせいで俺のあだ名として定着しつつあるらしい。リリアナに加えてレイラまで侍《はべ》らせるようになったため、『色情狂の再来《ダイアギアス》』とも呼ばれているそうだが、どちらがマシなのかは議論が分かれるところだ。

しかし家来の話に戻るが、俺より技量の劣る連中を引き連れていく羽目になるのか？

「俺とアンテの魔法は周囲を巻き添えにするんで、独りの方が気楽なんですが」

「あれは……確かにそうかもしれないけれど」

自身も幾度となく体験した【制約の魔法】を思い返したか、プラティは顔を曇らせる。

「あなたは、ダイアギアスに似ているわね。戦い方も……その、他にも色々」

自分で言い出しておいて、気まずそうな顔すんのやめろよ。こっちも反応に困るだろ。

『やはりダイアギアスは、家来を連れずに戦うスタイルなんじゃな』

報告書を読む限り、【色欲の魔法】と雷魔法をバラ撒《ま》きながら敵に突っ込むタイプだからな。手下がいたらあまりにも邪魔すぎる。

「俺もダイアギアス兄上のように戦いたいのですが？」

「あなたの場合はそうも言ってられないのよ。他の部族の手前、初陣の魔王子を独りで送り出すなんてもってのほかだし、第一、家来として若者を引き連れていくのは彼らに手柄を挙げさせるためでもあるのよ」

「そう……ですか」

クソッ、何が手柄だよ。そのせいで同盟軍の兵士が何人犠牲になることか……！

「……彼らを守れるかは保証できませんよ」

俺は、さも「仕方ない」という顔でそう言った。確かに、そう、言っておいた。

「戦場に来るからには、覚悟の上でしょう」

プラティは俺の物言いの上っ面だけを撫《な》でて、こともなげに頷いた。

言ったな？　忘れんなよその言葉。全滅しても知らねえからな……？

……それでも、やっぱり。同盟軍の犠牲は避けられないんだろうな。

今から気が重い……俺は複雑な内心を誤魔化すように、最後の一切れ、高級な魚料理を口に放り込んでから、椅子に背を預けて窓の外を眺めた。

遠い――遠い、最前線までの道のりを、見通そうとするかのように――

何はともあれ、俺の里帰りと家来探しが決定したのだ。

「――というわけで1ヶ月ほど空けるぞ」

「はい。出立前にお忙しいところ、誠にありがとうございました……！」

夜エルフの居住区。ソファに寝転がってグロッキーな俺に、深々と頭を下げるのは胡散《うさん》臭《くさ》い夜エルフの男――シダールだ。里帰り中はコイツとの契約に基づく個人的な夜エルフの治療を引き受けられないので、出発前にまとめてやっておくことにしたのだ。

今じゃすっかり習慣化しちまってるけどよォ……なんで俺がよりによって夜エルフなんか治療してやらなきゃならねーんだ……

『ずいぶんと高くついたのぅ、あの犬っころの身請けも』

身請け言うな。

「くぅーん……」

その『犬っころ』ことリリアナがシダール他夜エルフたちに怯《おび》えているので、早々に御《お》暇《いとま》したいんだが……傷をしこたま引き受けたダメージのせいで足腰に力が入らねえ。

俺の上に乗っかって、俺の腕とソファの間に顔を突っ込んだリリアナは、それで隠れた気になっているようだ。頭隠してなんとやら。安心させるように撫でておく。

にしても、数が多かったこともあるが、今日の治療はけっこうキツかったなぁ。

『顔面がひしゃげたのは痛そうじゃったのー』

まとめて引き受けたら意識が飛んでヤバそうだったから、2回に分けたのが却《かえ》って裏目に出たな。鼻の奥にまだ血がこびり付いてる気がする。治療の対価に、期間限定の私兵として俺《ジルバギアス》の手駒になる契約だからな……死ぬほどこき使ってやる、覚悟しろよ……！

「いやはや。お陰様で未来ある若者たちを失わずに済みました。殿下の崇高なる精神に、このシダール、感服の至りにございます。あ、お飲み物などいかがでしょうか」

シダールは胡散臭い営業スマイルで、揉《も》み手《で》しながら機嫌を取ってくる。以前は、監獄審問長官として魔王城地下監獄の一切を取り仕切っていたシダールだが、独断でリリアナを俺に献上した責を問われ、その地位は辞したらしい。

今はいわゆる無職状態らしいが、代わりに俺の個人的治療枠を采配する権利を握っているので、むしろ以前より偉そうな雰囲気をまとっている。

「……よく冷えたミント水。はちみつたっぷりで、すぐに」

「かしこまりました」

シダールの視線を受けて、壁際に控えていたヴィーネがブンッ！　と飛んでいく。

お前が行くんかい。親戚だか何だか知らないが、ヴィーネっていつもシダールに顎で使われてるよな……急《せ》かしちゃって悪いことしたな。

かれこれ5年暮らしている魔王城だが、俺の知り合いはそう多くない。死霊王《リッチ》エンマは前線に死体の片付けのため出払ってるし、他に面識があるのは魔王ファミリーを除けば闇竜王オルフェンくらいのものだ。そして奴に挨拶する義理も必要性もねえ。兄姉どもも、挨拶するような間柄じゃねえからな……政治的勘ぐりを受けかねないし……

　というわけで俺は一応、魔王の執務室を訪ねておいた。

「話には聞いている。里帰りということだったな」

　書類を捌《さば》きながら、魔王はチラッと顔を上げて言った。

「ええ。生まれも育ちも魔王城なのに、『里帰り』というのもおかしく感じますが」

「それもそうだな。……しかし、お前の歳でもう戦場に出そうというのかプラティは」

　魔王は複雑な顔で「正直、信じられんな」と呟《つぶや》いた。

「我でさえ出陣は成人後だったぞ？」

「……俺も、ちょっと早いんじゃないかなぁとは思いますが」

　どのみち――なんだよなぁ。それこそ遅かれ早かれだ。なら早い方がいい。

　魔王国の滅びが早まれば早まるほど、結果的に同盟の犠牲も減るはずだから……

「デフテロス王国も滅亡寸前だとか」

「ああ。来年の雪解けとともに、王都に攻め入ることになるだろう」

　俺の探りに、魔王はこともなげに答えた。

「諜報網《ちようほうもう》によれば、聖教会の援軍が大急ぎで向かってきているらしい。もうほとんど意味がないというのに、ご苦労なことだな……」

　低い声で嘲笑《あざわら》う魔王。

「意味がない、ですか」

「うむ。イザニス族の軍団は、本来予定していた地域を既に制圧し終えているのだ。王都の目前まで迫っているとの報告を受けた——数日以内に侵攻を止めるだろう」

イザニス族の軍団。忌々しいことに緑野郎《エメルギアス》が快進撃を続けてるって話だったな。

「魔王軍の基本方針は、同盟の息の根を止めてしまわぬよう、ゆっくりと進軍することだと理解していたのですが……なぜ父上はイザニス族の快進撃を許されているんです？」

初代魔王が書いた『魔王建国記』によれば、暇さえあればすぐに内輪揉めを始める魔族を結束させるため、魔王国は常に『外敵』を求めている。そして魔王軍が本気を出してしまうと、あっという間に大陸を制覇してしまい、敵が消える。

ゆえに、魔王軍の進軍速度は厳しく管理されているはずなのだが……なぜ、今回の侵攻に限って、イザニス族は予定外の攻撃までできているのだろう？

……俺の疑問は、魔王子としては至って常識的なものだと思う。

ところが魔王は、きょとんとしてから、くつくつと喉を鳴らして笑い始めた。

「その様子だと、プラティからは聞かされていないようだな」

「……何を、でしょうか」

「王都を目前にしておきながら、イザニス族は侵攻を止める。さらに、そのイザニス族に代わって、王都攻めを行おうとしている氏族がいるな？」

……レイジュ族。俺の初陣だ。だからこそ、今回里帰りするわけで……あ。

『王都攻めは誉れよ』

プラティの言葉が蘇《よみがえ》る。まさか……レイジュ族は何らかの取引で、デフテロス王国侵攻の美味《おい》しいところを掻《か》っ攫《さら》おうとしているのか……？

「気づいたようだな。このところは、アイオギアス派閥が立て続けに戦功を上げており、ルビーフィア派閥との均衡が崩れつつある。ここで、どちらの派閥にも属さぬ氏族が王都攻めを行うとちょうどいいのだが、木っ端部族では厳しい。なぜなら、諜報網によれば、先ほども話した通り近いうちに大規模な聖教会の援軍が到着する……」

「下手な奴《やつ》らに任せると、返り討ちにされかねないと」

「その点レイジュ族ならば実力は問題ない。初代魔王陛下——我が父を治療できなかった責を問われ、大規模な戦に長らく恵まれていなかったこともある。様々な思惑が入り乱れた結果、プラティとレイジュ族が、見事王都攻めの権利を勝ち取った——というわけだ」

プラティ……裏でそんな風に手を回していたのか……

『息子の晴れ舞台のためじゃろなぁ。なんともにくい母親心ではないか。ほっほ』

うるせえやい。

「アイオ兄上はともかく、よくイザニス族がこの条件を呑《の》みましたね？」

「もちろん反発したとも。王都攻めの誉れと戦功を取り上げられる形になったのだから、ただで引き下がるはずがない。実を言えば本来デフテロス王国の西部もレイジュ族が担当する案があったのだが……代わりに、イザニス族が制圧していいことになった。レイジュ族が出陣するまでに制圧できた分だけ、な」

なるほど、だから破竹の勢いで進軍したのか……！　自分たちの取り分になるから。

「そして当然ながら、普段より多めの治療枠も勝ち取ったと聞く。お前が珍しいペットを手に入れたおかげで、奴隷の供給に余裕が生まれた影響もあるらしいがな」

『おっほ、うまい具合に嚙《か》み合ったわけじゃな？　お主の訓練に充てる予定だった奴隷を他に使い回せるようになった、と。結果的に取引の通貨《コイン》となったか……』

………俺は、腸《はらわた》が煮えくり返りそうだった。少し手を伸ばして、いくらか掬《すく》えたかと思えば、あっという間に指の隙間からこぼれ落ちていく……!!

「おかげで王都攻めができるのなら、手を尽くした甲斐《かい》があったというものです」

俺は皮肉な笑みを浮かべ、心にもないことを言いながら、フンと鼻を鳴らしてみせた。

魔王が苦笑して、それからいくらか真面目な顔になる。

「聖教会は大規模な援軍を送ったようだ。聖大樹連合《エルフ》も歩調を合わせるだろう。お前たちレイジュ族は、戦力が大幅に補充された王都に攻め込むことになる。人族は惰弱だが手段を選ばず、何を仕出かすかわからない……ゆめゆめ油断はするなよ」

魔王の目は本気だった。人族を見下しながらも、侮ってはいないことが伝わってくる。この大陸最強の力を誇るくせに、驕《おご》り高ぶらない……つくづく厄介な野郎だ。

「肝に銘じます」

「うむ。とはいえイザニス族が止まれば、防備を固めた連中も肩透かしを食らい、勢いを失おう。逆に攻勢に打って出るほどの余裕はないはずだ。そして穀倉地帯を奪われたデフテロス王国は、王都に過剰な戦力を抱え込むこととなり、この冬は飢えような。夜エルフの諜報員たちが、補給物資を易々《やすやす》と通すとも思えぬ」

『同盟に巣食う諜報網は、本当に手に負えんのぅ……』

全くだ。夜エルフだけじゃなく、人族の裏切り者までいるらしいからな……！

「まあ、相手が弱兵であれ精兵であれ、全力で事に当たるのみです」

「その意気やよし。少しばかり早すぎる初陣だとは我も思うが、同時に楽しみでもある。……お前の栄達は多くの戦士が嫉妬しような。たとえ血を分けた一族の者であろうとも」

魔王はどこか含みのある口調で言う。……里帰りしたら、レイジュ族にも俺を面白く思わない奴がいるだろうってか？

「……そんなときどうすればいいか、わかるか？」

ペンを置いて、魔王はじっと俺を見つめてきた。

どうすればいいかなんて、この蛮族の国でやることはひとつに決まってんだろ。

「拳で黙らせます。ただ、身内ですから、手加減が難しいですね」

「……そうだな、族長のメンツは立てた方がよかろう。だが、それ以外に関しては、身内だからこそ手加減をするな、弱みを見せるな」

ニヤリと笑った魔王には、思わず背筋が伸びるような凄味《すごみ》があった。

「お前を侮る者に、上下関係を叩《たた》き込んでやるといい。……お前が凡百の王子であれば、このようなことは言わんがな。お前が何を目指しているか、父は知っておるぞ」

——一瞬ヒヤッとした。だがこの言葉は、俺が裏では魔王を目指している（ということになっている）のを指しているのだろう。

甘いな魔王……俺が目指すのは、魔王の座どころじゃねえ、もっと高みだぜ……!!

テメエの、首だ。

「わかりました、父上」

そんな内心はおくびにも出さず、澄まし顔で、俺はただ頷《うなず》いた。

「手加減はなし、ですね。……じゃあ、見せしめに角も折っていいですかね」

「それはやめろ」

そんなわけでつつがなく関係者への挨拶も終えた俺は、魔王城を出立した。

†　†　†

もともと古《いにしえ》の魔族たちは、クッソ狭い痩せた土地で暮らしていた。

そんな彼らにとって、豊かで広い土地を手に入れることは悲願だった。

だから初代魔王は、征服した土地をこれでもかと部下に配りまくった。初代魔王の野望は、己がのし上がることじゃなくて、魔族という種族を豊かにすることだったから。

力ある者と、魔王に貢献した者が優先的に褒美を頂戴したので、必然的に、大陸西部の魔王城周辺には有力氏族の領地がひしめいている。

逆に、弱小氏族は後回しにされて、東部や前線近くに本拠地があることが多い。……実は西部より東部の方が、肥えた土地が多かったりするのはご愛嬌《あいきょう》だ。

で、俺の出身、レイジュ族。

魔王国でも指折りの名家たるこの一族は、魔王城の西～南西にかけてかなり広大な領地を誇る。話によれば、人族の小国をまとめて併呑《へいどん》したのだとか……魔王城から骸骨馬車で1日ちょっとの距離で、遠くもなく近くもなくといったところだろう。ドラゴンなら1時間もせずに行き来できる距離だが、俺とプラティは馬車で移動している。冬も近づいてきて上空は寒いし、そこまで急ぐ必要もないし、お供も連れて行くし。

そんなわけで、今は馬車に揺られている。

『とはいえ、ほとんど揺れとらんがの』

まあな。エンマ謹製の黒　箱《ブラックボックス》のお陰で、馬車の揺れは極限まで抑えられている。

すまねえ。中で働いているスケルトンたち、すまねえ……

………車内は静かだ。俺と、プラティと、ソフィアとヴィーネの4人。

ホントは、リリアナやレイラたちと一緒に移動するつもりだったんだがな。母親《プラティ》を放置して、女とイチャイチャしながら馬車で移動ってのも外聞が悪いし、現地に到着したら何を言われるかわかったもんじゃない。

俺は別に何を言われようと気にしないんだが、プラティ的にちょっとな。っていうか、なぜレイラと和解したあと彼女との関係改善を報告しようとプラティの部屋を訪ねたら、かプラティがブチ切れだしたんだよな。そしてレイラを見る目がめちゃくちゃ厳しくなってしまった。リリアナのときは抱こうがナニしようが好きにしろ、って感じでまとまったのに、なぜだ……？

『やはり自我の有無かのぅ？』

イヤだなぁ彼女の自我の有無で息子への干渉度合いを決める母親……

いずれにせよ、そんな事情もあり、今回俺はプラティと同乗することになったのだ。

俺の隣で、プラティはゆったりと座席に沈み込んで、うつらうつらしている。普段、魔王城では肩に力が入りまくってるから、ここぞとばかりに気を抜いているようだ。

ソフィアは無言で、前線で新たに回収されたという歴史書を読んでいた。読み終わってしまうのを恐れるかのように、ゆっくりゆっくり、味わいながらページを捲《めく》っている。

俺の対面には、ピシッと背筋を伸ばして座るヴィーネ。俺と目が合うと、長く尖《とが》った耳をへにゃりと垂らして、物悲しげな表情を見せた。プラティ、ソフィア、俺、と目上の者ばかりの環境に放り込まれて、全然リラックスできないらしい。

前回、俺が演習に出かけたときは、夜エルフ組は同じ馬車で移動してたからなぁ。あんときゃ勝手知ったる者同士で気楽だっただろうに。

「…………」

俺はクイクイッとわざとらしく眉を動かして、ヴィーネにプレッシャーをかけた。

「……っ」

なぜかツボに入ったらしく、ニッチャニチャと無言で笑ったヴィーネは、そのまま観念したように座席に身を預けて、のんびりと窓の外の風景を眺め始めた。

『こやつ、時々妙に図太いのぅ』

なんか他の夜エルフと微妙にズレてんだよなヴィーネ……俺が『何を腑《ふ》抜《ぬ》けている！』とかブチギレだしたらどうするんだろう――と嗜虐《しぎゃくてき》的な好奇心が鎌首をもたげたが。

まあ、今日のところは、隣で寝息を立てているプラティに免じて勘弁してやろう……

そんなことをつらつらと考えながら、俺も馬車の外へと視線を転じる。

夕方《あさ》に魔王城を発《た》ってかれこれ数時間。外は星明かりがあるのみでほとんど真っ暗だ。

この辺りは魔王の直轄領で、街道沿いには、収穫を終えた畑が広がるばかり。なんとも殺風景な感じだ。時折獣人のそれと思《おぼ》しき集落が見えるが、住民も寝静まっているようで明かりのひとつもない。

馬車が凄《すさ》まじい勢いで走っていることもあり、全てがあっという間に視界の後方へ流れ去っていく。うーむ……特に見るべきものもなく。ただひたすらに暇だ。

『前回の馬車の旅は、猫助や犬っころと乳繰り合って鼻の下を伸ばしとったからのぅ』

アンテの声はどこか刺々《とげとげ》しい。う――――ん……認めがたいことだが……ここのところ手が空いてたら必ず、ガルーニャなり、リリアナなり、レイラなりをナデナデして過ごしてたから……手が空いてたら、誰かを撫《な》でてないと落ち着かなくなってる……!!

だが……ッッ！　この車内……撫でたい奴がいない……ッッ！

っていうかいくら寝ててもプラティの前でナデナデすんの、なんかイヤだ……ッ！
『む。ならこれでどうじゃ？』
と、俺の目の前に、ふわりとアンテが姿を現した。
魔神アンテンデイクシス（まぼろしのすがた）だ。俺にだけ見えて感触があるやつ。
『ほれ、これでお主も暇つぶしになるじゃろ？』
いたずらっぽい笑みを浮かべて、しなだれかかってくるアンテ。
『我に感謝するがよい』
……自分がナデナデされたいだけでは？
『やかましい』
イテェッ目を突くな目をッ！　幻覚といえど痛い!!
わかりましたよ。偉大なる魔神様アンテ様。謹んでナデナデさせていただきます。
『うむ。くるしゅうないぞ』
そういうわけで、俺はアンテを全力でナデナデし始めるのだった——
（——えっ。何!?　なになに何!?）
ちなみにそのとき、ヴィーネは。
（何なのッ!?　女が恋しいからって……とうとう空気を……!?）
突如として微笑《ほほえ》みながら虚空をナデナデし始めた魔王子ジルバギアスに異様な緊張感を

覚えつつ、必死で顔をそむけながら早く馬車の旅が終わることを闇の神々に祈っていた。

一方その頃、後続の馬車では、レイラが人族文字の辞書を片手に読書にふけっていた。

「んにゃ……ァ……」

「くぴー……すぴー……」

対面の座席には、いびきをかいて爆睡するガルーニャとリリアナ。ふかふかのクッションに沈み込み、揺れもなく快適そうだ。

ガルーニャはリリアナに寄りかかられている状態だったが、頑強さゆえか体格差ゆえか、気にも留めずよだれまで垂らして夢の中。

そんなふたりを尻目に、難しい顔をしながらレイラは本のページをめくる。

レイラは最近ようやく基本の表音文字と、いくつかの表意文字を読めるようになった。なので、今読んでいるような大人向けの恋物語は、読めない字だらけで、なかなか苦戦を強いられている。――ちなみに『大人向け』と言っても、『子ども向けではない』という意味で、決していかがわしい内容ではない。

そしてそんなレイラの救いの神が、ソフィアがこの本のために作ってくれた、魔力文字を焼き付けた簡易辞書だった。レイラが読めないであろう難しめの文字が、出てくる順で載っており、ルビが振られている。

おかげで、どうにかこうにか人族文字初心者のレイラでも読み進められていた。現在、親たちの都合で愛するふたりが引き裂かれようとしているところだ。レイラはどうしても

ヒロインに感情移入してしまい、続きが気になって仕方がない。

「はふぅ……」

章の終わりまで読んで、熱っぽい溜息《ためいき》をつくレイラ。ふと視線を感じて顔を上げると、隣の席で編み物をしていたおばちゃん獣人と目が合う。古株の使用人である彼女は、微笑ましげにレイラを見守っていた。

「レイラちゃんはえらいねえ、移動中にまでお勉強してて」

感心感心、と頷くおばちゃん。

「あたしは文字が読めないからねえ、レイラちゃんはすごいなーって思うわぁ」

「い、いえ、そんな……」

勉強というより、恋物語に夢中になっていただけなのだが……

「わたしも、早くジルバギアス様のお役に立ちたいので……」

ちょっと赤面して、しどろもどろに言い訳がましく言うレイラ。ただ、まるきり嘘《うそ》なわけでもない。人族文字が読めるようになったら色々と便利だろうから、こうして頑張って勉強しているのだ。……そう、色々と、便利だろうから。

「えらいねぇ～……あたしが言えたことじゃないけど、あの子ももうちょっと、頑張った方がいいと思うんだよねえ、せっかくあたしより頭がいいんだから……」

と、爆睡するガルーニャに視線を転じ、呆《あき》れたように溜息をつくおばちゃん獣人。

「あーあー、よだれまで垂らして……クッションが汚れたら大事《おおごと》だよ」

「あっ、そのまま寝かせておいてあげましょう」

ガルーニャを起こそうとした手を止めて、そっとハンカチでガルーニャの口元を拭いてあげるレイラ。

「……ガルーニャは疲れてるから、仕方ないですよ」

この頃、ガルーニャは諦めかけていた拳聖を目指して一念発起したらしく、空いた時間にはストイックに鍛錬に勤《いそ》しむようになった。だから何も出来ない移動時間に、こうして休息するのは正しいのだ。いくら身体能力に優れた獣人といえど、限界はある……

『私《みー》はご主人さまが自慢に思ってくれるような、立派な拳聖になる！』

そう言って、側仕《そばづか》えの業務に支障が出ない程度に、身体《からだ》をいじめ抜いている。その技のキレたるや、レイラをして、ドラゴン形態で殴られてもちょっと痛そうと思えるほどだ。

……ちなみに、レイラも護身術をちょっと習っている。ガルーニャと力量に開きがありすぎるのか、はたまたレイラに人の体を扱う才能がないのか、何もわからないままコロッと転がされるばかりで訓練にもならなかったが。

『ま、まあ、とりあえず即死さえしなけりゃレイラは強いからにゃ……』

元の姿で暴れた方が強いという身も蓋もない結論により、人化した状態で不意打ちされても即死しないよう、防御や受け身の練習がメインとなった。

「………」

緩みきったガルーニャの寝顔を見ていると、ふと、一抹の寂しさが心をよぎる。

ガルーニャのことは好きだ。ジルバギアスの傘下に入って以来、ずっと優しく親身に接してくれた彼女には、どれだけ感謝してもしたりない。

だが――彼《ジルバギアス》の目的を考えるならば。いつか、彼女とも……

「…………」

本を持つ手に、思わず力がこもる。

……それでも。レイラは、……アレクの役に立ちたい。

ガルーニャのよだれをもう一度ハンカチで拭ってあげてから、何食わぬ顔で座り直したレイラは、真剣な目で読書を再開した。

†††

――デフテロス王国西部。

「……どうにか、凌いだみたい、だねェ……！」

撤退していく魔王軍に、思わず脱力して膝をつきそうになりながら、肩で息をする黒髪の女剣士は空を見上げる――朝焼けの空を。

周囲は死屍累々《ししるいるい》だった。夜エルフの矢に額を射抜かれた者、槍《やり》で頭を叩《たた》き割られた者、半身を引き千切られた者、魔法で黒焦げにされた者――生者の姿の方が珍しいくらいだ。傷ひとつない者に至っては皆無に近かった。

本来、後方の補給拠点のひとつであった砦《とりで》は、今や『最前線』と化している。

夜通し続いた魔王軍の攻撃に、砦が陥落せずに済んだのは――兵士たちの決死の反撃はもちろん、撤退してきた味方の戦力が合流できたことと、聖教会の予備戦力がたまたま居合わせていたことが大きい。力を温存した勇者や高位神官たちがいなければ、今頃この砦は更地になっていただろう。……だが、今日を凌いだところで、もう……

「いよいよ次はアタシの番かもねェ……」

苦笑と呼ぶには苦すぎる笑みでつぶやく女剣士だったが。

「――おおバルバラ、生きておったか」

背後からしわがれ声。振り返れば、老齢の獣人族の戦士がひらひらと手を振っていた。

白い毛が混じった灰色の毛並みで、ピンと尖った耳、突き出す鼻先。賢狼《けんろう》族と呼ばれる狼《おおかみ》系の獣人――その両の拳は、どす黒く血で染まっていた。もちろん全て、敵の血だ。

「あっ、老師！」

バルバラと呼ばれた女剣士は、慌てて姿勢を正す。

「お見苦しいところを……！」

この老獣人は、バルバラの師匠ではないが、彼女は最大限に敬意を払っていた。

「いやいや、当然じゃろ。ワシだって腰が痛うて痛うて……」

かしこまるバルバラに対し、顔をしかめた老獣人はあくまで飄々《ひょうひょう》と。

「……あれだけの夜を凌《しの》いだんじゃ、ぶっ倒れてもおかしくないわい。いや、よくぞ生き延びた！　お互い無事で何よりじゃ、ほっほっほ」

ポンポンと親しげにバルバラの肩を叩いた老獣人は――不意に顔を寄せて。

「――勇者殿が、名のある者を集めておる」

周囲に聞こえぬよう、囁《ささや》くようにして言った。

「何かお考えがあるようじゃ」

まったく老いを感じさせない、鋭い眼光がバルバラを捉える。

「疲れておるところ悪いが、お主にも来てもらうぞ」

「……はいっ」

疲労困憊《ひろうこんぱい》の身体に鞭打《むちう》って、バルバラは立ち上がった。戦いはまだ終わっていない……

砦の内部は、ある意味、死体だらけの外よりも酷《ひど》い有様だった。

所狭しと通路に並べられた負傷兵たち。まさに足の踏み場もない。老師とバルバラは、細心の注意を払いながら歩く必要があった。皆、苦痛の呻《うめ》きを堪《こら》えながら、治療順が回ってくるのを待ち侘《わ》びている――

人族の神官や森《フォレスト》エルフの魔導師たちが駆けずり回り、必死で祈りを捧《ささ》げているが、彼らも疲労の色が濃く、怪我人《けがにん》に対して奇跡の使い手が明らかに不足していた。

「姉御……」

と、足元から掠《かす》れ声《ごえ》。顔半分と腹部が血まみれの包帯に覆われ、血の気の引いた男が力なくこちらを見上げていた。昔馴染《むかしなじ》みの剣士だ。

「……おや、アンタまだくたばってなかったのかい」

バルバラは敢《あ》えて、いつもと変わらぬ調子で声をかけた。「そりゃないですぜ姉御……」と苦笑する男。

「ちょっと見ないうちに、ずいぶん男前っぷりを上げたね」

「へへ……姉御ほどじゃねェや……」

「ああ？　何だってェ？」

かがんで無事な方の頬を小突いてやると、「勘弁してくだせえ傷に響くんでさぁ」などと白々しく泣き言を言う。

よく見ると……男の利き腕は肘から先がなかった。もげた腕が近くに置かれていないということは、戦場で失われたのか。欠損を癒せる癒者《ヒーラー》はそう多くない。そしていつそんな高度な治療を受けられるかもわからない。次の戦いではこの男は戦力にならないだろう──つまり、今は治療を後回しにされる可能性が高く。

「俺もボチボチお役御免ですかねぇ……」

半ば諦めたような口調でつぶやく男──

……いけない、とバルバラは思った。こういう目をした奴《やつ》は──すぐに死ぬ。

「弱気なこと言ってんじゃないよ！」

ビシッと容赦なくデコピンを打ち込んで一喝。男が「あだァ！」と悲鳴を上げた。

「アンタにはまだ、少なくともジョッキ10杯分は貸しがあるんだからね。逝くなら酒場で借りを返してから逝きな！」

「へ、へへっ……こいつぁ手厳しいや……」

あんまりにもあんまりな言われように、もう笑うしかないようだった。

「いざとなったら、アタシがおぶってやるよ。……だからもうちょっとシャキッとしな」

「ありがてぇ」

細く息を吐いた男は、無事な片目をつぶる。

「んじゃまぁ……肩を借りるくらいで済むように、養生しまさぁ」

「そうしな。あ、これも貸しひとつだからね」

「ひぇー、へへっ……帰ったら、たらふくおごりますよ……」

ニヤリと笑って、体力の回復に専念し始める男。ポンとその肩を叩いてから、バルバラは立ち上がって、やり取りを見守っていた老獣人に目礼し再び歩き出した。

（……強がってたな）

口ではああ言ったが、男はボロボロだった。気を抜いたら、いつおっ死《ち》んでもおかしくない。治療が間に合えばいいが他にも重傷者はいる……こういうとき剣しか能がない自分は無力だ。考えても詮無きことだが、どうしてもそう思わずにはいられない。

……賢狼族の老獣人は、そんなバルバラをちらりと気にかけたが、何も言わなかった。

いや、言えなかった。おそらく彼もまた、同じ思いを抱いていただろうから……

──人族において、女の戦士はけっこう珍しい。

勇者や神官には女もたくさんいるが、基本的に魔力弱者の人族は魔力で身体能力を底上げできないため、素の腕力で戦わねばならない。だから兵士や剣士は男が大半を占める。女で戦場に出るとすれば、よほど才能に恵まれているかのっぴきならない事情があるか。

バルバラは、その両方だった。

鋭い眼光、邪魔にならぬよう短く整えた黒髪、頬には切り傷。いや、頬だけでなく全身に傷跡が刻まれ、彼女がどれだけの修羅場をくぐり抜けてきたかは一目瞭然だった。

女剣士バルバラ。またの呼び名を、剣聖『一角獣』バルバラ。

30手前の若さで、剣聖として開眼している類稀《たぐいまれ》なる才能の持ち主だ。先祖伝来の一本角の兜《かぶと》と、敵の間を跳ね回り分厚い鉄板さえぶち抜く突きで敵を屠《ほふ》っていく姿から、その名がついた。確かな実力とクソ度胸、そしてざっくばらんな人柄から、周囲にも好かれ『姉御』と慕われている。……だが、そんなバルバラが、実は貴族の出身と聞くと、皆が仰天して信じようとはしない。

バルバラ＝ダ＝ローザ。元隣国の田舎貴族の次女だった。

弱小とはいえ貴族、本来ならばそこらの平民より魔力が強い生まれだったが、バルバラは魔法がからっきしだった。両親には残念がられたが、すでに優秀な長男長女がいたので良くも悪くも無関心に育てられた。

だからだろう。貴族の子女でありながら、教養などそっちのけで、護身用の剣術に打ち込めたのは。魔法が使えないことにコンプレックスを抱いていたバルバラだったが、剣には天賦の才があった。

15歳になる頃には、家庭教師など相手にならないほど剣が上達した。貴族の子女とは思えぬほど身体も鍛えた。女らしさを捨てていく娘に、見かねた母親がやめさせようと、『身の程を教える』ため家の騎士と勝負させたが、バルバラはなんと勝ってしまった。

いくら相手が手加減していたとはいえ、10代の娘が歴戦騎士から一本取ったのだ。父が「それも一興」などと面白がって許可を出したことで、ますます剣の道にのめりこんだ。

——そして魔王軍が祖国に攻め入り、状況が変わった。父と長男が戦死。止まらぬ魔王軍の侵攻。戦いはからっきしな長女の代わりに、バルバラが手勢を率いて参戦した。剣には打ち込んでいたが、指揮官としての教育など受けていなかった。かといって、お飾りのお姫様扱いする余裕も、もはや軍にはなく。バルバラは最前線で切り結んだ。

そして獣人やオーガたちと死闘を繰り広げ、そのさなかで物の理《ことわり》を超越した。20歳を過ぎてまもなくのことだった。剣聖はどんなに早くても30歳で開眼すると言われていた中、その若さで、しかも女の身で剣を極めたのは紛れもない天才だったが。

バルバラがいくら獅子《しし》奮迅《ふんじん》の活躍を見せようと、所詮は一剣士。戦局逆転させるほどの力はない。軍は負け続け、撤退に撤退を重ね、やがて祖国はすり潰されて滅亡した。

どうにか一族と一部の領民を隣国——つまりここ、デフテロス王国へ逃がすことはできたが、亡命して左うちわで暮らすわけにもいかず。元領主一族の責任を果たすためにも、バルバラはデフテロス王国軍に仕官した。

そうして戦場働きを続け、魔王軍と戦い、何度も死にかけ、そのたびに歯を食い縛って生き延びて——現在に至る。デフテロス王国もまた、滅ぼうとしていた……

「……来たか」

砦の地下の会議室に入ると、老師とバルバラ以外は大方揃《そろ》っているようだった。

傷だらけの魔法の鎧《よろい》に身を包んだ勇者。目の下に濃いくまを浮かべた女神官。長い耳が片方欠けているが、魔力の節約のためか最低限の止血で放置しているエルフの魔導師。

そして獣人族や人族の戦士たち——皆、拳聖あるいは剣聖だった。

「……これで、全員か？　ドガジン殿」

剣聖のひとりが、「他にはいないのか？」とばかりに老師を見た。

「これで、全員じゃよ」

賢狼族の拳聖『老師』ドガジンは、瞑目《めいもく》して頷《うなず》く。

……会議室に重々しい沈黙が降りてきた。バルバラは唇を噛《か》む。顔見知りの戦士が何人も欠けていたからだ。

そのとき会議室の扉が開いて、スープの鍋を抱えたおばちゃんが入ってきた。

「朝ごはん、できましたよ」

——魔王軍の猛攻を受けながらも厨房《ちゆうぼう》は働いていたらしい。具だくさんのスープの香りに、全員が空腹を思い出した。

「おお、ありがたい」

「まずは、食べようか。腹が減っては戦いにもならない」

暗い空気を払拭するように、勇者の青年が朗らかに笑ったのを皮切りに、皆が嬉々《きき》として皿に取り分けて、スープをすすった。本当に、具だくさんなスープだった。……まるで食料庫にあるものを、できる限り処分してしまおうとしているかのように。

「……食べながら話そう。俺にひとつ提案がある」

勇者がスープを飲みながら、据わった目で全員を見渡した。

「ウチの神官が、魔族の戦士に『祝福』をかけた」

クマの濃い女神官が、「今でも方向は把握できてます」と小さく付け加える。

「どうやらそいつは、俺たちが相手をしている方面軍の指揮官、第4魔王子エメルギアスの側近だったようだ……連中の本陣の位置が、割れた」

――にわかに、会議室の空気が引き締まる。

「このまま、砦《とりで》にこもっていてもジリ貧なだけだ。今夜か明日の朝には、俺たちはすり潰されてしまうだろう。かといってこれみよがしに撤退すれば、追撃でこっぴどくやられるのが目に見えている」

スープを飲み干して、勇者は言う。

「……だから、このあとすぐに、隠蔽の魔法を使った少数精鋭による魔王軍本陣への斬り込みを敢行する。狙うはもちろん、第4魔王子エメルギアスの首だ」

——バルバラは、知《し》らず識《し》らずに剣の柄《つか》を強く握りしめていた。

「……我こそはという者は、力を貸してほしい」

誰も、すぐには答えなかった。だがその目を見れば、互いに何を考えているかは明らかだった。何を覚悟したかは、明らかだった——

「……全員、か」

勇者は嬉《うれ》しそうな、それでいて困ったような笑みを浮かべた。

「ほら見ろ。私の言った通りになった」

片耳のエルフ魔導師が勝ち誇ったような顔をする。

「……どういう意味だ？」

「『助力を請えば、全員が二つ返事で受けるだろう』と私は言ったのだ。レオナルドは『いや、流石《さすが》に何人かは残るはず』と思っていたようだが」

魔導師の言葉に勇者——レオナルドと呼ばれた青年は、バツが悪そうに肩をすくめた。

「無謀だって自覚はある。何人かついてきてくれれば、御の字だと思ってたんだ」

「おいおい勇者さんよぉ。オレたちの覚悟を舐《な》めてもらっちゃ困るぜ」

「誠に。今さら我が身惜しさに怖気《おじけ》づく者がいるとでも？」

「ここで引いたら男がすたるってもんよ！」

「女もいるけどね！」

武聖たち（拳聖・剣聖の総称）がハッとバルバラを見た。

「……そういえばそうだった」

「これは失礼」

「すまねえ、あまりにも違和感がなくて……」

「ちょっとアンタらどういう意味だい!!」

バルバラがギャーッと怒り、男たちがすまんすまんと謝って、顔を見合わせて笑って。

いつもの空気が戻ってくる。

「さて、私は最初からこの状況を予想していたので、」

エルフ魔導師が、胸元から何やら紐《ひも》の束を取り出した。

「――くじを用意しておいた。『当たり』はふたつだ」

「おい、まさか残れってか？」

「全員連れて行くわけにもいかないのでな」

非難するような剣聖に、エルフ魔導師は悪びれるふうもなく皮肉に笑う。

「……斬り込み隊が暴れる頃合いを見計らって、この砦の戦力は撤退を開始します」

女神官が静かに言葉を引き継いだ。

「敵本陣も蜂の巣をつついたような騒ぎになるでしょうが、私たちの撤退が露見すれば、激しい追撃が予想されます。『当たり』を引いた方には、殿《しんがり》をお願いしたく」

武聖たちは全員顔を引きつらせた。

「『当たり』じゃなくて『ハズレ』の間違いじゃねえか？」

「当たらずといえども遠からず、といったところだな」

「……当たりだけにのう。ほっほ」

老師ドガジンが苦笑いしている。

「さあ、引いた引いた。それほど時間はない」

エルフ魔導師が紐を差し出す。……端は手の中に握り込まれていて、見えない。

「どれどれ、ワシはこれにするかの」

大して迷う素振りも見せず、ドガジンが泰然と、うち1本に指をかける。

「せっかくだから皆で一斉に引くかの」

「そうしよう。拙者はこちらで」

「では自分はこちらを」

皆が思い思いに紐を摑《つか》む。

「お前どれにする？　俺はこっちかな」

「いや待て、その紐はオレのだ。この端っこはイヤな予感がする」

「お前がそれ引けよ」

「イヤだって！　これぜってぇ『ハズレ』だよ！」

「この紐は俺のだっつってんだろ！」

「ごちゃごちゃうるさいね！　アタシが引いてやるよ！」

バルバラは端っこの紐を握った。

「皆、持ったな？　それでは――」

するりと、全員が紐を引っ張った。――視線が交錯する。互いに確認。

ドガジンの紐は白。端っこを押し付け合ってた2人組も白。他数名も白、白、白。

バルバラの紐の先端は、赤黒く染まっていた。

そしてバルバラの対面、大剣を背負った大柄な剣聖も、もう1本の赤黒い紐を引いて
「マジかよ……」と呻《うめ》いている。

「『当たり』はバルバラとヘッセルか」

「おめでとう！　いやーハズレちったなぁ」

「これは仕方がないな！」

はっはっはと笑う『ハズレ』組に対し、バルバラとヘッセルは渋い顔をする。

「おれ、守りには向いてないんだが？　誰か代わってくれ！」

「イヤだよ。潔く運命を受け入れろ、ヘッセル！」

「それにお前、走るの遅いから殿でちょうどいいじゃん」

「貴公が隣にいたら危なくて仕方がないゆえ、ハズレで助かった」

「やっぱりこれ『当たり』じゃなくてハズレじゃねえか!!」

やんややんやと。

「……さて」

どこか微笑《ほほえ》ましげに、名残惜しげに、それを見守っていたエルフ魔導師が席を立つ。

「では、時間だな」

散歩にでも出かけるような気軽さで。「おう」「行くか」と、皆もガタガタと席を立つ。

バルバラは、テーブルの下で拳を握りしめたが、何食わぬ顔で立ち上がった。

勇者レオナルドが、テーブルに盃《さかずき》を並べている。

「ワインと水があるけど、どうする？」

「ワシは水で。酒は感覚が鈍るでのぅ」

「自分も水でお願いしたく」

ドガジンと、黒毛の犬獣人の拳聖が水を所望。

「オレは酒にするぜ。タダ酒は逃さない主義なんだ」

「ハッ、そのせいで泥水まじりの安酒呑《の》んで腹下してたよな」

「昔の話を蒸し返すんじゃねえよ。じゃあお前水な」

「俺もワインで！」

最後までやかましい2人組の盃に、レオナルドが笑いながら、溢《あふ》れんばかりにワインを注いでやる。

「人類の勇者たちよ、集え！　いざ外敵に立ち向かわん！」

「勇敢なる戦士たちよ、歌え！　我らが戦意を天に示さん！」

2人組が肩を組んで陽気に歌いだした。

「……勇者の歌よ、響け　揺るぎない意志を胸に
闇を破る戦士たちよ、進め　刃の舞に、敵は散りゆく」

別の剣聖が、微笑んで続きを歌う。それは——同盟圏では有名な戦歌だった。

「希望の火よ、燃えよ！　我らの戦いが、明日を照らすように！」

レオナルドがカップを掲げる。

「……戦士たちの魂よ、輝け　破魔の銀光が……我らを導かん」

女神官が祈るようにして杖《つえ》を捧《ささ》げ、言葉を詰まらせながら引き継ぐ。

「我らが武名よ、永久《とわ》に轟《とどろ》け！」

「未来に語り継がれる、勝利の物語よ……！」

バルバラとヘッセルも、声を張り上げた。

「「おお光の神々よ　世を統べる物の理《ことわり》よ　我らに微笑み給《たま》え」」

人族の歌だが、獣人の拳聖たちも加わった。

「「たとえ夜の闇が濃かろうとも　恐れることなかれ」」

「「我らの魂の輝きが　必ずや魔を討ち滅ぼさん！」」

エルフ魔導師がいつの間にか笛を取り出して、伴奏まで始めていた。

「「そしてともに迎えよう　新たな夜明けを」」

皆が笑い合いながら、高らかに歌う。

「「勝利と栄光を我らの手に!!」」

それぞれに水やワインの盃を掲げて。

「武運を」

「神々の御加護を」

「精霊たちの導きあれ」

祈り、願い、一息に飲み干す。皆が生気と覚悟に満ちていた。

「さあ——行こう」

レオナルドを先頭に、会議室をあとにする。連れ立って歩く勇者、神官、魔導師、拳聖に剣聖という顔ぶれに、休んでいた兵士らも何事かという顔をしていた。察しのいい兵士は、神に祈りながら「ご武運を」と声をかけてくる。

砦の裏手で、装備を最終確認。

「半包囲網を迂回《うかい》して、森に突入する。接敵したら、まあ、みんなでド派手にやるから、そっちにも伝わると思う」

「……はい」

レオナルドが女神官と話している。レオナルドは普段どおりの顔で、女神官は——平静を保とうと必死な様子で。そのまま話が続かずに、見つめ合っている——

「……レオ」

「うん？」

「これ……持っていって」

女神官がそっと懐から取り出したのは、ミサンガだった。

「本当はもっと時間をかけたかったけど……あなたの安全と武運を祈って、編んでおいたの。だから……お願い、持っていって」

ぎこちなく、微笑む女神官。

「……そして無事に、帰ってきてね」

「シャル……」

勇者レオナルドは、ミサンガを受け取って、にこりと微笑んだ。

「ありがとう。お陰で力が湧いてくるよ。……本当に、ありがとう」

早速右手にミサンガをはめながら、ぐっと力こぶを作ってみせるレオナルドに、シャルと呼ばれた女神官もまた、どこかもどかしげに微笑み返す。明るく振る舞ってはいるが、レオナルドは――シャルが望む言葉を言ってくれなかった……

「……老師」

そんなふたりをやるせなく眺めながら、バルバラはドガジンに声をかけた。

「うむ。ちと暴れてくるでな」

賢狼族《けんろう》の老拳聖は、牙を剝《む》き出しにしてニカッと笑う。

「我が武名を轟かせる晴れ舞台よ。腕が鳴るわい」

飄々《ひょうひょう》と、しかし猛々《たけだけ》しく戦意を高めつつあるドガジンに、バルバラはこれ以上ない頼もしさを覚えながらも、胸が締め付けられる思いだった。

それほど付き合いは長くなかったが——この老獣人から学ぶところは多かった。

「ご一緒したかったです」

「ワシもじゃよ。ま、戻ってこれたら、また一緒に闘《や》ろうぞ」

ドガジンが拳を差し出す。バルバラも精一杯に笑って、こつんと自分の拳をぶつけた。

「なあ、どっちが魔王子の首を取るか、賭けようぜ」

「乗った。何を賭ける？」

「負けた方は、酒場で裸踊り！」

「へへ、言ったな？　お前の踊りを拝むのが楽しみだぜ」

これからまさに命賭けだというのに、２人組の剣聖が脇を小突き合ってふざけている。

曲刀の柄《つか》に手をかけて、瞑想《めいそう》するように目を閉じている剣聖。左手に装着した小型の盾を、手ぬぐいでキュッキュッと磨く剣聖。入念なストレッチで身体《からだ》を解《ほぐ》す拳聖。のんびりと地面に寝転がって、日差しを堪能する拳聖——

「それじゃあ——行ってくる。隠蔽の魔法を頼むよ」

シャルに背を向けて、勇者レオナルドは言葉少なに。

「……は、い」

シャルが杖を構え、待機していた拳聖、剣聖、そしてエルフ魔導師が身を寄せ合った。

残る力をかき集め、あらん限りの祈りを込めて、呪文を唱え始めるシャル——レオナルドたちの姿が、ぼやけて見えなくなっていく——

「――またね、シャル」

レオナルドが背中越しに告げた。ハッと目を見開くシャル。だが呪文の詠唱は終わり、魔法が発動し、勇者たちの姿はかき消えていた。もはや足音も、気配さえも――

「レオ……！」

はらはらと涙をこぼしながら、力尽きたように、その場でうずくまるシャル。

バルバラは、残されたヘッセルと顔を見合わせた。自分しかいない、と思い、シャルの肩を力強く抱く。今は少しだけ泣かせてあげよう。だが――

「さあ、アンタもしっかりしな」

砦《とりで》の兵士たちは撤退の準備を始めている。

「まだまだアタシたちも、やることがあるんだからね！」

悲しんでばかりも、いられないのだ。

「……は、い……！」

歯を食い縛ったシャルは、強引に涙を拭い去り、ふらふらと立ち上がって砦へ戻った。

――隠蔽の魔法のヴェールをまとった男たちが、一塊になって走る。

「……良かったのかよ？」

剣聖のひとりが、レオナルドに小声で問いかけた。

「何が？」

「抱きしめて口づけでもしてやればよかったのに」

「彼女とは、そういう関係じゃないから」

「マジで？」「てっきりコレかと」――と例の2人組がそろって小指を立てる。

「……だって、いつ死ぬかわからないし」

これで良かったのさ、というレオナルドに「かーっ！」と犬獣人の拳聖が額を叩《たた》いた。

「いつ死ぬかわからない、だからこそ！　であろうに！」

「まったくだ」

「そりゃねえよ流石《さすが》に……」

「え、え？」

急に非難の視線にさらされて、走りながらレオナルドは困惑している。

「貴公も身近にいたなら、もう少しやりようがあったのでは？」

別の剣聖がエルフ魔導師に言うと、彼は不機嫌そうにピクッと無事な片耳を揺らした。

「あれを四六時中見せられていた、こっちの気にもなってみろ。背中を押せば押すほどに引いていく、私にどうしろというのだ」

お前なぁ……とばかりに呆《あき》れた目で見られて、レオナルドは困り顔で肩をすくめた。

「……まあ、戻ったら、また声をかけるよ」

そう言って、前に向き直る。

「無謀な自覚はある。だけど――ただ死にに行くつもりはない」

力強い言葉だった。

「へっ、言われるまでもねえ」

「ちゃちゃっと片付けて帰ろうぜ」

剣聖2人組も不敵に。いや、全員が、不敵に笑う。

砦の半包囲網を大きく迂回し、そのまま森へと突入。

スンッ、と先頭を走るドガジンが鼻を鳴らした。

「……猫どもの臭いがしおる」

「張っておるようですな」

犬獣人の拳聖もうなずいた。

「先行しよう。ワシが右手を」

「ならば自分は左手を」

ひゅっ、と風の音を置き去りにして、拳聖ふたりの姿がかき消えた。

「ひゃー」「速《は》えぇ」呆れたような声を上げる剣聖2人組。自分たちも相当な速さで走っているのだが、ただでさえ身体能力の高い獣人、ましてや拳聖ともなると――その動きはもはや異次元だ。

「頼もしいな」

レオナルドはニヤリと笑う。

「……俺たちも負けていられない」

そう、負けていられない。

（ここで侵攻を食い止める。そしてみんなを――）

――彼女《シャル》を、無事に逃がすのだ。

†　†　†

森の中、樹上に潜む者がいた。猫系獣人だ。樹木に紛れ込むような深緑と茶色の衣装を身にまとい、気配を殺して耳を澄ませ、周囲に目を凝らしている。

風がそよぎ、葉擦れの音が立つたびに、頭頂部の耳がピクピクと動いていた。魔王軍の本陣周辺に配された見張りのひとり。長時間の警戒任務に、しかし気が緩んでいる様子は一切なかった。

――再び、風がそよぐ。目ざとくそちらを警戒する見張り。森の暗がりを見透かそうとするかのように、縦長の瞳孔が丸く拡大し――その背後。ぬらりと灰色の影が滲《にじ》み出た。

とんっ
軽い、音とも呼べぬような音とともに、後頭部へ掌底が叩き込まれる。ぷっ、と耳と鼻から血を噴き出し、ぐるんと白目を剝く見張り。体から力が抜け、樹上から脱落する。

「――っと」

そしてそれを空中で抱え、静かに着地するは、賢狼族の老獣人。

拳聖、『老師』ドガジン。

木陰に見張りの死体をそっと横たえ、すんすんと空気を嗅ぎ取る。とんっ、と地を蹴って樹上へ、さらに枝を踊るように渡り、緑の葉のカーテンを風のようにすり抜け――

――いた。

遮光ローブを羽織り、枝に腰掛けて警戒にあたる夜エルフ。単なる偶然か、あるいは音もなく忍び寄る死を直感で悟ったか、ふと顔を上げて、空中のドガジンに気づく。

「なっ」

片手をナイフへ、もう片方の手を首元の笛へ――

たんっ
伸ばすより先に、コンパクトな打撃が額を打つ。とぱっ、と目、耳、鼻から血を噴き出して仰《の》け反る夜エルフを抱え、そっと着地。

(気づかれたか。いやはや、まだまだ未熟)

胸中でつぶやきながらも、再び臭いを嗅ぐドガジン。どうやら、見張りは粗方片付けたらしい。木陰に死体を隠し、風のように森を駆けていく。仲間と合流するために――

『老師』ドガジンは、数多《あまた》の戦場を渡り歩いた古強者《ふるつわもの》だ。

だが、実は、拳聖としては新参だったりする。開眼したのはほんの数年前のこと。

拳聖としての才能はあまりなかったのかもしれない。普通の獣人なら、ドガジンほどの年齢になる前に、己の適性のなさを嘆いて諦めるか腐るかしていただろう。だがドガジンは諦めなかった。若くして拳聖に開眼する者たちを尻目に、揶揄《やゆ》されようとも真摯に腕を磨き続け、ついに境地へ至った。

その不屈の精神、根性、そして執念を讃《たた》え、いつしか『老師』の二つ名で呼ばれるようになった。拳聖に覚醒してから益々《ますます》腕に磨きがかかり、老いて衰えるどころか、その技はもはや神がかりの域に達しつつある――

「片付けてきたぞい」

仲間たちに小声で報告。同じ術者に隠蔽の魔法をかけられた者同士なら、お互いの存在を薄《う》っすらと知覚できるので、臭いをたどれば合流は容易だ。犬や狼《おおかみ》の獣人が味方であることに、同盟の者たちは何度感謝したかわからない。

「敵本陣の様子は？」

「寝静まっている」

レオナルドの問いに、もうひとり先行していた犬獣人が答えた。

「周囲は片付けたが、本陣の櫓《やぐら》や魔族の歩哨《ほしょう》は手つかずだ」

――どうする？　と。

「……魔王子の居場所に、見当はつくか」

「はっきりとはわからない。だが、やたらと立派で、警備の厳しい天幕は見かけた」

「何か、旗や目印のようなものは」

今度はエルフ魔導師が問う。

「黒一色の旗と、緑の生地に、金糸の刺繍《ししゅう》が施された旗があった」

「十中八九、イザニス族の旗印だ。エメルギアスの天幕である可能性が濃厚だな」

「……よし。そちらを急襲する。派手にやろう。そして――必ずみんなのもとへ帰ろう」

レオナルドが、拳を突き出す。全員が――エルフの魔導師さえ――拳を突き合わせて、獰猛《どうもう》に笑った。

「行くぞ」

抜剣。警戒の目がことごとく潰された木陰を走り、外回りに本陣の奥側へ――ひしめく天幕の中に、ひときわ大きく、緑色の旗がはためくものが。

木立から、200歩ほどの距離。遠い――しかも周囲には、遮光ローブをまとって弓を構える夜エルフや、槍《やり》を手にした魔族の戦士の姿もある。闇の輩《ともがら》にとっては深夜の時間帯だが、残念ながら、魔王子の警備とあって気が緩んでいる様子は全くなかった。

「熱心なことだ」

「なぁにオレたちほどじゃねえ」

「違いない。……じゃ、ご挨拶と行くか」

苦笑して、レオナルドはエルフ魔導師にうなずく。ふたりの魔力が高まる。

「**【精霊たちよ　我らに加護を】**」

「**【光の神々よ　ご照覧あれ】**」

隠蔽の魔法が――

「【聖なる輝きよ《ヒ・イエリ・ランプスイ》　この手に来たれ《スト・ヒエリ・モ》！】」

――破られる。

「闇の輩に死を！」

男たちは、一斉に駆け出した。

「ッ敵襲！」

「見張りは何を!?」

木立から飛び出してきた勇者御一行に、魔族の戦士たちが目を剝《む》き、夜エルフのひとりが警笛に手を伸ばし、残りが弓を構える。

「ピィ――」

警笛が吹き鳴らされようとしたところで、犬獣人の拳聖がひょいと石ころを放った。

「シッ」

空中の石に拳を叩き込む。ぱぁんッと空気の爆《は》ぜる音、必殺の魔弾と化した石ころが水蒸気の尾を引いて風を切り裂く。目を見開いた夜エルフの顔が警笛もろとも吹き飛んだ。

「よくも！」

残る夜エルフたちが矢を放つ。即応の一撃とは思えぬ正確無比な射撃。

だが――皆を庇《かば》うように老師ドガジンが前へ躍り出る。軽やかに、舞うように、くるりと弧を描いて。矢の雨を巻き込むように、手を添え、足を添え――

「――お返し致す」

ぐにゃりと不自然に軌道を捻《ね》じ曲げた矢の雨が、そのまま射手へと返された。

「なぁっ!?」

自らの必殺の矢を回避できた者はごくわずかだった。首を射抜かれて、ごぽごぽと血を吐き、倒れ伏していく射手たち。どうにか致命傷を避けた射手が、警笛を吹き鳴らす。

ピィ――ッと甲高い音が、辺り一帯に響き渡った。

空気がざわめく。休息していた魔族の戦士たちも目覚めるだろう――

「おのれ!」

「【ひれ伏せ下等種ども!!】」

そして槍を手に迫る警備の魔族たち。うちひとりが呪詛《じゅそ》を浴びせかけてきたが、

「【悪《あ》しき呪いの言葉は我らを避けて通る】」

エルフ魔導師の魔除《まよ》けにより、勇者たちを上滑りしていく。

「【燃え尽きよ!】」

さらに別の魔族の戦士が、槍からドラゴンのブレスのような炎を放つ。

「【猛き火よ《アグリア・フローガ》!】」

だが呼応するようにレオナルドの剣も銀色に燃え上がり、轟音《ごうおん》を響かせながら炎の噴流となって迎え撃った。魔族の炎と勇者の聖炎。勢いは魔族側に分があるように見えたが、銀色の聖属性が獰猛に、闇の輩の火に喰《く》らいつく。

激しい爆発を起こして、対消滅。そして、それを突き破るように――

「――参る」

ぎらりと刃を輝かせた剣聖たちが、斬りかかった。


異次元の踏み込み。


対消滅した火魔法の残滓《ざんし》を、突き破り、前進した剣聖たちは。

次の瞬間には、もう魔族の戦士たちの前に居た。

「っ!?」

若い魔族が、ぎょっとしたように顔を引きつらせる。眼前で双剣を構える剣聖は、研ぎ澄まされた刃のように冷徹。

「【我が――】」

若い魔族が口を開くと同時、閃《ひらめ》く、ふたつの刃。

一刀で邪魔な槍を切り裂いて、残る一刀で首を刎《は》ね飛ばす。

空中を舞う若い魔族の首は、何が起きたかわからないという表情のまま。

ぱくぱくと口が動いていたのは、呪文でも唱えているつもりだったのか――

「まずいッ、こいつら剣聖だ！」

魔法で燃え盛る槍を手に、別の魔族は叫ぶ。獣人たち――拳聖がいる時点でもっと早く察するべきだった。自分がいったい『何』と相対しているのかを。

「――来るなァ!!」

曲芸のように口から火を吹いて、少しでも剣聖を遠ざけようとする。だが円盾を掲げて肉薄する剣聖は難なくそれをかわし、踊るようにしてひゅんっと右手の曲刀を振るった。

「――くッ」

咄嗟《とっさ》に槍を掲げ、受ける。ギィンッ！　と響き渡る金属質な音。ひと当てだけして衣をはためかせながら下がる剣聖に、これ幸いとばかりに、手から炎を噴射して反動で距離を取る魔族の戦士。

「あっ、あぶねえ……！」

まさに九死に一生。思い出したように全身から冷や汗が吹き出る。剣聖と接近戦など、命がいくらあっても足りない！

――と、その手の中で、ドワーフ謹製の魔法の槍が、真ん中でパキッと折れた。

「あっ、俺の槍が！」

――続いて、魔族の胴体からバシャッと血が噴き出した。

「あっ、おれのっ……」

体が。受け切れてなどいなかった。剣聖が一旦下がったのは、もう仕留めたから――

「がふっ……」

腹から胸にかけて一直線、肋骨《ろっこつ》はもちろん心臓まで深く切り裂かれた魔族は、思い出したように即死した。

「おのれェ!!」

一瞬で若手がふたりも討ち取られ、年長の魔族の戦士が額に青筋を立てて怒鳴る。

「【腐れ落ちろ！】」

歴戦の風格を漂わせる戦士だけあって、剣聖を前にしても怯《おび》えの色はなかった。魔族の常道、魔法による弱体化を試みる。

どろりとした毒々しい深緑色の呪いがその手から溢《あふ》れ出し、まるで蛇の群れのように、のたうち回りながら剣聖たちへ――

「【風の精霊よ　淀《よど》みを吹き払い給《たま》え】」

が、後方のエルフ魔導師が呼び込んだ清浄なる風に、吹き散らされる。

「――ありがたい」

剣聖が微笑《ほほえ》む。鏡のように磨き上げられた小型盾と、直剣を携えた細身の男だ。そして微笑みをたたえたまま、魔族を見据える。

歴戦魔族はチィッと舌打ちしたが、妨害も想定内なので動揺は少ない。呪いを警戒し、剣聖の突進の勢いがほんの僅かに鈍った。歴戦魔族が体勢を立て直すには、その隙があれば充分だ。

「死ねェッ！」

槍に魔力を注ぎ込み、全身のバネを使って疾風のごとき突きを見舞う。

しかし渾身《こんしん》の一撃は、剣聖に軽くあしらわれてしまった。穂先を払い除《の》け、難なく懐《えぐ》へ潜り込もうとする剣聖――そうはさせじと歴戦魔族が足を跳ね上げる。爪先で地面を抉り、剣聖の顔に向けて砂を飛ばす。目潰し、そしてほぼ同時に槍を叩《たた》きつける――

「む」

が、剣聖は軽く手首を捻《ひね》り、一瞬だけ刃を眼前に持ってきて、目に入る砂粒を完全に防ぎきった。さらにお返しとばかりに、小型盾をクイと傾ける。鏡のように磨き上げられたピカピカの盾に、太陽が映り込む。――その眩《まばゆ》い照り返しが、歴戦魔族の目を灼《や》いた。

「ああっ!?」

槍を振るいながら、視界が真っ白に染め上げられた魔族は、絶望の声を上げた。

視覚を奪われた。たとえ瞬《まばた》きに満たぬ間でも。剣聖を前にそれがどれほど致命的か。

「卑怯《ひきょう》とは言うまい？」

含み笑いが耳元で聞こえて。

「おのれ――」

それ以上叫ぶ前に、首と胴体が泣き別れた。

警備兵たちを素早く討ち取った勇者たちは、そのまま豪奢《ごうしゃ》な天幕へと押し入る。

「……いない!?」

「これは——会議室か！」

　が、予想と異なり中はがらんどう。戦局図や丸テーブル、書類などが置かれているだけの空間だ。てっきり魔王子が休んでいるものかと思ったが——アテが外れてしまった。

「【猛き火よ《アグリア・フローガ》！】」

　とりあえず資料類に火だけ放って、外に出る。あまりに痛いタイムロス——王子を探すか、今からでも撤退するか、それとも暴れるだけ暴れるか。——いや、選択肢はない。

「剣聖だ!!」

「手強《てごわ》いぞ！　近づかせるな！」

「魔導師を先に殺《や》れ！」

　王子を探しながら、暴れるしかない!!

　警笛に叩き起こされ、周辺の天幕から続々と魔王軍の戦士が飛び出してきていた。

　が、得物だけを手にほぼ寝間着姿の者も多く、相手が剣聖と知るや、軽装のまま飛び出してきたのを後悔している様子だった。生半可な鎧《よろい》は役に立たないが、だからといって半裸で戦いたい相手ではない——大天幕から出てきたばかりのレオナルドたちを、遠巻きに囲いながら魔法戦が始まるのは必然だった。

「【ひれ伏せ！】」

「【足萎えよ！】」

雨あられとばかりに呪詛が飛んでくる。

「【悶《もだ》え苦しめ！】」

レオナルドが盾を掲げて叫ぶと、銀光の衣が皆を覆った。

「【大いなる加護《メガリ・プロスタシア》よ！】」

エルフ魔導師も必死で魔除けのまじないを唱え続けている。そのまま一丸となって進む

「【悪しき呪いは我らを避けて通る！】」

が、魔族たちが距離を取るので埒《らち》が明かない。剣聖は隙あらばいつでも斬り込む構えだったが、あまり突出すると加護が薄れて呪詛に囚《とら》われてしまうため、迂闊《うかつ》に動けない。

「なんだなんだァ!?　これが天下の魔族様かよ！」

「とんだ腰抜け揃《ぞろ》いどもだぜ、なあ兄弟!?」

——と、例の２人組の剣聖が、大げさに肩をすくめながら叫んだ。

「せっかく本陣まで挨拶に来たってのによォ」

「こーんな腑《ふ》抜けばっかとは、張り合いがねえなァ！」

ハッ、とお手本のような蔑みの表情。

「おーいお前ら、その手の槍《やり》は飾りかァ？」

「代わりに杖《つえ》でも持ったらどうだ！」

「それならヨボヨボになっても安心だな！」

「今だって似たようなもんだろ！　モゴモゴ言ってるだけだし！」

ガッハッハとこれみよがしに爆笑。

「うえーん、お母ちゃん、剣聖が怖いよぉ」

「おおよしよし、可哀想《かわいそう》な坊や。いい呪文を教えてあげるわ」

甲高い子どもの泣き真似《まね》、気色悪い裏声で母親の真似。

「【マゾク　ダジャク　ナール　ヤリガ　ツエニナール】」

「おお！　みんな、お母ちゃんが呪文を教えてくれたよっ！」

「さあ皆さんどうぞご一緒に！　ご自慢の魔法を見せてくれ！」

「唱えたら剣聖が怖くなくなるぞォ！」

ギャッハッハッハ……と笑い転げる２人組。

本陣が、恐ろしいほど静まり返った。

魔族の戦士たちは、ほぼ無表情で、立ち尽くしている。

いや、表情筋が引きつりすぎていて、逆に表情が消えているのだ。

段々と――顔が、首が、青黒く染まっていき――

「殺せェ――ッッ！！！」

目を血走らせた半裸の魔族たちが、特に若者ほど、怒りに我を忘れて突撃する。年かさの戦士たちが「やめんか馬鹿者！」「挑発に乗るな！」と引き留めるが全く取り合わず――

笑い転げるのを切り上げて立ち上がった2人組の剣聖は、盾を眼前に掲げ——その裏で獰猛《どうもう》な笑みを浮かべた。だがすぐに軽薄な表情に塗り替えて、剣と盾を構える。

ふたりの姿勢は、まるで判を押したように『同じ』だった。他の剣聖たちと違って個性らしい個性がない。それもそのはず。ふたりとも、兵卒上がりの剣聖なのだ。いち兵士として人族汎用剣術を極めに極め、物の理《ことわり》を超越した。そして兵士の剣の真骨頂とは——

連携にある。

「合わせるぞ」

「応」

たったふたりの陣形が、怒り狂う魔族の群れと激突した。殺到する魔法の槍を何の変哲もない盾が押しのける。——いや、破砕する。そして踏み込む。

堅実に、最小限の動きで、的確に。魔族の心臓を抉り、首を掻《か》っ切り、襲いかかってきた十数名がたちまち死体の山を築いた。

「あっ、ああ……!」

「あの……馬鹿者どもめがァ！」

「生かして帰すな!!　苦しめて殺せぇ！！！」

いよいよ怒り狂った、それでも判断力を失わない魔族たちが、一斉に魔法を放つ。

「ぐうッ……【精霊よ　我らを守り給え　悪《あ》しき言葉を祓《はら》い給え！】」

「【大いなる加護よ《メガリ・プロスタシア》！】」

強烈な呪詛《じゅそ》の圧にエルフ魔導師が額に汗を浮かべ、レオナルドが必死に支える――

「あいつを殺せ!!」

「死ね草食《くさは》みィ！」

そのとき、新たに駆けつけた夜エルフたちが、エルフ魔導師に狙いを定めて嬉々《きき》として矢を放った。が、エルフ魔導師の周囲には、ドガジンをはじめ拳聖たちが控えている。

「いやはや、人気者じゃの」

飄々《ひょうひょう》と笑ったドガジンが舞い、矢を返された夜エルフたちがバタバタと倒れていく。

清々したとばかりに破顔一笑した魔導師は、疲れを忘れたようにさらなる詠唱を――

「【裂けよ《スバシモ》】」

――耳元で、声がした。バシュッ、とエルフ魔導師の顔が、引き裂ける。

「がッ!?」

傷は浅い。だがエルフ魔導師は愕然《がくぜん》とした。周囲に張り巡らせた風の精霊の護《まも》りをすり抜けて、呪いが届いた。まるで真横に誰かがいて、呪文を唱えたかのように――

にわかに、魔族たちの背後、ひときわ強力な存在が近づいてくるのを知覚する。

「……こりゃまた手酷《てひど》くやられたな」

完全武装の、緑色の髪をした魔族の戦士が姿を現し、同胞たちの死体に溜息《ためいき》をついた。

――直接、顔を見知っていたわけではない。だが勇者たちは悟った。

こいつこそが、自分たちの標的。

第４魔王子、エメルギアス＝イザニスであると。

「殿下！」

緑髪の魔族の背後から、続々と、新手の魔族たちが現れる。同じく完全武装。統率の取れた動き。そして魔王子には見劣りするとはいえ、それぞれが強い魔力の持ち主だ。

（精鋭だ……！）

顔の傷を手で押さえながら、エルフ魔導師は表情を険しくする。寝間着姿で及び腰だった雑兵魔族たちと違い、こちらは手強い。

「ここは我らが預かる。他は退《ひ》け！」

エメルギアスの傍らについた魔族の女戦士がよく通る声で言った。彼女もまた緑髪――おそらく王子の一族。

下された『命令』により、これ幸いと雑兵たちが距離を取った。いくら剣聖がおっかなくとも、体裁上、逃げ出すわけにはいかなかったが、『命令』なら仕方ない――代わりに進み出た魔族の精鋭たちは、王子を中心に陣形を組み、槍を突き出す。

（……だが、これは千載一遇の好機だ！）

一方で、レオナルドは己を奮い立たせていた。考えようによっては、討伐目標《ターゲット》がついに自ら姿を現したのだ――探す手間が、省けた。

一瞬、全員で目配せして――

「【聖なる輝きよ《ヒ・イエリ・ランプスイ》　この手に来たれ《スト・ヒエリ・モ》！】」

力を温存していた勇者は、ここに全てを賭ける。

「【英雄の聖鎧《アイギア・アルマトウラス》ッ!!】」

味方全員に強力な加護を。

光の衣をまとった拳聖、剣聖たちが、四肢に力をみなぎらせ。

一斉に斬りかからんと――

「ハッ。無駄なあがきを」

しかし魔王子エメルギアスは動じることなく、むしろ嘲るような態度で。

「【我が名は、エメルギアス＝イザニス。魔王国が第４魔王子なり】」

人族にもはっきりと感じ取れるほど、強烈な魔力を一瞬で練り上げた。

「――【風化せよ《アポサルスロスイ》】」

風が、吹き寄せる。向こう側が歪《ゆが》んで見えるほどの濃い魔力を含んだ風に、流石《さすが》の勇者たちも踏み込むのをためらった。

「【風の精霊よ!!】」

すかさずエルフ魔導師は祈り、清浄なる風をぶつけて呪いを相殺する。……いや、相殺というより、これは、

（浄化の力を剝ぎ取られた！）

背筋が粟立《あわだ》つのを感じた。辛うじて無効化できたが、凄《すさ》まじい解呪だ。あれに勇者たちが晒《さら》されたらどうなるか――聖属性や魔除《まよ》けのまじないが一瞬で消し去られ、呪術的に丸裸にされてしまうだろう。

そうなれば魔法に対して赤子同然に脆《もろ》くなる。魔導師たる自分がしっかりしなければ、全滅は免れない――！

「なるほど。やはりお前が要《かなめ》か」

ニヤリと意地悪な笑みを浮かべ、エメルギアスがこちらに目を向けてきた。

「――闇の輩《ともがら》に死を!!」

嫌な流れを感じ取ったか、レオナルドが叫び、剣から聖なる炎を放つ。眩《まばゆ》い銀の爆炎が魔族たちを襲う――当然、何らかの防護魔法で弾《はじ》かれたが、視界を一瞬塗り潰した。

それを合図に剣聖たちが突撃。もはや魔法を受けるのも覚悟の上だ。何人かが犠牲になったとしても、ここで魔王子を討ち取る――！

「【風化せよ《アポサルスロスイ》】」

「【清浄なる風よ！】」

再び飛んでくる魔王子の解呪、負けじと対抗するエルフ魔導師。強大な魔力が渦巻き、せめぎ合い、消滅していく。

「【足萎えよ　硬直せよ】」

「【風よ　淀《よど》み　絡みつけ】」

魔族の近衛兵《このえへい》たちもまた、堅実に呪詛を放つ。間合いを詰めた剣聖たちに呪いが直撃。しかし聖なる光の衣が身代わりに呪いを受け、虚空へほどけ消えていく。

消えていきながらも――確かに剣聖たちを守った。

果たして、両者の距離が、ゼロになる。

ギィン、ガァンッと激しい金属音が響き渡った。剣聖の斬撃をどうにか受け止める魔族たち。エメルギアスも危なげなく、魔力弱者にも可視化されるほどの濃密な魔力をまとわせた槍で斬撃を防ぎきった。数名の魔族はそこまで槍を強化しきれず、柄を切断され、鎧《よろい》や鎖帷子《くさりかたびら》を切り裂かれたが――致命傷を負った者はひとりもいない。

負傷した魔族たちは無理せず素早く身を引き、後続と入れ替わる。

（いかん、こやつら）

（地力もあるぞ！）

（構わん、押せ！）

剣聖たちは危機感を共有しつつ、エメルギアスに狙いを定めて押し進む。

「うおおおぉぉ――【大いなる加護よ《メガリ・プロスタシア》】！」

レオナルドが力を振り絞って加護を分け与え、辛うじて魔法抵抗を維持。単純な白兵戦ではこちらに分がある。剣聖たちが目にも留まらぬ斬撃を放ち、魔族に呪詛を放つ隙を与えず、防御を突き崩していく。敵は圧力に押し負け、致命傷を受ける魔族もちらほら――横槍を入れられる前に、一気にカタをつける――！

（よし、このまま――）

いける。この勢いなら魔王子の首も取れる！

エルフ魔導師は魔力の循環を維持しながら、高揚感を覚えていた。

「いいなぁ、お前。その魔力の強さ」

だが耳元で、声。ぎょっとするが横には誰も居ない。いやこの声は――

「ただの森エルフじゃねえな。ハイエルフの血筋か？」

数十歩も離れた魔王子エメルギアス。その唇が動いているのが、見える。

「【羨ましい】」

まるで真横で囁《ささや》かれているかのように――はっきりと、声がこちらまで届いている。

「【妬ましい。お前のその持って生まれた力が】」

ねっとりとした粘着質な視線が、エルフ魔導師に絡みつく。

「【悪魔との契約もなく、オレ様に立てつけるだけの強い力が！】」

その瞳は狡猾《こうかつ》な毒蛇のように黒々とした色で――

「【妬ましい。羨ましい。オレもそれが欲しい……！】」

あらゆる光を吸い取って逃さない、虚無の穴のようにも見えた。

エルフ魔導師はその虚無の果てに、ゾッとするような狂気を感じ取る。

――まずい！

そこで我に返った。

自分は何をのんびりと聞き入っている!?　呪詛だ！　心に滑り込む呪いの言葉だ、これ以上、耳を傾けてはならな
「【献上せよ】」

魔法で引き裂かれた頬の傷が、灼熱《しゃくねつ》する。

「あ……ぐッ」

全身から力が抜け、めまいに襲われたエルフ魔導師はその場でふらつき、護衛として控えていた『老師』ドガジンに支えられ、かろうじて倒れずに耐えた。

まるで――まるで、世界が色褪せたような感覚が――

「ははぁ♪」

悪辣な笑みを浮かべ、存在感をいや増すエメルギアス。

「【風化せよ《アポサルスロスイ》】」

間髪を容れず、呪いの風を剣聖たちへと吹きかける。

「――清浄なる風よ！」

エルフ魔導師も叫んだが、直後、愕然とした。

言葉が、呪文が――力を持たない。魔法が――使えない……？

「――いけない!!」

エルフ魔導師の叫びはもはや、悲鳴のようだった。

呪いの風がそのまま、勇者レオナルドと剣聖たちを呑《の》み込んだ。

彼らが身にまとう聖なる光が――完膚無きまでに剝ぎ取られ、吹き散らされる。

「なっ……」

レオナルドもまた、愕然とした声を――

「今だ、やれッ！　【足萎えよ！】」

「【硬直せよ！】」

「【裂けよ《スバシモ》！】」

精鋭たちによる怒濤《どとう》の呪いの連打。鬼神のごとき戦いぶりを見せていた剣聖たちの動きが、途端に精彩を欠く。あるいは魔法攻撃に身を切られる――

「が……っは、な、めるなァァ！」

腹を風の刃で裂かれた双剣の剣聖が、それでも血反吐《ちへど》を吐きながら、眼前の魔族を斬り捨ててエメルギアスに斬りかかる。

「【裂けよ《スバシモ》】」

だが、エメルギアスはたった一言呟《つぶや》くのみ。渦巻く風に切り刻まれ、双剣も腕ごと引き千切れ、血達磨《ちだるま》となって倒れ伏す。

「――ッ！」

歯噛《はが》みした曲刀使いの剣聖が、しかし、散っていった彼の体を盾として、エメルギアスに肉薄。ひゅぅん、と首筋が寒くなるような音とともに、曲刀が王子の首に迫る。

「素晴らしい身体能力だな」

だが、エメルギアスは魔法一辺倒の魔族ではない。鍛えられた肉体と槍術《そうじゅつ》で危なげなく迎撃。膨大な魔力を流し込まれた槍《やり》で、難なく曲刀を受け止めた。

「【裂けよ《スパシモ》】」

またしても、たった一言。どぢゅん、と水気のある音を立てて曲刀の剣聖が弾け飛び、血溜《ちだ》まりに沈んだ。

「【加護よ《プロスタシア》……！】」

魔力を限界まで振り絞り、今にも倒れてしまいそうな顔でレオナルドが唱える。

ぽうっ、と残る剣聖たちにほのかな銀色の光が灯《とも》った。

「まだまだァ！」

「オレたちの剣技、とくと見な！」

兵卒上がりの剣聖2人組が空元気で叫び、鏡面盾の剣聖もまた果敢に斬りかかる。

「お前たちの涙ぐましい努力には敬意を払おう」

無造作に槍を突き込んで、足元の肉塊にとどめをさしながら、エメルギアスは白々しく言った。

「――だが、羨ましくはないな」

嘲りの色が滲《にじ》む。

「【風化せよ《アポサルスロスイ》】」

最後の頼みの綱と言える聖なる光は、またしても――

あっけなく。あっけなく吹き散らされた。

「……ぐっ――うおおおおおッッ！」

壮絶に顔を歪めたレオナルドが、銀色の炎をまとった聖剣を突き入れる。だがそこに絡みつく呪詛《じゅそ》、エメルギアスの槍が閃《ひらめ》き、レオナルドの右腕がいとも容易《たやす》く斬り飛ばされた。

地面に転がる右腕。ミサンガが血と泥に染まる――

「残念だったな」

ぐるんと回転した槍の石突が、レオナルドの兜《かぶと》にめり込む。「がっ」と短く悲鳴を上げた勇者は、がくんと力を失い、そのまま地に沈んだ。

「さて、オレはもう充分すぎるほど首級を稼いでいるからな。独り占めも何だし、あとはお前たちで好きにしていいぞ」

「おっ、いいんですかい？」

「さっすが殿下。太っ腹ァ！」

エメルギアスが数歩下がって鷹揚《おうよう》な態度でのたまい、部下の魔族たちが湧き立つ。もう戦いが終わったかのような、気の抜けた会話――

「舐《な》めんじゃ」

「ねえぞコラァ！」

激昂《げきこう》した兵卒上がりの2人組が、盾を構えながら突進。

「【裂けよ《スバシモ》】」

「【足萎えよ】」

浴びせかけられた呪いに対し、

「「【悪《あ》しき言葉は我らを避けて通る！】」」

たったふたりながら陣形を組み、どうにか耐えてやりすごす。だがそこへ槍が四方八方から襲いかかった。

「畜生がァ！」

「卑怯《ひきょう》だぞ！　魔法抜きで勝負しやがっ」

どす、どすどすっと穂先が肉を貫く鈍い音——

「シッ！」

ぱぁんッと空気が爆《は》ぜる音。犬獣人の拳聖が、石ころを拾い集めながら拳で叩《たた》いて次々に放ってきていた。

「うおっ！　危ねえ！」

「グがっ」

不意を打たれて直撃を喰《く》らう者もいたが、いかんせん距離がある。血反吐を吐いてひっくり返った運の悪い1名を除き、ほとんどの魔族が回避するか、いなすかしていた。

犬獣人の拳聖は素早く身を翻して、森の中へと駆けていく。

「……ん？　あのエルフどこいった？」

そこで、エメルギアスは怪訝《けげん》な顔。——エルフ魔導師とそのそばにいた老獣人もまた、少し目を離した隙に、忽然《こつぜん》と消え失《う》せていた。

†††

エルフ魔導師を背負い、ドガジンは森の中を疾走する。

たとえ魔法の加護を失おうとも、拳聖の身体能力は健在だ。細身のエルフぐらい何の苦にもならない――はずなのだが。風のように駆ける老獣人の顔は、まるで巨大な石塊でも抱えているかのように、苦しげに、そして悔しげに歪《ゆが》んでいた。

「私は……捨て置けッ、足手まといだ……！」

激しい揺れに舌を噛みそうになりながら、エルフ魔導師があえぐようにして言う。

「そうはいかん」

ドガジンは言葉少なに答え、ギュッと一瞬、強く目を瞑《つぶ》ってから、いつもの飄々《ひょうひょう》とした態度を取り戻した。

「ワシは魔法には明るくないが、あの魔王子に何かされたんじゃろ？　魔王子の情報は貴重。ここは生き恥を晒《さら》してでも、逃げるべきだと思っての」

――本音を言えば、死ぬまで暴れ回りたかった。他の武聖が散っていくのを尻目に、倒れた勇者さえも見捨てて、おめおめ逃げ帰るなど……あまりにも……

だが――悔しいが、魔法の加護を失った自分では、魔族に挑んだところで数秒ともたないだろう。もしかしたらひとりくらいは道連れにできるかもしれないが、それだけだ。

ならば今後に活《い》かすため、少しでも情報を持ち帰った方がいい。臆病者と後ろ指を指されることになったとしても――無為に命を散らすよりは、ずっといい。

それに犬獣人の拳聖も、ドガジンと反対方向に一拍置いてから逃げ出した。おそらく、エルフ魔導師を逃がすために囮《おとり》役を買って出たのだ――彼の心意気を無駄にするわけにはいかなかった。

「……ッ」

ぎりっ、とドガジンは牙を食い縛る。いつもの調子を取り戻したつもりだったが、気を抜けば、怒りとやるせなさで頭がどうにかなってしまいそうだ。

（口惜しい……ッ！　なぜ我らは……こうも弱いのか……ッ!!）

武を極め、物の理《ことわり》さえ超越した達人が、己の無力を嘆く。

――魔力の、無さを。

どれほど鍛えようと。どれほど技を身に付けようと。

魔族が一言、二言呟くだけで、呆気《あっけ》なく命を奪われてしまう。

まるで、子どもが戯れに虫けらを踏み潰すように。

努力を、覚悟を、武人の魂を、踏みにじられる――！

「私を、置いていけ……探知される危険性がある……！」

ぐったりと力を失ったエルフ魔導師は、ただ言葉を紡ぐのさえ苦しそうだった。

「代わりに、言伝《ことづて》を頼みたい……推測交じりだが、魔王子の情報だ……」

「記憶力には自信がないがの、聞こう」

「あの王子は風魔法使いだ……条件はわからんが精霊の加護をすり抜け、相手の魔法力を奪うような呪いを使う……奪われる前に、奴《やつ》からつけられた頬の傷が灼熱し、耳元で囁《ささや》かれたような感覚があった――」

ドガジンは一言一句聞き逃すまいと、全身全霊を込めて耳を傾けていたが――

ぞわっ、と空気が異様な気配を孕《はら》んだ。

「……まずい！」

エルフ魔導師が息を呑み、渾身《こんしん》の力でドガジンの背中を叩き、体を引き剝がすようにして身を投げ出した。

――逃げろ。振り向いたドガジンは、エルフ魔導師の唇がそう動くのを――

「【細切れに散れ《アネモス・トゥロヴィロス》】」

魔王子エメルギアスの声。同時に空気が爆ぜる。何百という風の刃の嵐。

ズドドドジュッと湿り気のある音とともに、エルフ魔導師が一瞬で、赤黒いボロきれに成り果てた。いや、それだけにとどまらず至近距離にいたドガジンにも、無数の風の刃が殺到する――！

「【――――】」

だが――全身を引き裂かれて絶命する寸前、胸元から笛を引き抜いていたエルフ魔導師が、最期の吐息で音色を奏でていた。柔らかな風がドガジンを包み込み、悪意ある風の刃を逸《そ》らす。さらにドガジンは、自分の存在感が薄められていることにも気づいた。

……隠蔽の魔法だ。ドガジンが少しでも逃げやすいように、エルフ魔導師が最期の力を振り絞ったに違いない……

「……かたじけないッ！」

牙を食い縛ったドガジンは、事切れた偉大なる魔導師に背を向けて駆け出した。できれば、彼が生きた証《あかし》を、遺品のひとつでも持ち帰りたかった。

しかし呪術的に追跡される危険性を考慮し、断腸の思いで捨て置くことにした。

情けない。尻尾を巻いて逃げることしかできない自分が……！

「……なぜ……我らは……!!」

こうも弱いのか。この期に及んで、飄々とした態度を貫くのはもはや不可能だった。

恥辱を噛み締める老拳聖の拳は、血が滲むほど強く握りしめられ、その瞳からは悔し涙がこぼれていた……

†　†　†

「ん、死んだか」

本陣で木の幹に寄りかかって、居眠りするようにのんびり構えていたエメルギアスは、エルフ魔導師の死を感じ取る。

繋がりが消えたのだ。エルフ魔導師から奪い取った魔力が、蒸発していく。

『羨望』のエメルギアス。

それがエメルギアスの二つ名だ。『色情狂』もとい『恋多き』ダイアギアスのように、半ば揶揄《やゆ》する色がある。エメルギアスは常日頃から不平不満を隠さないからだ。

だが、その真の意味を知る者は意外と少ない。

エメルギアスが本契約しているのは、【嫉妬の悪魔】ジーリア。権能については、説明不要だろう。他者を妬み嫉《そね》むことにより力を得る。そしてジーリアがもたらす魔法には、妬ましい相手を自らの『下』に引きずり落とす力もあった。

狂おしいばかりの嫉妬に駆られ、心の底から望むことにより――傷をつけた対象から力を奪い取れるのだ。ただし奪うといっても、『完全に』我が物にできるわけではない。力の本来の持ち主が死亡すれば奪った力も消えてしまう。

どれほど焦がれようとも、望んだそのままは手に入らない。それが嫉妬の限界。ゆえにもどかしさを掻《か》き立てられ、嫉妬の炎は勢いを増し、さらなる力をもたらす。相手が抵抗しようがほんの僅かでも力を奪い取れば、エメルギアスは強化され相手は弱体化する。そうすれば相手の抵抗も弱まり、力を奪いやすくなり、やがて敵は丸裸になる――

じわじわと、蛇が獲物を絞め殺すようなやり口だ。しかし言ってしまえば敵から力を『盗む』ようなもので、魔族としては非常に外聞が悪いため、魔法の本質を知るのは身内のごく一部に限られる。対外的には『凶悪な弱体化の魔法』ということにされていた。

（あの魔導師……逃がしても良かったが、世間体ってのは厄介なもんだ）

胸の内、エメルギアスは独りごちる。生きている限り力を供給してくれるあのエルフは見逃してもよかったのだが、襲撃犯がおめおめと逃げたとあっては魔王子の面子《メンツ》に関わる。だから、始末せざるを得なかった――一緒に逃げた拳聖も、魔法で巻き添えにして仕留められただろう。もうひとり、別方向に逃げた拳聖は部下たちが追っているところだ。

「【――殿下。黒犬を捕捉しました。現在追尾中】」

と、耳元で声。姿は見えない。しかし森の方から、妙に響く『声』。

「【よし。そのまま討ち取れ。油断するなよ】」

エメルギアスもまた、妙に響く声で答えた。

「【承知】」

短く返事が戻ってくる。これが、イザニス族の血統魔法だ。

その名も【伝声呪】。読んで字のごとく、声を伝える魔法。イザニス族の得意とする風魔法と特に相性がいい。戦場においては、離れた味方にも瞬時の声が届けられる――血族同士であれば血の繋《つな》がりをたどることで、移動中であっても正確なやり取りが可能だ。

優れた戦術家を輩出するイザニス族を、古来より支えてきた優秀な血統魔法。しかし、いかんせん地味で、一般魔族には「使い走りのような力」と軽視されがちでもある。

魔王をはじめとした上位魔族や、夜エルフたちには高く評価されているのだが……

ともあれ、この【伝声呪】の最大の特徴は、ただ声を飛ばすわけではなく、声に魔力の輪郭を与えている点にある。

風に乗せて、届けられるのだ。魔力のこもった声——すなわち呪文そのものを。

通常、呪いや攻撃魔法の射程は50歩ほどと言われている。術者から放たれた魔法は、世界に偏在する他の魔法や魔力の影響を受け、どんどん変質し、減衰してしまう。

だが伝声呪は、声の魔力を非常に強固なものとし、視界の果てまで風の刃を放つような芸当さえ可能とする。ただ、格上には届いた呪文《こえ》が発動しても結局無効化されがちだし、格下相手に多用すると「魔法だより」「腰抜け」「惰弱」などと他部族に笑われてしまうことから、意外なほど活躍の場は少ない。

「……殿下。情報を抜き出して参りました」

と、遮光フードをかぶった夜エルフ猟兵が声をかけてきた。

「おう。それで?」

「ハッ、こちらが把握している以上のことは、特に何も。なかなか強情な奴でしたので、最終的には投薬で済ませました。ちょろいもんです」

ニチャリと意地の悪い笑みを浮かべる夜エルフ猟兵。

「ただ、話によれば砦《とりで》の戦力が撤退を開始しているとか。連中は、我らの目を逸らす陽動も兼ねていたようです」

「ほーう。無駄死にご苦労としか言いようがないな」

夜エルフと鏡写しのような、陰湿な笑みを浮かべるエメルギアス。

「若。いかがします？」

そばで控えていた緑髪の女魔族――エメルギアスの直属の部下だ――が尋ねてきた。

「捨て置け。これ以上の侵攻は許されていない」

エメルギアスはつまらなさそうに、肩をすくめて答える。

――あの砦から先に進めば王都までは一本道。レイジュ族との協議により、イザニス族は予定外の侵攻が可能になったが、あの砦から先はレイジュ族の取り分だ。

（王都を眼前に、指を咥《くわ》えて見ていることしかできんのは業腹だが）

このあと侵攻予定なのがレイジュ族――あの気に食わない末弟なのかと思うとさらに腹立たしい。フン、と鼻を鳴らしたエメルギアスは、もう考えないことにした。

「コイツらも、逃げるならそのまま生かしてやってよかったのにな。まったく犬死だ」

勇者たちへの嘲りであり、やられてしまった木っ端魔族たちを哀れむ言葉でもある。

「……まあ、戦功の足しにはちょうどよかった。お前たちもそうだろう？」

おどけたように問いかけるエメルギアスに、周囲のイザニス族の戦士たちはニヤニヤと笑って頷《うなず》く。結論、弱い奴が悪い。それに尽きる。

「そういえば、さっきの勇者は？」

「一応まだ生きてはおりますが……極めて強力な薬物を使用しましたので、『帰りたい、帰りたい』とうわ言しか言わない廃人状態です。殿下がとどめを刺されますか？」

「いや、面倒だ。あとは煮るなり焼くなり好きにしろ」

聞いたはいいが、あまり興味がなさそうにエメルギアスは言う。

「はっ。ではこちらで処分いたします」

夜エルフは慇懃《いんぎん》に頭を下げ、その場を辞していった。

エメルギアスも天幕に戻って休憩しようと――したところで、ふと足元に散らばる勇者一行の死体に目を留める。

「『帰りたい』、か」

ニタリと意地の悪い笑みを浮かべた。

「いいだろう。たまには、連中の奮闘を称《たた》えてやるとするか……次回のために、やる気を出してもらわねば困るからなァ？」

†　†　†

――砦から、人族の列が吐き出されていく。

多くは負傷兵だ。互いに肩を貸し、あるいは軽傷者が重傷者を背負い、できる限りの早足で撤退していく。

砦の前面。剣聖『一角獣』バルバラは居残り組の剣聖ヘッセル、そして女神官のシャルとともに、緊張の面持ちでそれを見守っていた。

「……静かだね」

乾いた唇をぺろりと舐《な》めて、バルバラはつぶやく。周囲には、完全武装の神官たちも控えており、魔王軍の追撃にいつでも対応できる構えだった。……が、当初の予想とは裏腹に、獣人やオーガの昼行軍は緩い半包囲網を維持するのみで、全く動かない。

「……彼《い》ら《、》が、うまくやってくれたのでしょうか」

疲労も色濃い女神官シャルがバルバラの独り言に答えた。祈るように、すがるように杖《つえ》を握りしめながら、レオナルドたちが消えていった森を見つめている――

「ひょっとすると、魔王子が討ち取られて大騒ぎなのかもな？」

場の空気をほぐそうとしたか、ヘッセルが大剣でトントンと肩を叩《たた》きながら、軽い調子で言う。

「だとしたら、そろそろひょっこり顔を出すなんてことも――」

微笑《ほほえ》んで軽口を聞いていたバルバラだが、不意に背筋に冷たいものが走った。

それは勘としか言いようがない。戦場で何度も助けられてきた直感。

バッ、と弾《はじ》かれたように森を見やれば、視界の果ての果て、砂粒のような点。

ひゅうん、と森から何かが、弧を描いてこちらへ――

「危ない！」

シャルの襟元を引っ摑《つか》んで、抱き寄せた。

ズドンッ、と今まさにシャルがいた地面に、『それ』が突き立つ。

魔族の槍《やり》だった。そして柄の部分には――何かが連なって刺さっている。

何かが……いや、それは……ひと目ですぐにわかった、だが……

理解、したくなかった……

「そんな……！」

見知った顔が。変わり果てた顔が。肉体の一部が。まるで串焼き肉のように、乱雑に。

「あ……あぁ、ああ……!!」

シャルが目を見開いて、ハッ、ハッと短く肩で息をしている。

目が離せない。槍の穂先に貫かれた腕に、視線が釘付《くぎづ》けになっている。

血塗《ちまみ》れの手首に――赤黒く汚れた、ミサンガ。

「いや……イヤッ、いやああああああああ――ッッ！」

絶叫を振り絞るシャル。

【惰弱なる同盟の諸君！】」

しかしその悲鳴をざらついた声が塗り潰す。

「ッ誰だ!?」

声あれど姿見えず。ヘッセルもバルバラも臨戦態勢で構えたが――

「【我が名はエメルギアス。第４魔王子エメルギアス＝イザニスなり】」

その声は、どうやら槍本体から響いていた。

「【我が陣に迂闊《うかつ》にも迷い込んだ同盟の雑兵がいたため、この通り返しておこう。随分と帰りたがっていたようだからなァ】」

「貴、様ァ——ッ！」

ヘッセルが激昂《げきこう》するが、声は変わらず。

「【同盟軍の雑魚どもよ、身の程を知れ。貴様らはオレ様たちに勝てない。お前たち全員は無駄死にする運命にあるのだ】」

ヘラヘラとどこまでも軽薄に、嘲笑《あざわら》う調子で。

「【せいぜい尻尾を巻いて逃げ帰り、次なる侵攻に備えるがよい！　我らが魔王軍の精鋭が、王都に攻め込むべく準備をしているぞ？　こんな惰弱な様子では数日とせずに陥落してしまうだろう。無い力を振り絞って守りを固めることだ。ハッハッハッハッハ——】」

——バルバラは、槍本体に剣を突き込んだ。

正確無比な刺突が槍の柄を粉砕する。だが声を運ぶ魔法は健在で、いつまでも耳障りな笑い声が——

レオナルドの右腕に縋《すが》り付いて泣き叫ぶシャル。

大剣を振り上げ、「クソがァ——ッ！」と吠《ほ》えるヘッセル。

バルバラは剣を握り締め、わなわなと震えることしかできなかった。

怒りのあまり。憎しみのあまり。……何もできなかった、己の無力さのあまりに。

「あ、レイジュ領に入りましたね」

のんびり読書していたソフィアが、顔を上げて窓の外を見やった。

街道そばの魔力が込められた標識が、あっという間に視界の果てに消えていく。

魔王国内の主要な街道には、ああいった標識が要所要所に設置されている。魔力が込められていて風化しづらい強固な標識——ということもあるが、そこに封じられた特殊な文様には、骸骨馬《スケルトンホース》に目的地を認識させる機能もある。

エンマに死霊術を習ったことで、そういった事情もわかってきた。普通の馬よりも低めな知能と自我しか持たない骸骨馬《スケルトンホース》たちが、ほとんど自律して主要幹線道路を移動できるのは、ああいった標識の補助があってのことなのだ。

骸骨馬《スケルトンホース》たちに刷り込まれた術式《コード》については、俺も少しばかり習っている。どこで何の役に立つかわからないからな……

『それにしても、魔力で固められた街道に、魔法が封じられた道路標識とは……魔力強者の種族ならではじゃのぅ。ああ、そこそこ……』

ここか？　ここがええんか？　ナデナデ……

『おほぉ〜〜〜』

暇すぎる馬車の旅の間中、アンテ（げんそうのすがた）を撫《な》で回しながら、ずっと外を眺めているが――レイジュ領に入ってから徐々に景色の様相が変わってきたな。

これまでの魔王直轄領では、ちょくちょく点在する獣人の集落の他は、かつて人族の街だった廃墟《はいきょ》、古びた無人要塞、手つかずの森、枯れかけた高原など、荒涼とした風景が広がるのみだった。……国土面積に対して、統治が追いついていないというか。

翻ってレイジュ領には、区画整備された畑や、画一的なデザインの家屋が建ち並ぶ集落が数多く存在し、いかにも『文明的な』世界が広がっているように見える。


――そしてレイジュ領には、他の魔族の領地にはない大きな特徴があった。


それは、人族の多さ。休憩でとある集落に立ち寄った際、俺は、それを痛感する羽目になる。レイジュ領、いや魔王国における人族のあり方を、その実態を――

「ようこそおいでくださいました、大公妃様」

重厚な丸太の壁で囲まれた村、というより半ば要塞のような集落で、俺たちは白虎族と思《おぼ》しき獣人に出迎えられた。俺たちの来訪を前もって知らされていたのだろう、飲み物に加え軽食まで用意されており、野外でちょっとしたお茶会気分だった。

「そういえばジルバギアスは、この手の牧場は初めてね」

立ったままグイッとお茶を飲みながら、ふと思い出したようにプラティが言った。

……牧場。

「知っての通り、レイジュ領は魔王国内で最大の人族の産地なの」

産地……

「こういった牧場が各地に点在していて、効率よく飼育・繁殖させているのよ」

飼育……繁、殖……

『……アレクーッ！　抑えよ！　ここは抑えよ!!』

なに言ってんだよアンテ。俺は……冷静だぜ……？

こんなの、わかりきってたことじゃないか。今さらだろ……？

「……どうしたの、ジルバギアス。そんなに震えて」

俺の顔をまじまじと見つめながら、怪訝《けげん》そうなプラティ。

いかん。

「いえ……ずっと座りっぱなしだったからか、身体《からだ》が強張《こわば》っていたもので」

俺は顔が引きつってるのを自覚しながらも、どうにか愛想笑いを浮かべた。

「少しばかり、全身の筋肉を振動させてました」

「そ、そう……」

よし、どうにか誤魔化せたな。

「まあ、あなたも将来、魔王国を統べなければならないのだから、これもいい経験になるわね。見学してみましょうか」

「おお、王子殿下に見学いただけるとは光栄の極みにございます。それではお出迎えのご用意をば――」
　そして、俺の意思が一切介在する余地なく、見学する流れとなってしまった。

　――集落の中央、広場。

　真夜中であるにもかかわらず、人族がずらりと平伏していた。

　数は、ざっと200〜300……女と、子どもと、ごくわずかな若い男しかいない。

　いや、先頭で地面に頭をこすりつけているのが、唯一老人だった。

　全員、判で押したように同じデザインの色褪《いろあ》せた青い服を着せられている。まるで囚人服――いや、実際はそれよりタチが悪いか。集落を取り囲む高い丸太の壁は、魔物の類への備えのようにも見えたが。

　その実、先端の忍び返しは、内側につけられていた。

「よくしつけられているわね」

　突発的な見学だったにもかかわらず、そして普通は人族が寝ている夜中だったにもかかわらず、あっという間に準備が終わったことにプラティが感心していた。

「……この村の人口は？」

　黙り込んでいても怪しいと思い、俺は無難な質問を投げる。

「村のですか？　50名です」

　答える責任者の獣人。……ここにいる人族だけで200は下らないが？

「あ、人族の方にございますか。現在は５００頭ほどですな、赤子まで含めれば頭…………」

『抑えよーッッ!!』

……俺は軽く息を吸って、吐いた。

「50というのは、お前たちの数か」

「はい」

「たったそれだけで、10倍の数を管理してるのか？」

「ええ。ここには従順なモノしかおりませんので、楽なものですよ。なにせ、１００年以上にわたたって反抗的な個体は間引いて参りましたからな」

ピンとした猫っぽいヒゲをなでつけながら、責任者は得意げに言った。

１００年以上……俺は頭がクラクラしてきた。レイジュ族の領地は、人族の小国をまとめて併呑《へいどん》したという。その国の住民たちの子孫が――末路が、これか――

平伏する人族たちは、目立つのを恐れているように全く身じろぎもしない。まだ幼い、年齢が2桁にもなっていない子どもでさえ、ただの一言も……!

「最後にしつけでムチを振るったのは、もう何年前でしょうか」

俺が尋ねるまでもなく、責任者はつらつらと語っていた。曰《いわ》く種付け用の若い男は半年ごとに別の集落へローテーションさせている。反乱防止と、血が濃くなりすぎるのを防ぐためらしい。

基本的に、男は運動能力に優れたものだけを残し、競争に負けたものは転置呪用の身代わりとして出荷。女は身体が育ったら積極的に交配させ、可能な限りハイペースで子どもを産ませる。ある程度の出産数《ノルマ》をクリアできたら、しばらくの間は出荷されることなく過ごせるが、それでも一定の年齢に達する前には大体出荷。

集落のまとめ役として、ごく僅かな老人だけが生かされる——

「昔はもう少し老人が多かったのだけど、転置呪用の身代わりとしてはあまりに使い勝手が悪かったから、検討の結果、徐々に数を減らしてるの」

プラティの言葉に、先頭で平伏していた老人がビクッと震えるのを、俺は見た。

——牧場の住民たちは、繁殖以外では畑仕事に精を出しているらしい。ある程度は自給自足しているそうだ。「自分の飯を自分で作り出せるだけ、家畜よりは上等ですな」と責任者は笑っていた。

ちなみに服や農具、その他の加工品などは、別の人族の集落で生産されているそうだ。かつての王国の職人たちの技を継承した、上級奴隷的な一族も存在し、彼らは——まだ人として尊厳のある暮らしを許されているようだ。

あくまで、牧場《ここ》に比べて、という次元の話だが……

「お気をつけてー」

笑顔の獣人たちに見送られながら、俺たちは再び出発した。

「どうだった？　ジルバギアス」

俺の隣の席で、プラティが微笑《ほほえ》みながら尋ねてくる。

「非常に参考になりました」

もはや、心は麻痺《まひ》したように何も感じなくなっていたので、俺はそつなく答える。

「魔王国の今後の統治を考える上でも、非常に、参考になりましたよ」

「それは良かったわ」

プラティは満足げにしている。

……ああ、非常に参考になったよ。とっても、な。

そして、固い笑顔を貼り付けたまま、馬車に揺られることさらに数時間——

とうとう馬車は、レイジュ族の本拠地にたどり着いた。


元は、人族の王国の首都だったのだろうか。

石造りの家屋が建ち並ぶ、清潔で文明的な街だった。使用人と思しき獣人や夜エルフも多いが、それよりも明らかに魔族の数が多い。

「ついに、一族の者たちと顔合わせね」

そして、街中央部の、族長の邸宅の前で馬車が止まり。

扉に手をかけたプラティが、振り返って俺にニヤリと笑う。

「心の準備はいい？　ジルバギアス」

「――はい」

さて、レイジュ族の奴《やつ》らはどんな連中かな。どんなムカつく野郎でもどんと来いだ。

今の俺なら遠慮なくぶん殴れるぜ。目にもの見せてやるぞ魔族ども――

俺はドス黒い決意を胸に、馬車から降り立った。

「おおっ！」

「あれが若か!!」

「おい、お前たち！　やれッ！」

すると目の前に、何やら棒を構えた魔族の若者たちが飛び出してくる。

早速かよ！　身構えたが――若者たちはそのまま、棒を掲げてバッと横に広がった。

思わず目が点になる。

棒の先端には、布がくくりつけられ――広がった白い生地には、デカデカと――

『ようこそ!!　ジルバギアス殿下!!』

ヘタクソな魔族文字でそう描かれていた。棒を掲げた若者たちは、爽やかな笑顔。

……歓迎の横断幕だった。

「ほほー、あれが例の若か。大した魔力だな」

「聞いてたよりだいぶんデカいな」

「ってかほんとに5歳かよ……」

本邸の庭には、横断幕アタックを仕掛けてきた若者3人組のほか、蛮族風の貴族服を身にまとった魔族たちがたむろしていた。

ひそひそと言葉をかわしながら、こちらを興味深げに見守っているが――件《くだん》の横断幕3人組は、周囲など気にするふうもなく。

「若！」

横断幕の支えを他ふたりに任せ、灰色の髪を後頭部へ撫で付けたひとりが、バッと俺の前に跪《ひざまず》いた。

その両手には、それぞれ扇子が握られており、『前線へ♡』『連れてって♡』とある。

「俺たちを家来にしてください！」

扇子を掲げたまま、シュバッと頭を下げる灰色オールバック《オールバック》。それに続いて、横断幕のふたりも「お願いしやす！」と叫ぶ。

いや……何だコイツら!?

5歳児相手にプライドはないのか！　ホントに魔族か!?

だけど、ちゃんと角は生えてるし、肌は青いし、魔力もそこそこあるし……俺と比べてこの3人組ってどんなもん？　アンテ。

『それぞれお主の3分の2、あるいはそれよりちょい強めといったところかのぅ……』

アンテが客観的に教えてくれるが、その声には困惑が滲《にじ》む。なるほどね。男爵以上子爵

未満ってとこか……

「この頃、なかなか戦に出る機会がないんです！」

「絶対にお役に立ちますんで！」

「なにとぞ、お願いします！」

無反応の俺に、食い気味で懇願する3人組。

「誰だよお前ら」

俺は至極まともな問いを投げかけた。

「アッ！　コイツは失敬、俺たちは——」

扇子を畳みながら、灰色オールバックが照れ笑いを浮かべて自己紹介しようと——

「ごるァ!!」

が、その後ろ——邸宅の玄関口の方から、もはや咆哮《ほうこう》に近い怒声が響いた。

「族長を差し置いて挨拶たァいい度胸だな、おォン!?」

玄関の豪奢《ごうしゃ》な扉を蹴り開けるようにして、大柄な初老の魔族が姿を現す。白髪まじりの銀髪。今は深いシワが刻まれているが、かつては相当な美男子であったことをうかがわせる面構え。矍鑠《かくしゃく》たる足取りで、肩を怒らせながらノシノシと歩み寄ってくる——背後には、似たような顔立ちの男女が何人か。たぶん俺の親戚。

「やっべ！」

「逃げろ逃げろ！」

「若ッ！　また御挨拶に伺いますのでー!!」

見事な連携で横断幕を畳み、俺に手を振りながら3人組はピューッと一目散に走り去っていった。息はぴったりだが、逃げ足もクソ速いな……戦場でもあのノリで逃げそう。

「まったく、あやつらは……」

渋い顔で3人組の背中を見送りながら、嘆息する初老の魔族。が、すぐにその猛禽類《もうきんるい》のような鋭い視線が、こちらへ向けられた。

「魔王国公爵にしてレイジュ族が族長、ジジーヴァルト＝レイジュだ」

初老の魔族――ジジーヴァルトは堂々たる名乗りを上げた。

こいつが、レイジュ族の族長……！　プラティの話によれば今年で220歳。しかし老いも衰えも感じさせず、巌《いわお》のような存在感と、公爵に相応《ふさわ》しい魔力を誇る。立ち居振る舞いひとつとっても、ひとかどの戦士であることは明らかだ。それでいて、身体《からだ》に古傷のひとつもないのは、流石《さすが》レイジュ族といったところか……！

「無事にこの日を迎えられて嬉《うれ》しいぞ、プラティ。やっと、お前の自慢の息子を拝むことができた」

ニッ、と野性味のある笑みを浮かべて、プラティに話しかけるジジーヴァルト。

「ごきげんよう、伯父さま。ええ、わたしとしても待ち望んでいました」

プラティもにこやかに一礼する。族長を敬いつつ、親しげな雰囲気を出すことで、大公妃としてへりくだりすぎない態度を保つ――絶妙な塩梅《あんばい》だ。

言葉遣いについては、俺も事前に指導を受けている。俺は将来の魔王（候補）だが、現時点ではただの子爵。偉すぎるのも卑屈すぎるのもダメだ。現族長に対しては相応の敬意を払いつつ、あとは無礼にならない程度に、毅然《きぜん》とした態度を保たねばならない。

この場の全員の視線が、話を促すように、俺へ向けられた。

さて。俺も挨拶のため口を開こうと、唇を湿らせ――

「おおっ……！」

――ようとしたのだが、周囲がどよめいた。

「わん」

何事かと思えば、後続の馬車から身内が降りるところだった。具体的には、リリアナを抱えたガルーニャと、ちょっと心細そうな顔のレイラが。

「あれが……噂《うわさ》の……」

「ハイエルフ……ペット……」

「異常性癖……ダイアギアス……」

ひそひそひそ。再び、ささやき声と好奇の目が――

「あっちは……人族……？」

「いや……角があるぞ……」

「ドラゴンじゃないか……？」

レイラが居心地悪そうに身じろぎしている。

「件の……手籠《てご》め……」

「闇竜……献上……」

「メイド奴隷……羨ま……」

ひそひそひそひそひそ……

プラティは笑顔のまま、ジジーヴァルトとその親族はちょっと引き気味に。

なんだろうな……ホームに帰ってきたはずなのに、この外様感《とざまかん》は……

「んんっ！」

が、このままお見合いしていても仕方がないので、俺は咳払《せきばら》いをひとつ、気まずい空気を打ち払った。

「お初にお目にかかります、第7魔王子ジルバギアスです」

ピシッと一礼。型にはめたような礼儀作法で。

「う、うむ」

気を取り直したように、ジジーヴァルトも頷《うなず》く。

「会えて嬉しいぞォ！　なんとも凛々《りり》しいな、噂に違《たが》わぬ――」

……おいジジイ、そこでチラッとリリアナたちを見るな!!

「――噂に違わぬ、その、豪放ぶりじゃねえか！　グワッハッハ……!!」

笑って誤魔化してんじゃねーよ!! せめて口調に困惑滲ませるのやめろ!!

「いやはや、このまま歓迎の宴《うたげ》となだれ込みてェところだが、まずは、ワシの家族も紹介せにゃならんな！」

徐々に調子を取り戻しつつ、ジジーヴァルトが背後の魔族たちを示す。

「我が息子、ジークヴァルトだ」

「よう、久しぶりプラティ。そしてはじめまして、だな。ジルバギアス」

ニカッとワイルドな笑みを浮かべたのは、濃いめな顔立ちのイケメン銀髪魔族。話には聞いている。ジークヴァルト＝レイジュ、140歳。階級は侯爵。プラティの従兄弟《いとこ》にあたり、次期族長と目されている男だ。

こちらもかなり鍛えられているな。重心の安定感が半端ない。笑顔こそにこやかだが、その目は俺の一挙手一投足をつぶさに観察しているようで油断ならなかった。笑顔のまま殺しに来そうなおっかなさがある。プラティとの槍試合《やりじあい》で勝てる数少ない一族の者とは、ひょっとするとコイツのことだろうか。

「はじめまして、ジークヴァルト殿」

俺も、その赤褐色の瞳を真っ直《ます》ぐに見つめながら、そつなく返す。

「そして、こっちが俺の息子と娘だ。ちょうど似たような年頃——ではないが、まあ見た目的にはそう変わらんし、若い者同士、仲良くやってくれ」

そう言うジークヴァルトの隣には、魔族の青年と若い娘。それぞれ人族でいうなら20歳すぎと16、7歳くらいの見た目だが、15歳で肉体が完成するのが魔族だ、事前情報によればもうちょっと若い。

「やあ、ジルバギアス。エイジヴァルト＝レイジュだ。階級はきみと同じ子爵」

微笑《ほほえ》んで、青年の方が手を差し出してきた。エイジヴァルト＝レイジュ――順当にいけば、次期次期族長になる男。年齢はたしか17歳。

「よろしく、エイジヴァルト。ジルバギアスだ」

俺は気負わずに手を握り返した――魔族で握手とは珍しい。案の定、ググッとちょっとばかり力を込められた。俺の力量を確かめようとするかのように。

「はは。こちらこそよろしく、……未来の魔王陛下？」

エイジヴァルトは、軽く一礼した。おっと――声をひそめたとはいえ、衆目環視でブッ込んできたな？　冗談めかして笑っているが、エイジヴァルトの目は父親同様、あんまり笑っていなかった。

俺が「いいのか？」とばかりに族長ジジーヴァルトを見やると――

「おう、あんまり滅多なことを言うんじゃねェぞ」

ジジーヴァルトが少し硬い口調で釘《くぎ》を差した。プラティは相変わらず、何も言わずただ笑っている。

「滅多なことだなんて！　我が一族きっての若き天才なんだ。ちょっとくらい期待しても可笑《おか》しくはないでしょう、お祖父《じい》さま？」

パッと手を放して、おどけたようにエイジヴァルトが笑う。

この場の誰も言及してないが、俺はあまりに若い（5歳）。

にもかかわらず――エイジヴァルトは、階級が同じとはいえ、歳下《としした》の俺を限りなく目上に近い同格として扱っている。エイジヴァルトは俺の将来性に敬意を表しているのだ。しかしプライドの高い魔族のことだ、このあたりの機微は一筋縄ではいくまい――

「……未《ま》だ若輩者ではありますが」

俺は、エイジヴァルトではなくジジーヴァルトを見据えて、敬意の対象を意図的にズラしながら慎重に言葉を紡いだ。

「誇り高きレイジュ族の戦士として、今後も精進して参りたいと思います」

「……うむ！　その心意気やよし!!」

ジジーヴァルトは、そして隣のジークヴァルトも感心したようにうなずいた。俺の態度は正解だったのだろう、エイジヴァルトの発言は流しつつ、否定も肯定もせずにただ努力するとだけ――

「あはは」

他人事《ひとごと》のようにエイジヴァルトが笑ってやがる。このガキ……！

『かく言うお主も幼児《ガキ》じゃがの』

まあねえ!!

「ジルバギアス、お前はまさに我らが一族の期待の星だな！　最後に、我が孫娘を紹介しよう。ルミアフィアだ」

ジジーヴァルトが笑顔になって、端っこの若い娘の背中をポンと叩《たた》いた。爺《じい》さん、目を弧にしてやがる。孫娘が可愛《かわ》いくてたまらないんだろうなぁ。

前に押し出された当人は、嫌そうな顔をしているが……

「……よろしく」

目を逸《そ》らし気味に、ぶっきらぼうに一言だけ口にする娘。

ルミアフィア＝レイジュ、確か今年で13歳だったか。

「よろしく、ルミアフィア」

俺も社交的に微笑んで目礼したが、ルミアフィアはじろりと俺を睨《にら》みつけて。

「……あたし、部屋に戻る」

そのままプイと踵《きびす》を返し、早足で去っていった。

ええ……なんかすげー感じ悪いんだけど。

俺、なんか嫌われるようなことしたっけ？

『年頃の女子《おなご》じゃぞ？　自身を顧みてみい。ほれ背後』

言われて振り向けば、レイラと目が合った。

その足元には、ちょこんとおすわりの体勢のリリアナ。

「ああ……」

してたわ。嫌われるようなこと……

　やたらツンケンしたルミアフィアのせいで、微妙に気まずい感じになってしまったが、俺たちは気を取り直して歓迎の宴に突入した。

　邸宅の大広間。１００人は軽く収容できそうな空間だ。

　洗練されたデザインのクリスタル製シャンデリアが吊《つ》り下げられ、煌々《こうこう》と広間を照らし出している。そこは、闇の輩《ともがら》の宴とは思えないほどに明るかった。給仕は獣人――それも白虎族の者が多い。さすがはレイジュ族の本丸といったところか。

　俺は、族長たちとともに、広間の上座にある雛壇《ひなだん》みたいな横一列のテーブルに座らされた。まるで結婚式の披露宴にでも出てるような気分だ。

『お主の披露宴という意味では、あながち間違いでもないぞ』

　言われてみりゃそうだな。ちなみに配置だが、

○ルミアフィア（孫娘）
○ジークヴァルトの妻
●プラティ
☆ジジーヴァルト（族長）
○ジークヴァルト（息子）
●俺（ジルバギアス）
○エイジヴァルト（孫）

こんな感じで、中央に族長のジジーヴァルトを据えて並んでいる。一段高い場所から魔族どもを見下ろしていい気分だぜ。ルミアフィアは自室から連れ出されたと見え、不満そうな顔をしている。あと族長の妻はしばらく前に他界しているそうだ。

俺の将来性や、それぞれの現在の地位を加味すると、妥当な席次だろう。にしてもルミアフィア、俺が気に食わないのはわかるが、一族の者たちを前にしてあからさまに嫌そうな表情はどうかと思うよ。内々の食事会ならともかく……族長も家族も誰も注意しねえし……甘やかされてんのかな。

まあ、それはそれとして、広場に集まった一族の面々も、俺から引き離されるのを嫌がったリリアナが、くーんくーんと鳴きながら俺をめっちゃペロペロしてたときは、すげえ顔してたけどな！　年頃の娘なら致し方なし、と同情されているのかもしれない。

魔王城だと、夜エルフしかり闇竜しかりエンマしかり、周囲に腐れ外道が多すぎて感覚が麻痺《まひ》してたけど……うん……。

なんか思わぬ方向から常識パンチを食らっちゃって、俺ちょっとつらい。こんなことで自分を客観視しとうなかった……！

「それでは、我らが魔王子の来訪を祝して。そしてレイジュ族の未来に――乾杯！」

「「「乾杯!!」」」

内心ブルーな俺をよそに、族長ジジーヴァルトの音頭で宴は始まった。

その瞬間、驚いたことに、音楽が流れ始めた。

クッソ驚いた。広間の下座、垂れ幕の向こう側から、軽妙で陽気な管弦楽団の音色が響いてきたのだ。魔族に生まれてこの方、初めてといっていい——太鼓とか角笛とかじゃない、繊細で文化的な音楽に触れたのは——

「驚いたか？」

イタズラを成功させたような顔で、ジークヴァルトが言った。

「これは？」

「レイジュ族がこの地を支配して以来、生かして置いている楽団の一族だ」

ぶどう酒の盃《さかずき》を傾けながら、薄く笑みを浮かべて。

「惰弱なる人族ではあるが、奏でる音色はなかなかどうして悪くない。これもまた、宴を盛り上げるには一興だろう？　我が一族は他部族と違って文化的だからな」

その瞳には、どこか俺を試すような色がある。

「——とはいえ、下賤《げせん》な者どもが奏でる音であることに変わりはない。気に食わんようならやめさせるが……？」

「いえ、とんでもない。実に気に入りました」

俺は笑顔で答えた。とんでもねえ。上級奴隷の職人たち以外にも、技で生き延びた一族がこの地にはいるのか……!!

「これほどの演奏は、父上の宮殿でも耳にしたことがありませんよ」

俺の言葉に、ジークヴァルトは満足げに頷《うなず》いていたし、エイジヴァルトも小鼻を膨らませて得意げだった。魔王の宮殿よりも文化的、と解釈して自尊心をくすぐられたらしい。そもそも魔王の宮殿には楽団とかいねーけど。

豪勢な料理が運ばれてくる。台車でガラガラと、子羊の丸焼きやスープの大鍋が。

俺にとっては幸いなことに、魔族の宴はまず飯に集中するものらしい。給仕たちが手際よく、その場でガンガン皿によそって、そのまま供されていく豪快なスタイルだ。

族長や俺たちのところには、子羊の丸焼きの最も上等な部位が運ばれてきた。味付けはハーブの使い方が独特で、どこか荒削りながらも、肉の旨味《うまみ》を最大限に味わえる。スープは具だくさんで根菜がホクホクと美味《おい》しい。滋養たっぷりな味わいで、腹の底から力が湧き上がるようだ。

話によれば、レイジュ領に併呑《へいどん》される前の、この辺りの郷土料理だったとか……ジークヴァルトが食べながら教えてくれた。

この食文化を生み出した人々の末裔《まつえい》は、今や奴隷どころか牧場で飼育される始末。そして図々《ずうずう》しく居座った魔族どもが、我が物顔で食らっている——俺は湧き上がる複雑な想《おも》いにフタをして、愛想よくジークヴァルトやエイジヴァルトと言葉をかわしながら、笑顔でよく飲み、よく食べた。

この味を噛《か》みしめるように。

この味を忘れまいとするかのように——

食事が一段落すると、この宴《うたげ》の本来の目的であろう――やはり魔族であっても逃れられない――怒濤《どとう》の挨拶ラッシュが始まった。

デザートのカットフルーツをつまみながら、俺は偉そうに席にふんぞり返り、一族の重鎮どもを相手した。

いやー、来るわ来るわ。俺の前世より柔らかい頭でも、とてもじゃないが名前なんて覚えきれねえ。

「本日はご機嫌麗しゅう、ジルバギアス殿下――」

老いも若きも、基本的にはにこやかだが、全員が好意的ってワケじゃなさそうだ。

目を見ればわかる。前世で散々見てきた目だ。

お貴族様みたいな――相手を値踏みするような――

魔族も、こんな目をするんだな。意外だぜ。皮肉にも、お偉方の巣窟たる魔王城はもっと直情的な連中ばかりで、こういう視線に晒《さら》される機会はあまりなかった。

魔王城には真の実力者、あるいは実力者たらんとする者しかいないから、相手におもねるような真似《まね》をしないんだ。力こそ全てで、小手先の腹芸なんて弄してる暇がない。

あの（名前は忘れたが）天然記念物級のアホでさえ、正々堂々と俺に突っかかってきて潔く角ポキされたしな。

笑顔でへりくだりながら腹で何を考えてるかわからないなんて、やるとしたら夜エルフか闇竜くらいのもんだ、魔王城では……やはり、平和は蛮族どもでさえ腐らせるんだろうか。まあレイジュ族がどれほど腑抜《ふぬ》けになろうと、俺の知ったことではないんだが。

……にしても、なんか、アレだな。

『どうしたんじゃ？　憤懣《ふんまん》やるかたなしといった風情じゃの』

俺の内心なんてお見通しなアンテは、からかうように。

いや、だって腹立つだろ。俺……なんかナメられてる気がするな？

直接カチンと来るようなことを言われたわけじゃねえんだが、やっぱり、この目がな。

『御しやすそうなガキだ』とでも思われてそうだ。

理由はだいたい察しが付く。

他の者たちを差し置いて挨拶に来るような重鎮どもだ。実力者が多い。どいつもこいつも階級が高く、魔力も強い。俺と同格の子爵はゴロゴロ、伯爵級や実力的には侯爵に近いようなヤツまで。

対する俺は子爵。【名乗り】で強化していないこともあって、今は魔力も比較的おとなしめだ。そりゃ年齢を考慮すれば大したもんだが、俺の右横のエイジヴァルトくんと同様に、まだまだガキでその気になれば一捻《ひとひね》りできるとでも言わんばかりだ。

そして、俺の武装。宴会とは言え蛮族なので、みな丸腰ではない。携帯式の魔法の槍《やり》、最低でもナイフなんかをベルトに差しているが、俺は堂々と帯剣していた。

俺との挨拶待ちをしながら、腰の古びた剣をチラチラ見やって、何やらヒソヒソと言葉を交わしたり、笑いを噛み殺したりしている者たちがいる。当然、俺と挨拶中はそんな色はおくびにも出さないが――

『でかい刃物だから気に入っちゃったのかな？』『下賤な人族の武器なのに』――ってなノリでプークスクスと内心馬鹿にしていそうだ。

クソが、イライラするぜ。テメェらいっぺん味わってみるか？　この聖剣の刃をよォ。

と、思った瞬間、腰の鞘《さや》がカタカタと震えだした。

――まずい!!　落ち着け!!　この状況はヤバいってアダマス!!

まだその時じゃない!!　まだその時じゃないから……！

眠れ……!!　今はまだ眠れ……！　よーし、いい子だ。

ふぅ。

『意地になって連れてくるからじゃよ……』

アンテが呆《あき》れ気味に言った。

だって……これがなかったら丸腰だし……物理的にも精神的にも……今やプラティとでも互角に打ち合えるのが剣槍だ、恥じるつもりはない！

プラティといえば、この挨拶回りをどう思ってるんだろうな。チラッと横目で確認すると、プラティはこちらには見向きもせず、親しげに族長と談笑していた。

……なるほどね、全部俺に任せるってわけだ。

っててか、ついでに気づいたけど、いつの間にか端っこの席からルミアフィアの姿が消えてんな？

皆が俺に気を取られてる隙に離脱したのかな。まあ、あんなとこで仏頂面してるくらいなら、もう部屋にでも戻った方がマシってことなのかもしれない。

本人的にも、周囲的にも。

「殿下！　お会いできて光栄にございます、私は――」

おっと、新しい客人だ。なんで俺がこんな目にあってんだろうな、つくづく。

だがそんな内心を悟られぬよう、俺は気位の高い王子の仮面をかぶり、延々と挨拶を続けるのだった――

†　†　†

「あーあ、つまんな」

――広間の外、庭の木陰で溜息《ためいき》をつく少女の姿があった。

他でもない、ルミアフィア＝レイジュだ。

皆があの王子様に気を取られている隙に、宴会場を抜け出してきたのだ。自室に引っ込んだら連れ戻されかねないので、こうして隠れるように庭で時間を潰している。

（……これじゃまるで、あたしが遠慮してるみたいじゃない!!）

なんで王子とはいえ、生まれてから5年も顔を見せなかったような放蕩野郎《ほうとうやろう》のために、自分が気を遣わねばならないのだと憤慨するルミアフィア。

チラッと窓から宴会場を覗《のぞ》き込むと、シャンデリアの明かりに照らされて雛壇《ひなだん》で偉そうにふんぞり返った魔王子ジルバギアスが、一族の主だった面々と言葉を交わしていた。

「……チッ」

ルミアフィアは不機嫌そうに顔をしかめて、ガリッと親指の爪を噛んだ。

偉そうで不潔な魔王子は、聞いた印象でも実際に顔を合わせてみても気に食わなかったが、それより何より気に食わないのは……

「なんでヘラヘラしてんのよ、お兄《にい》……!!」

敬愛してやまない兄・エイジヴァルトが、その隣の端っこの席で、まるで添え物のようになっていることだった。

――ルミアフィア＝レイジュは、家族に愛されて育った。

祖父にも両親にも、そしてほとんど歳《とし》が離れていない兄にも、それはもう目に入れても痛くないほど可愛《かわい》がられている。というのも、子どもができにくい魔族からすれば、長子エイジヴァルトの誕生からたった数年で産まれた長女は、望外の喜びだったのだ。

特に兄エイジヴァルトは生まれつき責任感が強く、何かにつけて妹の面倒を見ていた。

「おにぃ、おにぃ」と甘えて、いつもついて回っていたルミアフィアが、立派なお兄ちゃんっ子になってしまったのは当然の帰結だろう……

ただし。ルミアフィアが甘やかされているのは、相応の理由あってのことだ。

『——俺は、割と厳しくされてるからさー』

ある日、槍の訓練上がりでボロボロなエイジヴァルトは、幼いルミアフィアを肩車しながら、ボヤくように言っていた。

『お前にはあんまり、苦労させたくないなー、って』

将来、一族を継ぐ立場にあるエイジヴァルトには、父も祖父も厳しく接していた。

レイジュ族は魔王国で数少ない治療術——転置呪の使い手として、武勇よりもまず治療の腕を求められがちだが、だからといって、族長一家が惰弱であっていいはずがない。

なので、エイジヴァルトは角が生える前から、槍を持たされていた。練習用の槍で動けなくなるまで叩《たた》きのめされるのは当たり前。泣いて嫌がっても寝床から引きずり出され、「その性根を叩き直してやる」とボコボコにされる。

その虐待じみた鍛錬のおかげで、エイジヴァルトは確かに『強く』なった。

しかし、だからこそ、可愛い妹まで同じような目に遭うのは、あまりにも気の毒だと思っていたらしい。

もっとも、族長の子に求められる役割は、男と女で違うので、それは杞憂《きゆう》に過ぎなかったわけだが——

『――あなたも、将来はどこかにお嫁さんに行かなきゃいけないからね』

幼いルミアフィアに最大の衝撃を与えたのは、ある日、母がこぼしたこの言葉だった。

『えっ？　どこか、って、どこ？』

『……レイジュ族ではない、別の氏族のところよ』

母は穏やかに微笑《ほほえ》んでいたが、どこか物憂げでもあった。

別の氏族のところ。ルミアフィアは、それがどういう意味なのか、すぐには理解できなかったが――住み慣れた家と、愛する家族から引き離されて、遠くへ独りで行かなければならないのだと知って、それはもう泣いて嫌がった。

『ヤだあああぁぁ！　ずっとみんなと一緒にいるぅぅぅ!!』

ぐずるルミアフィアを抱きしめ、母は体を揺らしてあやしてくれたが。

慰めの言葉は、かけなかった。

――魔族は血によって強くなる。

血統魔法。父方と母方から、それぞれひとつずつ受け継ぐことができる独自の魔法は、上位魔族の『力』の源でもある。そしてこの場合の『血』とは、単なる血縁関係だけではなく、『氏族』という概念とも密接に関わっていた。

同じ氏族の者同士で子をなした場合、たとえ双方がそれぞれ他氏族の血統魔法を受け継いでいたとしても、なぜか自らの氏族の血統魔法――レイジュ族なら転置呪――しか受け継がせることができないのだ。

別々の、ふたつの血統魔法を同時に受け継がせるには、別の氏族から嫁なり婿なりを迎え入れなければならない。

だからエイジヴァルトは、将来族長を継ぐ者として、強い子をなすために別の氏族から嫁を迎えるだろう。

――では、ルミアフィアは？

レイジュ族ばかりが、もらってばかりというわけには当然いかない。受け取った分は、返さねばならない。

族長一家の娘として――ルミアフィアには、将来、よその氏族にその強い血を分け与える義務があるのだ。他でもない、ルミアフィアの母のように。

彼女もまた、他の氏族出身で、父ジークヴァルトに嫁入りしてきたのだから――

『……これが役目なのよ』

ルミアフィアの頭を撫《な》でながら、母はただそう言った。故郷を離れ、相手方の部族に単身乗り込まねばならない辛《つら》さも寂しさも、身にしみてわかっている。

だからこそ、滅多な慰めは言えなかったのだ。族長の家の娘として、それが決して避けられないことだと、わかっていたから――

大人になったら、見ず知らずの男のところに嫁がされるというのは、ルミアフィアには恐怖でしかなかった。ただでさえ家族以外の男には当たりが強かったのに、兄への依存と男嫌いが加速してしまったのには、そういう事情もある――

(やだなぁ……)

——邸宅の中庭。歓迎の宴《うたげ》の喧騒《けんそう》を背に、拗《す》ねたように唇を尖《とが》らせたルミアフィアは、ひとり木に寄りかかって夜空を見上げていた。

ルミアフィア＝レイジュ、13歳。あと2年もすれば成人だ。成人して即嫁入り、なんてことにはならないだろうが——嫁ぎ先を厳選する必要があるため——それでも10年、20年と時間が経《た》つごとに、自分の肩身は狭くなっていくだろう。

「…………」

もう、泣いて駄々をこねるほどには幼くない。嫌々ではあるが、仕方がないと受け入れている。……族長の娘でありながら、何十年経っても嫁ぎ先が見つからないのは、それはそれで腹立たしいではないか。

昔は、兄と結婚すればよそに行かなくて済む！　なんて考えたりもしたが——血が濃くなりすぎる問題を除いても、血統魔法のことを考えればありえない選択肢だ。

兄が強い戦士であるように。

その子も、強くなければならないのだから。

「…………」

ちら、と再び、窓から宴会場を覗き見る。相変わらず兄は愛想笑いを浮かべていた。

兄は立派なヒトだ。だからこそ、レイジュ領で一番輝いていて欲しかった。

なのに……

「あンのクソガキ……！」

その隣、本来は兄が座っていた場所に、我が物顔でふんぞり返る王子。

若輩者のくせに、身分を笠《かさ》に着て好き勝手して――気に食わない。理屈では、頭では、あの王子の重要性はわかっている。このまま順当に王子が育っていけばレイジュ族にどれだけの恩恵をもたらすかも。

だが、ただでさえ男嫌いで男女のアレコレに嫌悪感を抱いているのに、大好きな兄まで蔑《ないがし》ろにされてしまえば、万が一にでも好意の抱きようがなかった。

「ぬぅ……」

しかし、だからといって何ができるわけでもなく、ルミアフィアがただただ爪を噛《か》みながら睨《にら》んでいると。

「――ごきげんよう、ルミアフィア」

不意に、背後から猫なで声で名前を呼ばれた。ぞわっ、と悪寒が走る。振り返ればアッシュグレーの長髪を夜風にたなびかせた男が立っていた。

「うわ……」

「『うわ』とはご挨拶だな。どうしたんだ、こんなところにひとりで」

苦笑しながら、やけに親しげに歩み寄ってくる魔族。

「ゲルマディオス……」

ルミアフィアは苦虫を潰したような顔で、男から距離を取ろうとするかのように、我が身を掻《か》き抱いた。

——ゲルマディオス＝レイジュ。年齢は80歳前後（正確なところは忘れた）、槍《やり》の腕も魔法の力量もなかなかと評判の男だ。

「……アンタこそ、なんでこんなトコに」

「うん？　きみが外に出てくのを見てたから」

探しに来たんだよ、とにこやかにゲルマディオスは笑う。

（気持ち悪い……）

ルミアフィアは嫌悪感を抱いた。ゲルマディオスの目。ねっとりと舐《な》めるような、心を見透かそうとするかのような目——そこに浮かぶ、にこやかさでコーティングされた下心を敏感に感じ取ったからだ。

別の氏族に嫁ぐのをルミアフィアが嫌がっている、と聞きつけて以来、この男は何かにつけて接触してくるようになった。

具体的に何を考えているかなど、吐き気を催すので想像もしたくないが、どうやらルミアフィアと関係を持つことを狙っているフシがある。

なぜか？　それは族長一族に返り咲くためだ。

この男——ゲルマディオスは、初代魔王時代の『元』族長の血を継いでいるのだ。

……さて、魔族は氏族社会を形成しているが、家という概念もある。

魔族は往々にして、父の名の一部を男子が受け継ぐことが多い。ジジーヴァルト、ジークヴァルト、エイジヴァルトといった具合に。

これを指して『家』あるいは『系譜』と呼ぶ。たとえば、ジークヴァルトの子・エイジヴァルトなら『ヴァルト家』あるいは『ヴァルトの系譜』。

ジルバギアスなら初代魔王ラオウギアスから続く『ギアスの系譜』。

――そして眼前のゲルマディオス＝レイジュは、『ディオスの系譜』だ。

ディオス家は、かつてレイジュ族を束ねる立場にあった。しかし初代魔王ラオウギアスが聖属性の傷に倒れた際、魔王のあまりにも高い魔法抵抗で治療がままならなかった責任を負い、魔王崩御とともに当時の族長が殉死。

それをきっかけに、ディオス家に次ぐ力を持っていたヴァルト家が、レイジュ族の族長に成り代わったという歴史がある。

以来、代替わりしても、ヴァルト家が族長の座を継いでいた。実力は申し分なく、現魔王ゴルドギアスの王位継承戦でも、多大なる貢献が認められたからだ。ジジーヴァルトの父にして前族長ジドーヴァルトをはじめ、ジジーヴァルトの妻やプラティフィア大公妃の父など、ヴァルト家は多数の戦死者を出している。

だが、そんな現状に、ディオス家はもちろん満足していない。族長の座を虎視眈々《こしたんたん》と狙っており、一族の重鎮たちへの働きかけやら根回しやらで、暇さえあれば積極的に動いている。

ヴァルト家としては鬱陶しいことこの上ないが、ディオス家が由緒正しいのもまた動かしがたい事実だ。また初代魔王が治療不可能だったのは仕方ないことであり、よその氏族から殺到したレイジュ族への非難は、言いがかりに近いものだった。それを、家長が殉死することで相殺したのはディオス家の功績。

『ケジメをつけて一旦ディオス家が身を引いたのをいいことに、ヴァルト家はいつまでも族長の座にしがみついている――』

ディオスの系譜はそう主張してやまないが、ヴァルト家としても、その自覚はあるためあまり強く出られない。

とはいえ、ヴァルト家もうまいことやっており、現魔王に多大な貢献をしつつ結果も出している。それを押しのけてまでディオス家が族長に返り咲く必要もない。

族長の座を巡る水面下の争いは、そんなわけで膠着《こうちゃく》している。そしてそんな状況に一石を投じようとしているのが、このゲルマディオスという男なわけだ。

……その手段が、『ルミアフィアとの婚姻』なのは悪手としか言いようがないが。

血統魔法の件があるので、族長を目指すならば、なおのことレイジュ族同士の婚姻はありえない。よしんば関係を持ったとしても――それはそれで吐き気を催す仮定だが――強い子をなすためには、別氏族からの嫁取りは不可避。

つまり、ルミアフィアはゲルマディオスの側室にしかなれないわけだ。そんなこと、受け入れられるわけがない。

『――家族と一緒にいたいんだろう？』

などと、ゲルマディオスからは言われたことがあったが。

ふざけるな、と。

家族と離れ離れになるのは、もちろんイヤだ。

だがルミアフィアとしても、我慢して受け入れようとしているのだ。

小娘と見くびられた上、覚悟につばを吐きかけられたようで、甚だ不愉快だった。

第一、この男の話を受けるメリットが、ヴァルト家には欠片《かけら》もない。どうにかこうにか気に入られようと、ゲルマディオスは贈り物を携えてきたり、何かと褒めたり、なだめすかしたりしてくるが、とにかく全てが気持ち悪いだけだった。

（オトコなんて、こんなのばっかり――）

ゲルマディオスが傍らで話しかけてくるが、言葉は全てルミアフィアの心を上滑りしていく。嘆息しながら視線を逸《そ》らすと、その先には――気に食わない王子の姿。

（……そうだ）

ふと、思いついた。

それはいたずら心にも似ていた。

どいつもこいつも気に食わないなら――

気に食わない者同士を、ぶつけてしまえ、と。

「――ねえ」

ルミアフィアは、やおらゲルマディオスに向き直る。

「えっ？　うん、なんだい？」

いつもは何を話しかけても右から左なルミアフィアが、突然思わぬ反応を見せて、ゲルマディオスは面食らったようだ。

「あの王子様のこと、アンタはどう思う？」

それに構わず、問いかける。

「……そう、だね」

ルミアフィアの言葉に誘われるようにして、窓から宴会場のジルバギアスを見やるゲルマディオス――その薄ら笑いはどこか寒々しく、王子を心から歓迎しているようには、お世辞にも見えなかった。

（ま、アンタが気に入るわけないもんね）

ルミアフィアはほくそ笑んだ。自信家で、プライドが高く、それでいて自らの現状に決して満足していないこの男が――自分を差し置いてチヤホヤされている王子を、羨まないはずがない。

ゲルマディオスは伯爵だが、このところは思うように戦功を上げられずに苛立《いらだ》っているらしい。魔王国で希少な癒者《ヒーラー》として、レイジュ族は参戦しても後方支援に回されがちだ。

治療するだけでも男爵くらいまでは出世できるが、そこから先は伸び悩む。

治療の重要性は認識されているが、やはり魔族の序列は強さあってのもの、という考え方が根強いのだ。前線で己の実力を証明できなければ、それ以上の出世は難しい……

そしてここ数十年、魔族の人口は増加傾向にあり、魔王軍の侵攻が非常に遅いことも相まって、参戦枠の奪い合いが起きている。前線で戦功を挙げようにも、そもそも戦に参加できない、なんてことがザラにあるのだ。

なのに――あの王子様は来年、王都攻めで初陣を飾ることが確定しているという。

ゲルマディオスのようないち魔族からすれば、面白くなかろう。栄達の機会が自分たちの頭越しに、何の苦労もなく与えられようとしているのだから。

――ただでさえあの若さで、『独力でホワイトドラゴンの族長を討伐した』ということにして、従騎士から子爵まで出世しているというのに。

「……色々と噂《うわさ》は聞いたよ。やれ族長クラスのドラゴンをひとりで討伐しただとか、やれ素手の喧嘩《けんか》で子爵の角を叩《たた》き折っただとか？」

おどけてお手上げのポーズを取りながら、ゲルマディオスはまるで冗談でも言っているような口ぶりだった。

「……ホントだと思う？　実物を見てみて、さ」

クイとジルバギアスを顎でしゃくってみせながら、ルミアフィア。……彼女自身、ジルバギアス本人と会ってみて、その噂話は眉唾だと思っていた。

ある程度は事実なのかも知れないが——甚だ誇張されているのではないか、と。

確かにジルバギアスは、年齢の割に魔力が強い。敬愛すべき兄と同格で、ルミアフィアを軽く超えている。

だが——だからといって、独力でドラゴンの族長を倒したり、角をへし折ったりできるほどか、と問われると——

「……疑問、だね」

ゲルマディオスは少しおどけて眉をクイッと吊《つ》り上げてみせた。

「オルギ族の血を継いでるから【名乗り】で多少は強化するんだろうけど……まだ子どもだし、そこまでの傑物には見えないね」

半笑いで、しかし冷ややかに、ジルバギアスを睨《ね》めつけるようなゲルマディオス。

「まあ、彼にも立場というものがあるし？　箔付《はくづ》けしようとしてるんじゃないかな」

「ふーん。アンタも、そう思ってるんだ」

忌々しいことに、この男と初めて意見が一致した瞬間でもあった。

「……あの王子様、ちょっと調子に乗りすぎてるんじゃないかと思うの」

自分の足の爪先を眺めながら、ルミアフィアは独り言のように。

「ママと一緒で気が大きくなってるんでしょうけど、ずいぶん偉そうじゃない？」

「……そうだね、私もそれは感じているよ。王子という地位は決して軽くはないが——」

ジルバギアスを眺めるゲルマディオスの作り笑いにも、少しばかりヒビが入ったように見えた。

「――それにしても、我々先達に対する敬意に、いささか欠けているんじゃないか？　とは思えるね。きっと他の皆も、内心そう感じてるんじゃないかな？」

「ふぅん」

その表情を観察して、ルミアフィアは（これならイケそう）と踏んだ。

「……アンタが、さ。あの王子様に一泡吹かせてやったら、」

死んだつもりで、意味深な流し目を、眼前の男に送ってみた。

「あたし、アンタのことちょっとは見直すかも」

「ほほう」

まるで、目の前に肉塊をぶら下げられた獣のように、ゲルマディオスは身を乗り出す。

「……いいね。いや、私も、彼の態度は鼻につくと考えていたんだ」

真面目くさった顔で、まるで最初からそう思っていたとでも言わんばかりに。

――男は、餌に食いついた。

「あの世間知らずの王子様に――この私が、魔族社会の厳しさを教えてあげようじゃないか。……責任ある大人として、ね」

芝居がかった仕草で、ファサッとアッシュグレーの長髪をかき上げ。

ぱちんとキザにウィンクしたゲルマディオスは（吐き気を催す）、「そこで楽しみに見ていておくれよ」と言い残し、軽やかな足取りで去っていった。

その後ろ姿が十分に遠ざかってから、フンと鼻で笑ったルミアフィアは、再び木の幹に身を預ける。

(馬っ鹿みたい)

だけども、いい気味だとも思う。せいぜい高みの見物を決め込むとしよう——あの男が痛い目を見ようが、あの王子様が面子《メンツ》を潰されようが。

どう転んでも痛快だ、と思っていた。

思っていたのだ。

——このときまでは、まだ。

†　†　†

どうも、挨拶に来るやつが多すぎてダレてきたジルバギアスです。

いい加減もう名前覚えられねえよ……前の前の前の奴《やつ》なんて名前だったっけ？

なあ、アンテ。

『我が覚えとると思うか？』

いや、ちっとも。むしろ覚えてたら、コレが夢であることを疑うところだった。

『そこまで言われると腹立つのぅ』

いでェ!!　カジュアルに幻出して目を突いてくるんじゃねえ……!!

……などと、密《ひそ》かにアンテと心温まる交流をしていると。

その男は現れた。

アッシュグレーの長髪をキザになびかせた若い魔族。人族でいうなら30手前ってトコだが、正直このくらいになってくると、魔族の歳《とし》は外見じゃわからねえ。こいつら、20～30代くらいの肉体で100年以上過ごすからな……

わかるとしたら、表情か。このガツガツとした感じは、まだ100歳いってねえ雰囲気だ。俺の隣、次期族長ジークヴァルトみたいな『落ち着き』がない。

「ごきげんよう、ジルバギアス殿下」

片手にワインをなみなみと注いだ盃《さかずき》を持ったまま、そいつは言った。

――ジークヴァルトは泰然としているが、俺のもうひとりのお隣さんこと、エイジヴァルトくんがピリッとした空気を放った。

仲がよろしくないのかな？……まあわざわざ言及しないけど。俺は目線で、長髪の男に続きを促す。まだ口を開けない。相手の名前と階級を聞いてないからな。

「……ゲルマディオスと申します、階級は伯爵」

ほんの少しだけ目を細めて、俺を見下ろしながら名乗る男――ゲルマディオス。

『ディオス』か。聞き覚えがあるな。レイジュ族が初代魔王を治療しきれなかった責任を負って、族長の座から身を引いた一家だ。当時の族長が魔王崩御と同時に自刃し、他の魔族どもの言いがかりを身を挺《てい》して封じたらしい。

元族長の血筋だけあって優れた転置呪の使い手が多く、ある意味では、レイジュ族全体が大恩ある一家とも言えるので、なかなか扱いに困る厄介な連中だ、とプラティが言っていた。現族長一家と、その血縁たる俺には内心複雑だろうな。それにしてもコイツもイヤな目をしてやがる……

とはいえ、相手が名乗ったからには無視するわけにもいかず。

「よろしく、ゲルマディオス殿」

俺は無難に返した。

「殿下のお噂はかねがね……」

どこか慇懃無礼《いんぎんぶれい》に目礼しながら、薄く笑うゲルマディオス。

「ほう？　どのような噂を？」

あまり興味はないが聞いておく。

「それはもう。比類なき武威をことあるごとに見せつけておられ、非常に誉れ高いと専らの評判で……」

すぐに手を出す乱暴者で、プライドがめちゃくちゃ高いってか？

『当たらずといえども遠からずじゃな』

フン、まあナメられなきゃ何でもいいんだよ。……だが、レイジュ領では、噂程度じゃ魔除《まよ》けにもならんと見える。

「殿下は、なんでも独力で白竜の長《おさ》を倒されたとか？」

ずい、と身を乗り出して、いかにも興味津々なふうを装って尋ねてくるゲルマディオス
――こいつも俺のことナメてそうだな、態度に透けて見えるわ。

チラッとその背後を見たが、挨拶待ちの列もだいぶん消化したみたいだ。ってか、今気づいたけどコイツ、堂々と先に割り込んできやがったな。それをしても許される程度には力があるってワケだ……。

むぅ、無下にするわけにもいかんな、ちっとくらい相手してやるか。

「ああ、あれには手を焼かされたな。とはいえ俺も、好き好んでひとりで倒したわけではないが――」

俺は、『僅かな供回りとともに狩りに出かけたら、廃城に人化して潜んでいた竜に出会い頭にブレスを浴びせかけられて～』という事情を、かいつまんで話した。

ゲルマディオスは要所要所で、「おお！」「ほほう！」などとわざとらしく感嘆の声を上げて聞いていた。お互いに貼り付けたような薄ら笑いで、まるで下手な茶番劇でも繰り広げてるみたいだ――

「なるほど！　風の噂で聞いてはおりましたが、そのような流れであったと。私も、腕には自信がありますが、白竜の長ともなれば苦戦いたしましょう」

さり気なく自信アピールしてくるじゃねえか。

「その御歳で、独力で窮地を切り抜けられるとは感嘆の至り。殿下はまことの英雄であられますなぁ、はっはっは――」

ヨイショしながら、何がおかしいのか大笑いするゲルマディオス。

白々しい。さて、何がコイツの目的だ――？　と、考えた矢先。

ゲルマディオスの盃を握る手が、フッとぶれた。

なみなみと注がれていたワインが――溢《あふ》れ出す。

そしてそのまま、きれいな放物線を描き――

バシャッと、俺の顔に降り注いだ。

「…………」

は？

†　†　†

顔からワインをポタポタとこぼすジルバギアス。

「なっ」

その両隣のジークヴァルトとエイジヴァルトは思わずギョッとした。子どもとはいえ、王族相手にあまりに無礼。身内の宴《うたげ》ゆえに、これが事故ならまだ許されようが――

「おおっと！　何たる失態！　大変なご無礼をば……!!」

芝居がかった仕草で頭を下げ、非礼を詫《わ》びる下手人ゲルマディオスは。


明らかにわざとワインをこぼしていた。


「殿下の武勇を讃《たた》えんとするばかりに手元が狂ってしまいました。お許しください。この手で清めさせていただきます」

呆気《あっけ》に取られる周囲をよそに、すぐさまハンカチを取り出してフキフキとジルバギアスの顔を拭き清めるゲルマディオス。その姿は、まるで稚児の世話を焼くようでもあり――あたかも周囲にそれを見せつけるようでもあった。

ジルバギアスは完全な無表情で、その手を拒みもせずされるがまま。本人が何も言わないので、ジークヴァルトも迂闊《うかつ》に声をかけられない。

「……はい、きれいになりました」

当人が無反応なのをいいことに、ゲルマディオスはいけしゃあしゃあと。

「このゲルマディオス、痛恨の極みにございます。手元が狂った瞬間、何かの間違いであってほしいと神々に祈った次第で……いや、しかし、白竜を本当に独力で狩られるほどの猛者であれば、避けていただけるやもという考えも頭をよぎりましたが――おっと、これは詮無きことにございました。お忘れください」

周囲に聞かせるように朗々とした声で。

「仮に私がナイフを持った不届き者であれば、殿下のお命が危のうございましたな。いかがでしょう。お詫びと言ってはなんではありますが、私も武技には一家言ございまして。殿下に体捌《たいさば》き等をご享受いたしましょうか？」

——本当にひとりで竜を狩ったのか？　それにしちゃ体の動きが鈍いじゃないか。俺が武技を教えてやろうか？

「貴様……！」

これには思わず、ジークヴァルトも口を挟まずにはいられなかった。あまりに慇懃無礼がすぎる！　プラティフィアから話を聞く限り、ジルバギアスはただの子どもではない。激昂《げきこう》したら何が起きるかわからない——！

「——なるほど」

が、ここでようやく、ジルバギアスが反応を見せた。

恐る恐るその様子をうかがって——ジークヴァルトは驚愕《きょうがく》する。

ジルバギアスが、清々《すがすが》しい笑みを浮かべていた。

「ゲルマディオス殿の言にも一理あるな」

その飄々《ひょうひょう》とした態度に、周囲も、当のゲルマディオスさえも怪訝《けげん》な顔をする。

「いや、俺も油断していたようだ。母方一族の宴に、よもやそのような不届き者が現れるはずもないと、無意識で思い込んでいた。ご教授痛み要る、ゲルマディオス殿」

どころか、丁寧に礼さえ言ってのける。あまりにもにこやかな様子に、拍子抜けして鼻白むゲルマディオス。

「代わりと言ってはなんだが――」

そこで、笑みを濃くしてジルバギアスが再び口を開く。

「俺もひとつ、魔王城で学んだことを卿《けい》にお伝えしようか」

と同時、バァンッとけたたましい音が響いた。

「――うおっ!?」

ゲルマディオスは仰《の》け反る。眼前に『壁』が迫ってきた。

……いや違う、ジルバギアスがテーブルを蹴り上げたのだ！

咄嗟《とっさ》に腕で防ぐ、乗っていた皿類が床に落下しガシャンガシャンと割れ砕ける――

「――不届き者の末路ってやつをな」

低い声。

ぞっ、と全身に怖気《おぞけ》が走った。

テーブルの向こう側で。

王子の存在感が。

魔力が。

「【我が名はジルバギアス＝レイジュ】」

——膨れ上がる。

「【魔王国が第７魔王子なり!!】」


ドガァンッ、と先ほどとは比にならない轟音《ごうおん》が響き渡る。

ゲルマディオスの眼前で、テーブルが砕け散り、
それを突き破ったジルバギアスの拳が、
全く勢いを減じることなく、
顔面にめり込んだ。

「つがあああ――ッ」

鼻血を噴いて宙を舞うゲルマディオス伯爵を、一同は唖然《あぜん》として見送った。

そのまま きれいな放物線を描いて、宴会場の長テーブルに落下。ドガシャァッと耳障りな音が響き渡り、酒を酌み交わしていた魔族たちが何事かと振り返る。垂れ幕の向こうで陽気な音色を奏でていた楽団も、あからさまな騒動の気配にピタッと演奏の手を止めた。

「おおっと、これは失礼」

静まり返った会場に、皮肉な声が響く。他でもない、魔王子ジルバギアスだ。

拳に付着した血をナプキンでフキフキと拭いつつ、雛壇《ひなだん》から悠然とゲルマディオスを見下ろしている。

「武技に自信がおありとのことで、この程度はいなされるかと思っていたが。まさか直撃するなどとは思ってもみなかったぞ」

「ぬぅぅ……！」

ロン毛に絡まった食べ残しを鬱陶しそうに振り払い、ゲルマディオスが憤然と立ち上がるも、ジルバギアスは意に介さず言葉を続けた。

「——真の不届き者であれば、今頃命はなかっただろう。運が良かったな」

サッと首を掻《か》き切る仕草。その気になれば命を奪うのも簡単だった、と。

もはや嘲りの色を隠しもしない、あからさまな挑発。

「くゥッ……！」

咄嗟に、ゲルマディオスの手が携帯式の魔法の槍《やり》に伸びる。自分から煽《あお》ったとはいえ、歳下《としした》にここまで虚仮にされて魔族が黙っていられるはずもなく。

「おっ、やるか？」

それを見て、慌てるどころかさらに笑みを濃くするジルバギアス。応えるように、左手を腰の古びた剣の柄《つか》に置く。

「卿は、槍の腕前はなかなかとのことだったな」

欠片《かけら》も信じてなさそうな口調で。

「腹ごなしにちょうどいい。ご教授願おうか？　ゲルマディオス伯爵」

余裕綽《よゆうしゃくしゃく》々。ジルバギアスは己の勝利を微塵《みじん》も疑わない顔だった。

「…………」

ゲルマディオスの目も据わりつつある。

顔面を殴り飛ばされ、煽られ、ここで身を退《ひ》くようならば末代までの笑い者だ。

しかも、ジルバギアスは先手を打って【名乗り】の魔法を使用した。

もはやただの喧嘩《けんか》の域を超えている。

このままでは果たし合いに発展しかねない――【名乗り】で強化されたジルバギアスの魔力は今や、末席で顔を引きつらせるエイジヴァルト子爵を軽々と超え、伯爵級と言って差し支えないほど膨れ上がっている。

ゲルマディオス伯爵と同格――いや、ともすれば格上とさえ――

それほどの実力者同士がこのまま衝突すれば、周囲にどれほど被害が出るのか、まるで予想がつかない。

「待っ――」

族長ジジーヴァルトが制止しようとしたところで、

「――ジルバギアス」

よく通る落ち着いた声が、問題児の名を呼んだ。

プラティフィア大公妃。

ほう、と誰かが安堵《あんど》の息を吐く。そうだ、彼女しかいない。あらゆる意味で魔王子ジルバギアスの上位者たる大公妃の他に、事態の収拾がつけられる者はいない――！

そして、その場の全員の期待を一身に背負ったプラティフィアは。

お世辞にも上品とは言えない笑みを、扇子で覆い隠しながら、一言。

「殺しちゃダメよ」

――!?

「心得ております」

母が母なら、息子も息子だ。目を剝《む》く同族など気にも留めずに、振り向きさえせずに答える。奇《く》しくもその獰猛《どうもう》な笑みは、母親のそれと酷似していた――

ジルバギアスが、しゃらりと腰の剣を抜き放つ。

何の変哲もない、古びた剣。

だが――どこか空恐ろしくなるような、冷え切った気配を帯びている。

王子が装飾のように身に着けていた人骨が、まるで意思を持つ蛇のようにくねり、姿を変え――またたく間に剣と融合、長大な槍を形作った。

「……!」

周囲は、そして相対するゲルマディオスは悟る。堂に入った構え、刃先にまで行き渡った魔力、鳴動する火山がごとき荒々しい存在感。王子の剣槍は伊達《だて》でも酔狂でもなく、研ぎ澄まされ洗練された、一級の戦闘術であると。

「俺は【名乗り】を使ったからな。卿も心置きなく血統魔法を使うといい」

ひゅぅん、と刃が風をまとう心地よい音を響かせ、ジルバギアスが構える。

「元族長の血統がいかほどのものか、見せてもらおうじゃないか？」

ゲルマディオスがぴたりと動きを止めた。

その全身から、ドス黒い闇の魔力が噴き出る。ジルバギアスの言に、看過し得ぬ嘲りの色を見たからだ。

「……ならば、とくとご覧じろ……！」

怒りのあまり顔色を青黒く変え、歯ぎしりしながらベルトの魔法の槍を抜いた。

展開。

「――【安息套《レクイエスカ》】」

ぶわっと一陣の黒い風が渦巻き、ゲルマディオスを包み込む。

闇の糸で織り上げたような魔力の外套《がいとう》が、ばさりとひるがえった。

ゲルマディオスの母方、オンブル族の血統魔法だ。闇の神々の加護を得られる強力な魔《ま》除《よ》けのまじないで、その闇の外套は主人を守り、呪詛《じゅそ》の類を跳ね除《の》ける。

つまり、ゲルマディオスに生半可な呪いは通用しない。

ここからは純然な槍勝負――

それを知ってか知らずか、ジルバギアスは「ははァ！」と戦意をたぎらせている。吹き荒れる暴力的な気配に、思わず背後の族長一族が軽く身を引くほど――

唯一、扇子をひらひらさせながら見守るプラティフィアだけが、泰然と。

「………………」

得物を構え、睨《にら》み合うふたり。

ゲルマディオスの周辺の魔族たちが、そろそろと距離を取っていく。

巻き込まれてはたまらぬとばかりに。そして、誰かが不用意に食器に触れ、ナイフが床に落ちてキィン！　と澄んだ音を響かせた。

それを皮切りに、動く。

雛壇から飛び降り雷光のように迫るジルバギアスを、黒の外套をひるがえらせたゲルマディオスが迎え撃つ。剛力と魔力が込められた剣槍が、魔法の槍に叩《たた》きつけられ——

耳を聾《ろう》する轟音が響き渡った。

†　†　†

——『鉄壁』のゲルマディオス。

それが、この男の二つ名だ。オンブル族より受け継いだ【安息套《レクイエスカ》】と、ディオス家伝来の戦闘槍術《そうじゅつ》。それらを高次元で融合させ、魔法的にも物理的にも高い防御力を誇る。

ゆえに、『鉄壁』。特にレイジュ族同士での戦いでは、ほとんど負け知らずだった。

何せ同格の相手ならば、ほぼ一方的に呪詛や魔法を無効化できるのだ。

（私が負けるはずがない!!）

だからこの日も、己の勝利を確信していた。魔王子ジルバギアス——たとえ年齢の割に魔力がずば抜けていようと、所詮はまだ子ども、所詮はまだ子爵だ。

80年以上の魔生《じんせい》で、鍛錬を積み重ねてきた自分が！

純粋な槍勝負で子ども相手に負けることがあろうか？

いや、ない――ありえない!!

もっとも悪魔の魔法も使用可能だったなら、番狂わせが起きたかもしれないが。

（まあ、それは王子の逃げ道として残しておいてやろう）

ゲルマディオスは慈悲深く、そう考えていた。『悪魔の魔法を使えていたら勝てた』、自分に膝を屈した王子が、悔し紛れにそう言い訳する姿を夢想してせせら笑う。

王子がいったい何の悪魔と契約しているのかは、まだ伏せられている。悪魔の魔法にはメチャクチャな効果を持つものも多く、魔族の決闘で起きた格上殺し《ジャイアントキリング》のエピソードは、枚挙に暇がない。

だが――そんな王子を尻目に、自分は周囲にこう言って聞かせるだろう。

『いかなる魔法を使われようと私の【安息套《レクイエスカ》】が無効化していただろうけどね』と――

そんな自分の姿を、思い描いて――

しかし、壇上から飛び降りた王子が、雷光のように迫り。

呑気《のんき》な空想など消し飛ばされた。

（――速い！）

槍ごと両断してやるとばかりに、大上段から振り下ろされる剣槍。

いや――落ち着け、何を慌てる必要がある！　自分の武器はドワーフ製の魔法の槍で、さらに魔力で強化している。対する王子は、何を思ったか、今にも折れそうな古びた剣を穂先とした、不格好極まりない槍とも剣ともつかぬ奇妙な武器を用いている。

確かに構えは堂に入ったものだったが――

「そんななまくらに！」

負けるものか!!　逆に折り砕いてくれる、とばかりに正面から受け止めた。

瞬間、ガァァァンッという轟音とともに、腕に電流のような衝撃が走り抜けた。

なんという剛力。なんという斬撃の圧。天井のシャンデリアが悲鳴を上げるように共鳴し、ビリビリと震える空気に全身の毛が逆立つのを感じた。

（押し負け――ッ!?）

馬鹿な。この体格の、どこにこんな力が――！

「――らあぁァァァッッ!!」

野獣のように歯を剝き出したジルバギアスが、裂帛《れっぱく》の気合とともに剣槍を振り抜く。

ゲルマディオスはたまらず弾《はじ》き飛ばされた。受け身を取ろうとしたが宴会場のテーブルが邪魔をして、再び木片と食器類を床に撒《ま》き散らす羽目になる。

おお、と見守っていた一族の面々がどよめく。「すごい！」「何という剛力」と魔王子を褒め称《たた》える声も――

（クソが――ッ！）

力量に乏しい者ほど、ゲルマディオスが吹き飛ばされたように見えたことだろう。だが実際には違う！　衝撃をいなしたのだ！

それに王子を見てみろ。剣槍を保持する右手に、うっすらと傷が走っている。ゲルマディオスは、飛び退《の》く寸前に槍を突き込んでいたのだ。もちろん、目ざとくそれに気づく者もいた。王子が圧倒したように見えて、力量的には痛み分けに近いと。

「フッ、馬鹿力だけでは私に勝てま──」

キザな笑みとともに言い放とうとするゲルマディオスだったが、言い終わる前に、フッと眼前に影がさす。

「おォォォ──ッッ！」

狂犬じみた気迫でジルバギアスが迫っていた。

「──くッ」

回避するには速すぎる。受け流さざるを得ない！　全力で踏ん張って、どうにか剣撃を逸《そ》らし、カウンターの一撃を叩き込む。再び、うっすらと傷跡を刻んだ。

（このままじわじわと体力を削り取ってくれる──ッ！）

ゲルマディオスは嗜虐《しぎゃくてき》的に笑った。自分に対し転置呪による傷の押しつけは不可能だ。この生意気な王子が痛みで泣きべそをかくまで、嬲《なぶ》り者《もの》にすると心に決めた。

そして、真の実力を、上下関係というものを思い知らせてやる──！

魔族の序列とは、生まれではなく力にあるのだ!!

「らああアァァッ！」

再びジルバギアスの一撃。全身をきしませながら耐え、カウンター。

「しアァァァッ！」

さらに一撃。手の痛みを堪《こら》えながらカウンター。

「おらあァァァッ！」

歯を食い縛り、カ、カウンターを――

（――いったい、いつまで続く!?）

ゲルマディオスは内心で悲鳴を上げた。王子は全く息切れを起こさない。どころか怒濤《どとう》の連撃がどんどん加速していく。ガガガガァンッと槍《やり》と剣槍が打ち合わされる音で、頭がどうにかなりそうだった。

ゲルマディオスの的確な反撃で全身に傷をつけられ、血が流れているというのに、痛みに苦しむどころか、まるで爽やかに汗を流しているような――

笑顔。ぎらぎらと輝く心底楽しそうな笑み。

「――っ」

それに真正面から捉えられ、ゲルマディオスは怖気《おぞけ》が走るのを感じた。ジルバギアスの凄《すさ》まじい猛攻に、見守る一族の面々も歓声を上げている。もはや、どうあがいてもゲルマディオスが優勢には見えない。

そして、真に目敏《めざと》い者は気づいていた――ジルバギアスが反撃で受けた傷は全て、見切った上で許容されたかすり傷に過ぎないということを。

ドンッ

「うッ!?」

突如、背中を襲った衝撃にゲルマディオスは動揺した。

壁だ。圧《お》されに圧され続け、とうとう壁際まで追い詰められていたのだ。

しかもそのことに――気づいてすらいなかった。

それほどまでに、ジルバギアスの猛攻を受けるので必死だった。初めてそれを自覚したゲルマディオスは、さらに愕然《がくぜん》と。

「どうした？　もう逃げ場はないぞ」

ようやく攻撃の手を止めて、ジルバギアスがニヤリと笑う。

傲岸不遜。羽と脚をもがれて苦しむ虫けらを、見下ろすような目――

「こ……ッ」

このクソガキ……ッッ!!

「舐《な》めるなァ――ッ！」

激昂《げきこう》してジルバギアスへ突進しながらも――ゲルマディオスの心はどこか冷静に、どう決着をつけるか算段を立てていた。

（……ええい、仕方あるまい!!）

ここに至っては使えるものは何でも使う。バサッ、と【安息套《レクイエスカ》】をひるがえし、前面に掲げながら突っ込んだ。この、実体を持たない魔力のマントは、全ての光を吸い込むような闇色だが――実は、使い手自身には、向こうが透けて見える。

いささか卑怯《ひきょう》だが、血統魔法は使えるのだから問題はない！　そしてこちらの構えが見えなければ――相手の出方はどうしても一拍、遅れる。

間合いまで滑り込み、王子が迎撃しづらい形で一撃を打ち込む。

そしてそちらに対処しようとしたところを、カウンターのカウンターで刈り取る！

「――――」

ゲルマディオスは無言で、槍を突き出した。

突如として【安息套《レクイエスカ》】から飛び出してきた穂先に、ジルバギアスはギョッと――

「――そこか」

しなかった。

獲物を見つけた猟犬のように、むしろ喜び勇んだ顔で――穂先に刃先を合わせて、巻き込むように。

円運動で、槍を跳ね上げられた。呆気《あっけ》なく突きをいなされた。そう、カウンターに終始していたゲルマディオスは、そのとき初めて自ら仕掛けたのだった。

ぐんッ、と槍ごと腕が引っ張られるような感覚――

【安息套《レクイエスカ》】越しに、目が合った気がした。

「【我は――『角折』ジルバギァス】」

至近距離まで引き込んだ王子が、狂気じみた笑みを。

「【魔族の誇りを打ち砕く者なりッ！】」

その存在感が、さらに膨れ上がる。間合いが近い、近すぎる――

するりとその手の剣槍を握り直し、肩の肉が盛り上がるほどに力を込めた王子は。

「死ねァァァァ――ッ！」

純然たる殺意の咆哮《ほうこう》とともに、剣槍を横薙《よこな》ぎに叩きつけた。

――殺される！

宴会場が一瞬にして戦場に塗り替えられた。理屈抜きの恐怖に襲われ、ゲルマディオスは死を遠ざけるべく必死で槍を掲げて防御する。それは――彼が今まで積み重ねてきた槍の技術など微塵《みじん》も感じられない、稚拙極まりない動きで――

対する王子が振るう刃は、荒々しくも美しい、

剣閃《けんせん》。


パキィン！　とこれまでにない甲高い音を響かせ。

何の変哲もない古びた刃は、ドワーフ製の魔法の槍を切り、切り裂いた。

「ひッ――」

そしてそのまま、ゲルマディオスの首を刎《は》ね――

「…………」

飛ばそうとしたところで、刃先が跳ね上げられ、ぴたりと止められた。

すぅ……と、煙のように【安息套《レクイエスカ》】が消えていき。

穂先が切り取られた槍をへっぴり腰で構える、情けないゲルマディオスの顔が、シャンデリアの明かりのもとに晒《さら》された。寸止めされた剣槍は、示し合わせたように、ゲルマディオスの頭部、右の角に添えられている――

「運が良かったな」

ジルバギアスが傲岸に言い放った。

「出発前に、父上から念押しされている。『角を折るのはやめろ』と」

固唾を呑《の》んで見守る周囲を見回し、再びゲルマディオスを睨《にら》む。

「だが――次はないぞ」

子どもとは思えぬ、ドスの利いた声。

「今度また舐めた真似《まね》をしてみろ。貴様の角、へし折ってくれる。そのときは父上も俺を責めまい――」

――ピシッ、と妙な音が響いた。

「……ん？」

怪訝《けげん》な顔をするジルバギアスだったが。

刃が添えられていたゲルマディオスの角の先端が――

かつん、ころころ……と。

欠けて、床に落ちた。


「「あっ」」

見守っていた周囲の面々も、「あっ……」と声を漏らした。

「あっ…………ああ……!?」

わなわなと震える手で、自らの欠けてしまった角に触れたゲルマディオスは――

床の破片とジルバギアスの顔を、唖然《あぜん》とした表情で見比べて――

「……うーん」

そのまま、泡を吹いて卒倒した。

「…………ま、まあ、その、アレだ。……さきっちょだけだし」

ジルバギアスはバツが悪そうに、肩をすくめて言った。

「父上も責めまい」

†††

窓の外から、宴会場の中を覗《のぞ》き見ていたルミアフィアは、へなへなと尻もちをついた。

ゲルマディオスが痙攣しながら卒倒し、ジルバギアスはバツが悪そうに肩をすくめ、我に返った周囲の面々が大慌てで駆け寄って――

「ゲルマディオスーッ!?　なんということだ!!」

「殿下、お怪我は大丈夫ですか!?」

「ディオス家の連中を呼べ！　早く!!」

「あああ角が、角が……!!」

悲鳴のような声が響いてくる――

「うそ……」

滝のように冷や汗が吹き出てきて止まらない。

そんな。軽い気持ちで、けしかけただけなのに。

こんな……こんな大事にするつもりは、なかったのに……

『――見給《みたま》えよ、私のこの角を。実に洗練されたフォルムだと思わないかい？　手入れも欠かしてないんだ――』

ゲルマディオスが鬱陶しく自画自賛していた、ご自慢の角の先端が……ポロッと……

「あ……あたし、こんな、こんなつもりじゃ……」

尻もちをついたまま、ずりずりと後ずさったルミアフィアは。

「……知らない、あたし知らない……！」

阿鼻叫喚《あびきょうかん》の様相を呈する宴会場に背を向けて、転がるようにその場から逃げ出した。

怪訝な顔をする使用人たちを気にする余裕もなく、自室のベッドに潜り込み、布団を頭からかぶって震えていた。

まさか王子が、ホントにあんなに強いなんて。

まさかゲルマディオスがあそこまで軽挙に出るなんて。

まさかその結果、あんな——あんな大事になるなんて。

これからゲルマディオスがどうなるのか、そして自分がどうなってしまうのか。

全く予想がつかず、ただただ恐ろしくて——

ルミアフィアは、そのまま夜が明けても、不安で眠ることができなかった。

†　†　†

——アルバーオーリル＝レイジュは、オーリル家の長男だ。

オールバックにした灰色髪がトレードマーク。魔族にしては珍しく協調的なタイプで、口さがない者からは『軟弱者』などとバカにされているが、実力的にはそこそこで、若手中堅といったところだ。

面倒見がよく横暴でもないので、目下の者や子どもたちからは、兄貴と呼ばれて慕われている。

「よっしお前ら、準備はいいか？」

「おうとも！」

「ばっちりだぜ兄貴！」

そしてこの日、幾多の苦難をともに乗り越えてきた弟分ふたりとともに、宴会場のジルバギアスへ挨拶に来ていた。

族長より先に接触したため——そう、件《くだん》の歓迎の横断幕だ——あの場は族長に怒鳴られながらもうまいこと逃げ出したものの、家に帰ってから事情を聞きつけた父親に「何してんだこの大馬鹿者がァ！」とゲンコツを食らった。

が、懲りずにこうして、再び顔を出している。オーリル家は男女揃《そろ》って無駄にタフなのだ。ちょっと叱られた程度でへこたれるタマじゃない。

ただ、歓迎の宴《うたげ》に出席できるほどの身分でもないので、食事と挨拶が一通り終わったであろう、終盤を見計らって会場に乗り込んだ。

「兄貴、いつにも増してオシャレですね！」

「へへん、だろ？」

弟分の称賛を浴びて、得意げに鼻の下をこするアルバーオーリル。普段着だと浮きそうな気がしたので、父親のクローゼットから一張羅をかっぱらってきたのだ。

「殿下に取り入って、俺たちも出世するぞ！」

「「おーっ！」」

そうして、3人で意気揚々と会場入りしたが——一歩入って、驚いた。

乱闘騒ぎでもあったのかというレベルで、テーブルがめちゃくちゃに。使用人たちが床に散乱した食器類の片付けに追われている。列席している面々も、酒を酌み交わしながらボソボソとささやくように話し込んでいて、何やら異様な雰囲気だ——

「誰か喧嘩《けんか》でもやらかしたんですかね」

「殿下の歓迎の宴で？　フてぇ野郎がいたもんだぜ」

弟分のつぶやきに、思わず憤慨するアルバーオーリル。

「そんな調子に乗ってる奴《やつ》がいたとは——いっちょ俺たちでシメてやらねえとな！」

「「そうっすね！」」

会話を小耳に挟んだ魔族が、3人組を二度見したが、結局何も言わなかった。

そして、肝心のジルバギアスといえば——

壇上で、見目麗しい色白な金髪の女に、舐《な》め回されていた。

女。っていうか、耳が長く尖《とが》ってるハイエルフ。しかも四肢がない。

「兄貴！　アレってもしかして……」

「あ、ああ……噂《うわさ》に聞くハイエルフのペットって奴だ！」

流石《さすが》に若干引く3人組。

「やっぱ殿下、ハンパねーっすよ！　あんなに人前で堂々と……」

「ああ……俺たちにはムリだな！」

とんでもねー御方《おかた》だが、そんな御仁の家来になろうというのだ。気を取り直して、ジルバギアスのもとに向かう。……それにしても、両隣のエイジヴァルトとジークヴァルトの顔が引きつってるし、大公妃と族長が何やら深刻な雰囲気で話し込んでいるし……

（本当に何があったんだ？　まあ歓迎の宴で騒動のひとつでもあったら、気まずいか）

などと考えて。幸いなことに、ジルバギアスへの挨拶はもう片付いたらしく、すんなりとお目通りがかなった。

「殿下！　先ほどは失礼いたしました。アルバーオーリル＝レイジュです！」

またお前らか――という族長一家の視線は気にせず、跪《ひざまず》いて挨拶する。

「おう、お前たちか。本当に挨拶に来るとは律儀な奴だな」

苦笑しながら、それでも親しげに答えるジルバギアス。その膝の上で主人をペロペロしていたハイエルフが、「くぅん？」と小首をかしげたが、すぐに興味を失ったようにペロペロタイムに戻った。

（それにしても、……アレだな）

アルバーオーリルは少し、怪訝に思った。先ほどと違って、ジルバギアスの服装がダメージ加工されたようなデザインのものに変わっている。

（斬新だな！　あれが魔王城の流行《はや》りなんだろうか？）

しかし口には出さなかった。

「それで、俺の家来になりたいとか言ってたな」

何たる僥倖《ぎょうこう》！　ジルバギアスの方から言及してくれた。隣のエイジヴァルトがギョッとしたような顔をしているが、アルバーオーリルは嬉々《きき》として「はい！」と答えた。

「俺たち、きっとお役に立ちますので！　殿下の手足としてお使いください」

アルバーオーリルの言葉に、宴会場がにわかに静まり返る。

「うーむ……まあ、この場で即答はしづらい、な……」

ジルバギアスは少し考え込み、かたわらの次期族長ジークヴァルトに目を向けた。

「何人かは供が必要なわけですし。他に候補がいなければ、彼らでも構いませんかな？　ジークヴァルト殿」

「あ、ああ……もちろん、構わない。他に候補がいなければ」

ジークヴァルトはやや引きつった笑顔で了承した。

（うおおっマジか！）

（こんなにあっさり！）

内心、大喜びで顔を見合わせる3人組。新進気鋭の一族の王子殿下、またとない出世のチャンスだ。家来になるべく若手が殺到するに違いなく、自分たちなんてお呼びじゃないとばかりに門前払いされると思っていたのに……！

「ただ、俺と手合わせして、実力は見させてもらうぞ」

「はい！　もちろんです!!」

それも当然だろうな、と思ってハキハキと答えたアルバーオーリルを、会場の魔族たちがまたしても二度見した。そのあと、手合わせの段取りなどを話し合ってから、アルバーオーリルたちはその場を辞するのだった――

「やったぜ！」

「すっごい好感触でしたね、兄貴！」

「ツキが回ってきたかも!!」

３人組は大喜びで、仲良く肩を組んで帰路についた。

浮かれながら、アルバーオーリルはふと疑問に思う。

（それにしても、）

（――なんで会場中の皆が、俺たちを憐《あわ》れむような目で見てたんだ？）

†††

「――なにィ？　ディオス家の坊《ぼん》が角ォ折られただとォ?!」

ロウガイオスは激怒した。必ず、かの邪智《じゃち》暴虐《ぼうぎゃく》の魔王子を正さねばならぬと決意した。

ロウガイオスには政治がわからぬ。ロウガイオスは、古参の戦士である。槍《やり》を振るい、気ままに狩りをして暮らしてきた。

けれども伝統を乱す若者には、人一倍に敏感であった。聞けば、若き王子が歓迎の宴で暴れだし、ディオス家の男の角を折ったという。しかも、あろうことか魔族の誇りである槍ではなく、人族の剣を使っていたらしい。

「許せん！　魔王陛下の血を継ぐ者として、あるまじき所業!!」

話を小耳に挟んだ翌日、日暮れ前に家を出発し、野を越え山を越え、はるばるレイジュ族の本拠地までやって来た。

この地を訪れたのは久方ぶりだったが、小綺麗《こぎれい》な格好をした街の住人に比べ、毛皮を身にまとい、黒曜石の槍を担いだロウガイオスは、明らかに貧相で浮いていた。

「――最近の若者はたるんどる！」

きらびやかな貴族服に身を包み、きゃいきゃいと歓談しながら歩く若い男女を見かけてロウガイオスは再び激怒した。

「こらァ貴様ァ！　なんだァその腑《ふ》抜《ぬ》けた顔は！」

「うわぁ！　化石爺《かせきじじい》だ、逃げろ！」

「待てェ！　そのたるみきった根性を叩《たた》き直してくれるわァ！」

怒って追いかけるも、若者たちは足が速い。魔力が強く、身体強化にも長《た》けているからだ。対するロウガイオスは、初代魔王がダークポータルを解禁するまで悪魔と契約していなかったため、魔力に劣る『古き魔族』だ。老いで衰えていることもあり、全く若者たちに追いつけない。

「ゼェ……ゼェ……まったく、逃げ足、だけは、一丁前でェ……!!」

あっという間に逃げられてしまい、槍にすがりついて肩で息をするロウガイオス。

「……こんな老いぼれ相手に、『かかってこい!』と受けて立つでもなく、一目散に逃げ出すとは……最近の若いモンは……」

怒りを通り越して、情けなくなってきた。悲しげにため息をつく。

——最近の若者はたるんでいる。たるみきっている。ロウガイオスはそのことに、強い危機感を抱いていた。『聖域』での古き生活を知る、魔族でも指折りの古参であるロウガイオス。その歳《とし》は300に届こうとしている。初代魔王に率いられ『聖域』を脱した魔族は、肥沃な土地を手中に収めて確かに豊かになった。

だが、ロウガイオスには、その豊かさが魔族を腐らせているように思えてならない。昔の魔族は、今とは比べ物にならないほど貧しくはあったが、毎日をもっと真剣に、必死に生きていた。目の輝きが、顔つきが違った。

しかし見てみろ！　今の世代の魔族を！　外見だけは小綺麗に取り繕っているが、その実、どいつもこいつもたるみきった間抜けなツラを晒《さら》している……!

「ぬおおお、許せん、許せんぞォ!!」

往来の真ん中で咆哮《ほうこう》するロウガイオスを、都会育ちの魔族も、使用人の獣人や夜エルフも、まるで腫れ物のように避けて通っていた。

「おい、貴様ァ!　王子はどこにいる!?」

が、お構いなしにロウガイオスは手近な青年に尋ねた。

「うおっ!?　王子って、あのジルバギアス殿下のことか？」

「ジルバギアス！　おうおう、たしか、そういう名前だったなァ！」

威勢よくうなずくロウガイオスに、「こいつ大丈夫かよ」という顔をする青年。

「……殿下なら、族長の屋敷にいるよ。今なら練兵場に行けば会えるだろうさ」

「そうか！　ありがとうよ、若いの！」

バシンと青年の背中を叩いて、ロウガイオスはノシノシと歩き出した。お世辞にも清潔そうには見えない老魔族に、青年は嫌そうな顔をしてジャケットを脱ぎ、背中をはたいてからそそくさと立ち去る。

族長の屋敷を目指して歩くうちに、ロウガイオスは道行くヒトの流れに気づいた。何やら引きつった顔で、仲間たちと言葉を交わしながら引き返してくる者たち。

「――アレやべえよな」

「――バケモンだろあの王子」

「――あんなの命がいくつあっても足りねえ」

最近遠くなってきた耳をかっぽじって盗み聞きすると、そんな会話が拾えた。

「……この上、王子がまだ何かやらかしておるのか!?　許せん!!」

ロウガイオスは激怒した。その頭には、すっかりわがまま放題で暴虐な王子のイメージが形作られていた。ロウガイオスは初代魔王の人となりと、治世を知る者でもある。あの御方こそ魔族の中の魔族、優れた戦士にして魔族の王たる人物だった――

現魔王もなかなかの傑物ではあるが、初代魔王に比べると小綺麗にまとまっている感が否めない。子が常に親より優れているわけではないのは当然だと理解しているが、どことなく世の無情を感じさせる。

が、その孫がとんでもないうつけ者となると話が別だ。暴れん坊な上、槍ではなく人族の武器を好んで使うような酔狂者が、ロクな王子であるはずがない。

「ええい、かくなる上は……!!」

老い先短いこの命を賭してでも、王子を正してくれる！　亡き魔王陛下、ラオウギアス様のために……！　槍を握り直しながら、決意を新たにするロウガイオス。

そして、とうとう族長の屋敷にたどり着いた。練兵場には人だかりができている。

「どけい、どけい！」

わっしわっしと人混みをかき分け、最前列に顔を出してみると――

「な、なんだァアレは!?」

愕然《がくぜん》とした。

――練兵場で、血みどろになって打ち合うふたり。

片や背中から半透明な腕を生やし、三本の槍を器用に操って怒濤《どとう》の連撃を見舞う女。顔のつくりはゾッとするほどに美しいが、その表情には一切余裕がなく、汗にまみれ、髪を振り乱しながら戦っている。

　片や刃が異様に長い槍を振り回し、連撃をいなしながら果敢に応戦する少年。女と似た顔つきで銀髪、こちらも欠片《かけら》も余裕がなく、獰猛《どうもう》そのものな表情を浮かべて必死で食らいついている。

　ガァン、ギィンッと刃と刃がぶつかり合い、空中で激しく火花が散る。一撃一撃の凄《すさ》まじい威力に、離れたこちらにまで圧が届くかのようだった。見物人たちが遠巻きに見守っているのは、ふたりの打ち合いがあまりに鬼気迫るため、これ以上近寄れなかったからなのだと悟る。

　そして、遅れて気づいたが、打ち合うふたりのすぐ近くには、白目をむいて泡を吹く、ボロボロになった魔族の若者3人が折り重なるようにして倒れていた。

（あれは……確か、オーリル家の軟弱者か）

アルバーとかアンバーとかそんな名前の。

（そして……あっちの女は、まさかプラティフィアか!?）

あの美しい顔には見覚えがある。現魔王に嫁いでいったレイジュ族きっての英才にして女傑・プラティフィア。――ということは、あの少年が件《くだん》の王子なのか!?

「おい、アレはいったい何をしている!?」

「うおっ。……なんだ、化石のジイさんか」

固唾《の》を呑んでプラティフィアたちを見守っていた青年が、突然声をかけられて驚くも、ロウガイオスの顔を見て（厄介な奴《やつ》に絡まれたな）と言わんばかりの顔をした。

「なんだもかんだもあるか！　アレは？」

「実戦形式の訓練だとよ。夕方《あさ》からぶっ通しらしいぜ、どうかしてるよホント……」

訓練で、あそこまで鬼気迫る戦いを!?　人族の身代わりがいくらいても足りんぞ、と驚くロウガイオスだったが。

「ぐぅッ……！」

王子、ジルバギアスが苦しげに呻《うめ》いた。見物人たちが「うわぁ」「ぎゃー」と悲鳴じみた声を上げる。見れば、プラティフィアの槍が王子の腹を刺し貫いているではないか！

「ぐぅ……おおおお！」

それでも血を吐きながら槍――そこで気づく、穂先が剣であることに――を振るう王子だったが、プラティフィアは容赦なく弾《はじ》き返し、止《とど》めとばかりにドスドスッと突く。

「ゴっ……ハ……」

ドバァ、と血を吐いて、臓物を傷口から溢《あふ》れさせながら倒れる王子。

「なっ……」

あまりにむごい負傷に絶句するロウガイオスだったが、すぐに「きゃうんきゃうん！」と妙な鳴き声が響いて、さらに言葉を失う羽目になった。

なんと手足のない女が！　四《よ》つん這《ば》いで駆け寄り、王子を舐《な》めだしたではないか！

しかもシュワシュワと音を立てて、王子の傷が――致命傷が癒やされていく！

「なんだあの女は!?」

「知らないのかジイさん、殿下のペットのハイエルフだとよ」

「ペット!?」

ハイエルフ!?　いや、そういえば、何ぞエルフだかドラゴンだかを手籠《てご》めにしていると
いう話を小耳に挟んだ気も……ついこの間、生まれたばかりな気がするのに、もう色気づ
いたのかと呆《あき》れて聞き流していたが、まさかこのような。

「うっ、ふぅ。助かったよ、リリアナ」

すっかり全快した王子が、起き上がってハイエルフの頭を撫《な》でる。

「くぅーん」

ふりふりと尻を振り、ぴこぴこと耳を揺らしながら喜ぶハイエルフ。異様な……光景。

「あのハイエルフとやらは、なぜ犬真似《いぬまね》を……？」

「話によれば、殿下の魔法で自我を破壊されて、自分を犬だと思い込んでるらしい……」

呆然《ぼうぜん》とつぶやいたロウガイオスに、声を潜めた青年が解説する。

「ところでジイさんも殿下を見に来たのか？　聞きしに勝る半端ない御方《おかた》だよな」

と、青年に言われて、ロウガイオスは当初の目的を思い出した。

――性根が曲がっているらしい王子を叩きのめして、正してやるつもりだったことを。

「よし、母上は治療はいいですか？」

「フフッ、まだまだ行けるわよ」

「さすが母上。ではもう一本！」

再び構えを取って、血みどろの稽古を再開する母子。

あの戦いぶり……古き時代の魔族でも、そうそう見なかったような……

伝統的な槍ではなく、剣を穂先にした武器など……気に食わんが……

いやでも強いし……強い奴が正義だし……よく見たら魔力も半端ないし……

自分が挑みかかったら、おそらく……数秒と持たな——

「——今日はちと、腰が痛いわ」

誰に言うとでもなく、ロウガイオスは腰をさすりながら、くるりと背を向けた。


——老戦士は引き際を知っている。


何言ってんだこいつ、という顔の青年を置いて、その場を立ち去るロウガイオス。

「うーむ……最近の若者は……」

よくわからんなぁ、と歩きながら呟《つぶや》いた。

ただ、あの王子の戦いぶりは、見るべきものがあった。

「……案外、魔族の未来は明るいやもしれん」

ちょっとだけ機嫌を直し、ロウガイオスはノシノシと帰路につくのであった。

†††

族長一家の若き跡継ぎであるエイジヴァルト＝レイジュは、上位魔族の例に漏れず、槍《やり》の鍛錬を毎日欠かさない。

『――我らは族長一家として、最強でなければならん』

幼い自分を練兵場に連れ出した祖父は、いかめしい顔でそう言っていた。現族長の祖父《ジジーヴァルト》は一族で最強の一角であり、次期族長の父《ジークヴァルト》も5本指に入る槍の使い手だ。

『お前も強くなるのだ。行くぞ、エイジ!!』

そしてエイジヴァルトに求められるのも、その水準の『強さ』だった。

だから幼い頃より、ずっと過酷な訓練を課されてきた。父と祖父は厳しく、泣き言を吐くことは許されなかった。母にすがりついて助けを乞うても、ぶん殴られて練兵場に引きずり出された。母は悲しげに見守るばかりで、救い出してはくれなかった。

血反吐《ちへど》を吐くような鍛錬を積まされ、気絶するまで叩《たた》きのめされ、転置呪を使うほどではない生傷に悩まされ、痛みでよく眠れず――

――孤独だった。家族に囲まれながらも、エイジヴァルトは孤独を感じていた。

今振り返ると、幼い自分は塞ぎがちで、随分と陰気な子どもだったと思う。だがそれも無理はない。同じくらいの年頃の子どもは外で棒を振り回して遊んでいたのに、自分は刃引きもされていない槍を振るって、過酷な訓練を強いられていたのだから。

ただ、妹が生まれてからは、だいぶんマシになった。予期せず誕生した娘がよほど可愛《かわい》かったのか、ピリピリしていた祖父と父がちょっとだけ丸くなったからだ。

エイジヴァルトも妹を可愛がった。妹の面倒を見ている間は訓練から遠ざかっていられたし、守るべき存在が生まれたことで、強くなる理由ができた気がしたからだ。

最初は打算もあって可愛がっていたが、実際、妹は可愛かった。

何より気晴らしになった。『妹を守る』――そう自分に言い聞かせて、我慢に我慢を重ねて、厳しい訓練にも耐えられるようになり、族長一家の長子に相応《ふさわ》しい存在であり続けることを、自らに強いてきた。その、自負があった。

だが。そうやって積み上げてきた誇りが、目の前でがらがらと突き崩されていくのを、エイジヴァルトは感じていた――


「おオォォォオアアアアッ！」

練兵場。まだ声変わりさえ迎えていない少年の、猛々《たけだけ》しい咆哮《ほうこう》が響く。

ガァンギィンと火花を散らして、王子と大公妃が実戦形式の死闘を繰り広げていた。

流血や骨折なんてのは当たり前、時には手足が千切れ飛び、臓腑《ぞうふ》を抉《えぐ》る致命傷さえ許容する過酷な訓練――

ただ実のところ、エイジヴァルトも似たような訓練はやっている。

本物の槍を用いて戦い、致命傷を体感する魔王国で最も厳しい鍛錬法だ。それは、戦闘訓練であり、深い傷を負っても動じることなく【転置呪】を使えるようにするための魔法の修行でもある。

が、いかにレイジュ族の本拠地といえど、転置呪の身代わり――人族のストックは有限だ。訓練ばかりに浪費していられない。

週に2回。それがエイジヴァルトの『実戦形式』の頻度だった。つまり週に2頭までなら訓練のため消費していい。これでも族長一族の跡取りとして融通を利かせている方だ。地位も伝手《つて》もない、いち魔族じゃこうはいかない。月に1回できるかできないか。もちろん、名家の生まれでも、そんな過酷な訓練を受けない者もいるだろう。妹のように。

「ぐガッ……はァァァ」

ジルバギアスが大量に吐血して倒れ込む。

「うゎん、うゎん!!」

すかさず、待機させられていた四肢のないハイエルフが駆け寄って、ペロペロと舐めて回復させる。

そう――王子にはこれがある。

どんな手を使ったか、ハイエルフをペットとして手懐《てなず》けており、自分たちと違って治療回数に制限がない。ジルバギアスはついでにプラティフィアの傷まで引き受けて、あっという間に全快し、けろりとした顔で訓練を再開した。

致命傷を受けて全快するまでを1セットとして、ジルバギアスはそれを毎日欠かさず、何セットもやっているらしい。

エイジヴァルトが、多くて週に2セットしかしない訓練を——毎日。

「…………」

日課の素振りのため練兵場に出てきた自分が、酷《ひど》く情けない存在に思えてきて、エイジヴァルトは思わず、愛用の槍を強く握りしめていた。

——何よりも悔しかったのは。

週に2セットも実戦形式の訓練をやっている、と。今日の今日まで考えていたことだ。自分は良くも悪くも恵まれている。族長一家に生まれ、人族の供給に融通が利くために週に2セットも訓練できる。訓練をさせられている。

そう、考えていた。誰が好き好んで、痛い思いをしたいと願うだろう？

訓練相手を務める祖父と父は、笑ってこう言うはずだ。『痛いのが嫌なら強くなるんだな』と。自分が痛めつける側に回れ、と。一族で最強格のふたりが……！

「よっし！　じゃあもう一本!!」

しかしジルバギアスは、どれだけ酷い傷を負い、ボロボロにされても、何ら痛痒《つうよう》を感じていない顔で幾度となく立ち上がる。

まさに、不屈。同じくらいボロボロになりながら、笑顔でそれに付き合う母親のプラティフィアも大概どうかしてるが。

プラティフィアは、まだわかる。一族でも名の知れた英才で、魔王に嫁いだ女傑で、何より大人だ。

だが、ジルバギアスはよくわからない。

（……なんで、あんな平気な顔ができるんだ？）

5歳だぞ。おかしいだろ。——そう思わずにはいられなかった。時の流れが違う魔界で長く過ごし、額面通りの年齢ではないとはいえ、子どもであることには違いないのに。

自分が嫌で嫌でたまらない訓練を、数十倍の密度で、平気な顔でこなして。

「…………」

エイジヴァルトは、ヒト一倍、厳しい鍛錬を積んできた自負があった。

だけど、それも今日までだったらしい。

「よう」

と、背後から声。父ジークヴァルトが、腕組みして立っていた。

「父上……」

「お前も見ていたか」

その目は鋭く、王子と大公妃の訓練を観察している。

「……うぅむ」

そして小さく唸《うな》り、口元を引き結んだ。父は、愛想笑い以外は表情があまり変わらないタイプなので、これは一般人の『顔をしかめる』に等しい。

「末恐ろしいな」

ジルバギアスを眺めながら、小さくつぶやくジークヴァルト。

末恐ろしい――全く同感だったので、エイジヴァルトは無言で頷《うなず》いた。

「あれだけ激しく打ち合いながら、隙あらば互いに呪詛《じゅそ》を放ち、抵抗している。最前線にさえ、あの次元で戦える者がどれだけいることか……」

プラティフィアは、嫁入り前の時点でジークヴァルトと互角の戦士だったらしい。それと、ほぼほぼ互角で打ち合えている、あの5歳児は何なのだ……？

自分は……自分は、父とどれだけ打ち合えるだろう……？

いや……もっと恐ろしいのは……

自分が、あの王子と、打ち、合えば、ど、う、な、る？

「……っ」

これまでの努力が、苦労が、全て否定されるんじゃないかと、冷たいものが背筋を走り抜けた。父も、自分に失望してるんじゃないか。恐ろしくなって顔色を窺《うかが》ったが。

「……エイジ、ひとつ良いことを教えてやろう」

そんな自分の内心を見透かしたかのように、父はポンと肩を叩いた。

「あれは別格だ。世の中にはああいう手合もいる。だから気にするな」

「………………はぁ」

常にストイックな父らしからぬ言葉に、エイジヴァルトは呆気《あっけ》に取られた。

「……俺もな、若い頃、似たような思いをしたことがある。まあ、ここまでとびきりの奴《やっ》ではなかったが……」

　少しばかり口の端を吊《つ》り上げる父。……一般人で言うところの、苦笑だ。

「この訓練風景を、宴《うたげ》の前に見せていてくれればなぁ……」

「全くですね……」

　あんな騒動は起きなかったのに、としみじみする父と子。練兵場には一族の連中が見物に集まっていたが、あまりにも凄惨で過酷でハイレベルで、しかも全く終わる気配がない訓練に引き気味だった。

　最初から、王子が戦う様を披露していれば、誰も舐《な》めてかからなかっただろう……

「ところで、ルミアを見てないか？」

　不意に、表情を切り替えて、ジークヴァルトが尋ねてきた。

「え？　今日はまだ見てませんね。部屋にいるんじゃ？」

「うーむ、さっき訪ねたらいなかったんだが……」

　周囲に人がいないか確認してから、ジークヴァルトは囁《ささや》くようにして。

「――実は先ほど、ディオス家の使いが来た」

　……！　思わず身構えるエイジヴァルト。

「話によれば、意識を取り戻したゲルマディオスが――」

　父の表情は、はっきりと見て取れるほど苦々しかった。

「――例の一件は、ルミアの口車に乗せられたと主張しているらしい」

本人から詳しく話を聞きたいので、お前も妹を探してくれ、と。

父に頼まれ、エイジヴァルトは、にわかに頭が痛くなってくるのを感じた。

†††

――結局不安で一睡もできなかったルミアフィアは、目覚めの食事も喉を通らず、ノラプラと外を出歩いて気を紛らわせていた。

友人知人と顔を合わせる気にもなれなかったので、幼い頃、兄とよく遊んでいた町外れの木立で、木に登ってぼんやりと過ごしていた。

（どうしよ……）

しょぼくれた顔で星空を見上げるも、ルミアフィアにできることは何もない。

そして体は現金なもので、起きてから何も口にしていなかったので、夜もふける頃には流石《さすが》にお腹《なか》が空《す》いてきた。だから夜食《ランチ》の時間にはノコノコ屋敷に戻ってきたわけだ。

「おお、ルミア。帰ったか」

食卓には、ヴァルト家の面々が一堂に会していた。祖父ジジーヴァルトがルミアフィアが顔を出して、ホッとした様子を見せる。

「朝から姿が見えんかったから、心配しておったぞ」

「……ちょっと散歩してただけです」

　ルミアフィアはぶっきらぼうに答えたが、家族全員が示し合わせたように、目配せしたのが気になった。それから会話らしい会話もなく、食事が運ばれてきて、いそいそと手を付けようとしたところで、

「――今夕《けさ》、ディオス家から使いが来てな」

　ジークヴァルトが不意に口を開く。ルミアフィアの心臓が飛び跳ねた。

「意識を取り戻したゲルマディオスが、『ルミアフィアの口車に乗せられた』などと口走っているらしい」

　からん……と音が響く。

　ルミアフィアの手から、フォークがテーブルにこぼれ落ちた音。

「事実確認をしたい。……何があったか、聞かせてくれるか？」

　ジークヴァルトは、あくまで穏やかな口調だった。

　極力内心を悟らせまいとするかのような、優しげな口調がかえって恐ろしい。

「…………」

　即座に「知らない！」と否定すればよかったものを、言葉に詰まってしまったために、今さら口を開けず、ルミアフィアは黙って俯《うつむ》くことしかできなかった。

　カチ、カチ……と振り子時計の音がダイニングに響く。

　眼前の料理からは、他人事《ひとごと》のように湯気が立ち昇っている。

「ルミア」

再び、ジークヴァルトが口を開いた。

「今ならまだ、俺は許そう。だが此度《こたび》の一件は、お前が考えているより厄介な火種になりかねん。お前だけではなく、我が家全体の問題なのだ」

あくまでも穏やかな、言い含めるような口調で。

「だから、何が起きたかを端的に話して欲しい」

さらに数秒待つ。……ルミアフィアは、答えない。

「これでも我が身可愛《かわい》さにだんまりを決め込むようなら、我が娘とて、容赦はせんぞ」

ヒッ、とルミアフィアは息を呑《の》んだ。顔を上げられない。視界の端には腕組みした父。口調こそ変わらないが、真冬のように冷え冷えとした空気。体がカタカタと震えだした。

「父上……」

見かねたか、隣の席の兄エイジヴァルトが声を上げる。

「エイジ。いくらお前でも、口を挟むことは許されん」

「いえ、そうではなく。……もう少し怒気を収めていただかねば、ルミアも、話そうにも話せますまい」

「……おっと」

ぺたり、と音がしたのは、父が自分の顔を撫《な》でる音だろうか。いずれにせよ、ルミアフィアは恐ろしくて、父がどんな表情をしているか直視できなかった。

いや、父だけではなく。家族みんなが、自分をどういう目で見ているか――

「ルミア。お前を叱るだとか、怒るだとか、そういう問題ではないのだ」

祖父ジジーヴァルトが、溜息《ためいき》まじりに語りかける。

「お前の兄の将来にさえ響きかねん話だ。正直に、何が起きたかを話してくれ。事実確認をしないことには、我らも正しい手が打てんのだ」

淡々とした口調に、そして何より、敬愛する兄の将来にも響きかねないという言葉に、ルミアフィアは観念してぽつぽつと話し始めた。


「……それで、あの男に『王子の鼻を明かしたら、アンタのこと見直すかも』って……」

本人の口から明かされた事実に、一同が苦虫を嚙《か》み潰したような顔をした。

「勘弁してくれよ……」

隣の席で兄が呻《うめ》く。ルミアフィアはギュッと膝の上で手を握った。それは、下手な叱責や怒声よりも、よほど堪《こた》える反応だった。

「なるほどな」

ジークヴァルトは冷静に、顎を撫でながら考え込んでいる。

「――『若き実力者で思い上がりも甚だしい王子に、族長の権益を脅かされることを恐れたヴァルト家が王子の勢いを削《そ》ごうと画策。ルミアフィアを使い、次期族長の座の可能性をゲルマディオスにほのめかし、王子の顔を潰すため嚙ませ犬に仕立て上げた』――」

まるで劇の台本でもそらんじるように呟《つぶや》いたジークヴァルトが、こちらを見据える。

「――これがディオス家の言い分だ。連中はあの男を切り捨てることにしたらしい。我が家がお前を使って卑怯《ひきょう》な策謀を巡らせたのだ、と声高に喧伝《けんでん》するつもりだろう」

「なっ……！」

ルミアフィアは目を剝《む》いた。

「そんな！　あたし……そんなつもりじゃ!!」

「お前がどんなつもりだったかは問題ではない。向こうがどう喧伝するか。そして周囲がどう受け取るか、だ」

「そん、な……あたし、ほんとに、そんなつもりじゃ……！」

ルミアフィアは同意を求めるように皆を見回したが、母も兄も沈痛な面持ちで、祖父は頭痛をこらえるように眉間を押さえたまま、石像のように微動だにしなかった。

カチ、カチ……と時計が時を刻む。

「……いつかは、独りで嫁に行かねばならぬ身。そう考えて、今まで多少のことには目を瞑《つぶ》ってきたが……」

やがて、ジジーヴァルトが絞り出すように言った。

「甘やかしすぎたのかもしれん……」

深い悔恨の滲《にじ》む声。いつも優しくて、ちょっとしたことでも褒めてくれた祖父が、心底失望した目を向けてきて、ルミアフィアは打ちのめされた。

「ごめん……なさぃ……」

申し訳無さと後悔で、縮こまることしかできなかった。この場で消えてなくなってしまいたい。なかったことにしたい。できることなら、あの場に戻って、馬鹿なことを言う前に、過去の自分を張り倒したい……

「いかにしようか、父上？」

ルミアフィアの謝罪など聞こえなかったように、ジークヴァルトが意見を求めた。

「知らぬ存ぜぬで突っぱねるしかなかろう」

ジジーヴァルトも気持ちを切り替え、顎ひげをしごきながら答える。

「そもそも、向こうの言い分が正しい証拠などないのだ。ゲルマディオスが暴走して手討ちにされた挙げ句、逆恨みしたディオス家が我らの足を引っ張ろうとしておる。我が家としては、そう主張するしかあるまい」

「だが、ルミアフィアが宴の途中で抜け出していたのは事実だ」

再び、族長と次期族長の厳しい視線が飛んできて、さめざめと泣き濡《ぬ》れるルミアフィアは「ヒッ」とすくみ上がった。

「壇上の空席はさぞかし目立っただろう」

皮肉げなジークヴァルトが言わんとすることを理解し、ルミアフィアは、鼻水を垂らしながら「うぅ～……」と唸《うな》ることしかできない。

――ルミアフィアが抜け出し、そのあとにゲルマディオスが喧嘩《けんか》を売りに来た。それは紛れもない事実なのだ……ディオス家の主張に、妙な説得力が生まれてしまう。

「しかも、ルミアフィアがゲルマディオスと会話するところを、誰かに見られていたかもしれん。いや、事実がどうであれ、次から次へと、目撃者が出てくるだろう……ディオス家のお友達がな……！」

忌々しげに吐き捨てるジークヴァルト。

「言った、言わないの水掛け論に持ち込まれたら、向こうの思《おも》う壺《つぼ》だぞ父上」

「うぅむ……確かに。どちらかと言うと共倒れに近いが、あの阿呆《あほう》の失態を相殺するにはもう片方の阿呆を引っ張り出すしかない、と……」

他人事のような祖父の『阿呆』という言葉に、ルミアフィアはもはや声もなくボタボタと涙をこぼしていた。

「……あの」

と、エイジヴァルトが遠慮がちに手を挙げた。

「なんだ？」

「ヴァルト家として何を主張するにしても、まず殿下と大公妃様に、内々でもいいので、事実関係を説明して謝りに行った方がいいのではないかと……」

実にもっともな提案に、ジジーヴァルトとジークヴァルトは顔を見合わせた。

「それも」

「そうだな」

ヴァルト家の体面も大切だが。それ以前に、角をへし折っても平然としている王子と、その王子以上に我の強い母親を何とかするべきだ、と。

†　†　†

「――という次第。ウチのバカ孫がまことに申し訳ない」

現族長ジジーヴァルトが頭を下げ、その足元ではルミアフィアが「申し訳ございませんでした……！」とひれ伏している。

どうも、夜食《ランチ》のあとプラティと茶を飲んでいたら、何やら族長一家に総出で謝りに来られて、困惑中のジルバギアスです。

いやー、あのゲルマディオスとかいう男。なんかすげー突っかかってくるじゃん、と思ったら、そういうことだったんだ。まさか、80歳《いいとし》して13歳の女の子に、いいトコを見せようと張り切った結果だったとは……

『阿呆じゃのぅ……』

ホントそれ。正直、死ぬほどどうでもいい。

俺としては手頃にぶん殴れる奴《やつ》が出てきて気分爽快だったけど。

どうせならもっとポッキリ角折ってやればよかったなぁ。誰も惜しまんでしょ。

「うぅ……」

絨毯《じゅうたん》の上で平伏して震えているルミアフィアに対しても、思うところはない。……まあフクザツな年頃の娘が、女好き（とされている）の俺に嫌悪感を抱くのは仕方ないよ。

で、気に入らない男に「アイツちょっと調子に乗ってるしシメて来てよ」と軽い気持ちで言ったら、まさかの刀傷沙汰に。俺が敢《あ》えてことを荒立てたのは事実だが、仕掛けてきたゲルマディオスが一番悪いからなぁ。

ルミアフィアが原因だったんです！　と言われても……俺としては「あ、そう」としか答えようがないわな。居た堪《たま》れないしシンプルに鬱陶しいから、早く帰って欲しい。

「そうか……。それで？」

俺は、そんな内心などおくびにも出さず、真面目な顔で問うた。

『話はわかったが、それがどうかしたのか？』というノリで。

が、俺の言葉を、隣のプラティが引き継いだ。

「――それで、どう落とし前をつけるつもりなのかしら？　その娘は」

優雅に足を組みながら、扇子の下で冷ややかに笑って。

あ……プラティさん……めっちゃ怒ってらっしゃる……

立ち話もなんだということで、族長一家もソファに腰掛ける。

ただし、ルミアフィアだけは、向かい合う俺たちの間で小さな骨の椅子――くっそケツが痛くなる『自省の座』に、まるで置物のように座らされていた。

やっぱ一家に一台あるんだな、あれ……

「うぅ……」

　羞恥のせいか、屈辱のせいか、はたまた単純にケツが痛いせいか、ルミアフィアは半泣きで顔を歪《ゆが》めていた。

「――それで、話を戻すけれど」

　しかしすぐに、プラティの絶対零度の視線にさらされて、蒼白《そうはく》になる。

「ディオス家の阿呆――あの身の程知らずは、角折られて報いを受けたので、この際よしとしましょう」

　ひらひらと扇子を扇《あお》ぎながら、プラティがジジーヴァルトを見据える。

「――けれども伯父さま。その小娘はね、頭を下げ、た、だ、け、で、今回の顛末《てんまつ》に関して、何の償いもしていないわ」

「……それは、そうだが」

　重々しく頷《うなず》いて認めるジジーヴァルト。ルミアフィアは頭越しの会話にダラダラと冷や汗を流していた。

「…………」

　口を閉ざしたジジーヴァルトは、腕組みしたままプラティをジッと見つめている。目は口ほどに物を言う、とはよく言ったものだが、何かを訴えかけるような眼差《まなざ》し。「お前もうちの血族だろう？」と言わんばかりの。

　一方でプラティは冷笑を浮かべたまま、平然とその視線を受け止めていた。

……族長としては頭が痛えだろうな。内々で済ませたいからこそ、ルミアフィアが原因だったことが他者経由で俺たちの耳に入る前に、素早く頭を下げに来たんだろうから。

『ところが、蓋を開けてみたら、そう簡単には許して貰《もら》えそうにない、と』

身内だから「ゴメンネ！」の一言で済むって思ってたんだろうか。……相手はプラティだぜ。舐《な》められたままで終わるわけねえよなぁ。

「この一件は、わたしたちとしても半端な対応は取れないのよ、伯父さま」

プラティは言い含めるようなネットリとした口調で語りかける。

「どうあがいても、その娘が原因だという噂《うわさ》は抑えきれないのでしょう？　まずいのよ、前例ができては。『騒動の原因が小娘だったから許された』なんて評価をされては困るの」

笑顔はそのままに、プラティの手に握られた扇子がギリィッと軋《きし》みを上げた。

「これが魔王城に伝わったらどうなるかわかる？　小娘なら許されるんでしょ、とばかりに、こぞってアホどもがちょっかいをかけてくるわ」

……………考えただけで鬱陶しい。

「もちろん、わたしのジルバギアスですもの。問題なく撃退できるでしょう。だけど対処すればするほど、情勢がかき混ぜられて面倒なことになる。わたしたちは、いちいちそんなものに構っていられるほど暇じゃないのよ」

脅威度の問題じゃなく、その対処に割かれるリソースの問題ってわけだ。

「だから、申し訳ないけど、わたしたちは厳正に対処しなければならない」

舐めた真似《まね》すんじゃねえぞ、と内外にアピールする必要がある。

「……ルミアも、角を折れとでも？」

唸るようなジジーヴァルトの問いに、ルミアフィアがギョッとしてガクガクと目に見えて震え出した。自省の座であんなに震えたらケツがクッソ痛そうだなぁ、と俺は他人事《ひとごと》のように思った。

ジジーヴァルトはもはやプラティを睨《にら》むようだし、隣のジークヴァルトは鉄のような無表情。ソファの後ろに立つエイジヴァルトが、俺に縋《すが》るような目を向けてきたが――

「…………」

俺は無言で、小さく首を振った。こんなノリノリのプラティ止められるかよ。あとルミアフィアに思うところはないのは事実だが、俺が身を挺《てい》して庇《かば》ってやるほどでもない。

エイジヴァルトは、万策尽きたとばかりにガックリと肩を落としている――

「角を折る？　まさか。わたしもヴァルト家の出身ですよ。そのようなことを望むはずがないでしょう」

それは本音か、建前か――うそぶくプラティ。

「短絡的な厳罰はディオス家の言い分を暗に認めるようなものですし。こんな小娘でも、嫁の貰い手がなくなっては困るでしょう？」

虫けらでも見下ろすような目を、改めてルミアフィアに向ける。魔王城で女の戦いに明け暮れる大公妃の、どろどろとした圧に晒《さら》され続け、ルミアフィアはもはや過呼吸でも起こして倒れてしまいそうな様子だった。

「――そこで、いいことを考えつきました」

ぱちん、と扇子を畳んで、プラティがニッコリと微笑《ほほえ》む。

その場の全員が、おそらく心をひとつにした。


――絶対ロクなことじゃねえ。


「あなた。ジルバギアスと槍《やり》で決闘なさい」

ルミアフィアの顔を覗《のぞ》き込みながら、プラティは言い放つ。

「え……ッ!?」

目を剝《む》くルミアフィア、プラティを二度見する俺。なんで!?

「事実がどうであれ――族長一家の者が、対立する前族長一家の男をそそのかし、けしかけたなんて風聞はまずいわ。族長一族にあるまじき惰弱で卑劣な行い。そう非難されてもおかしくは、ない」

もはや作り笑いすらなく、冷ややかな目でルミアフィアを見下ろすプラティ。

「今はまだよくとも、代替わりで何を言われるかわからないわ。そして次期族長争いなんて、下らない内輪《うちわ》揉《も》めをしてみなさい。治療枠で煮え湯を飲まされた他氏族が、これ幸いとばかりに介入してくるわ」

その冷ややかな目を、そのまま族長一家へ向ける。

「レイジュ族の汚名返上は我らが悲願。魔王城でわたしたちが他派閥としのぎを削ってている間に、後背地が浮足立っているようでは戦もままならないわ」

「それは——わかる。しかし、それがどうして決闘につながるのだ？」

ジジーヴァルトが問う。いいぞ！　もっと聞け！　俺も聞きたい！

「『王子に不満を抱くルミアフィアは、宴《うたげ》を途中で退席し、自らの力量をもってして王子の鼻を明かすことを決意した』」

台本でもそらんじるように、プラティが語り出す。

「『そしてその決意の言葉を、たまたま耳にしたゲルマディオスが、先んじて王子の面目を潰すことにより、ルミアフィアの気を惹《ひ》こうとした。——その結果、角を折られたのは本人の自業自得だが、あまりの体裁の悪さに、ディオス家が事実を歪曲《わいきょく》し、ヴァルト家の足を引っ張ろうとしている』」

あー……なんか、見えてきた……

「『ゲルマディオスの狼藉《ろうぜき》は、当人の私利私欲に基づくものであり、ヴァルト家は無関係である。しかしルミアフィアの不用意な発言が騒動の一端となったことも事実。その責任を清算し、当人同士の不満を解消するため、そして名誉のため、ルミアフィア＝レイジュはジルバギアス＝レイジュへ槍による決闘を挑む』」

あの王子、気に食わねーな……とルミアフィアが口に出したのは事実と認めつつ、ゲルマディオスが俺に喧嘩《けんか》を売ってきたのは当人が暴走した結果に過ぎない、と。

そしてルミアフィアが俺に不満を抱いていたのは事実なので、俺と直接ガチンコでやり合うことで、それを解消する、と……

ば、……蛮族……

ジジーヴァルトは「ううむ……」と唸《うな》っているし、ジークヴァルトは感心したように「なるほど」と頷いていた。エイジヴァルトは遠い目をしているし、「マジかよ」と愕然《がくぜん》としているのは、俺とルミアフィアだけだった。

「安心なさい。殺しはしないわ」

プラティが優しく、蒼白になったルミアフィアに微笑みかける。

「死ぬほど痛い思いはするでしょうけど、死にはしない。名誉は失うでしょうけど、やり直せる。誰に喧嘩を売ったか考えれば、驚くほど寛大な仕置よ」

カタカタと震えだしたルミアフィアを、ぎらぎらと凶暴に輝く瞳で覗き込みながら。

「【わたしに感謝しろ】」

おどろおどろしい声で。

「【お前が嫁に行く前に、『喧嘩を売ること』がどういうことなのか、その身に教え込んでやる】」

呪詛《じゅそ》を流し込むように。

「【誰かが気に食わぬなら、自らの手で叩《たた》きのめせ。それができぬなら大人しく這《は》いつくばっていろ。己の力量に見合わぬ振る舞いを、心から反省するがいい】……これに懲りて少しは学べば、他所《よそ》でもうまくやっていけるでしょう」

　ぽふっ、と肩の力を抜き、ソファに身を預けるプラティ。

「……返事は？」

　冷え冷えとした声。

　ルミアフィアは絞り出すように「は……ぃ……」と答えた。

　満足そうに頷くプラティと、諦めムードだが納得している族長一家。

　あ、あの……なんか一件落着した雰囲気を漂わせてるトコ申し訳ないんですけど。

　俺の意思は……!?

†††

　翌日、真夜中。月が煌々《こうこう》と照らし出す練兵場。

「――以上の申し立てにより、我、族長ジジーヴァルト＝レイジュは、ルミアフィア＝レイジュが、ジルバギアス＝レイジュへ槍による決闘を挑むことを認める！」

　ジジーヴァルトが、よく通るクソデカい声で宣言した。

　おおぅ……と引き気味にどよめく一般魔族の群衆たち。

　そして衆目に晒されて真顔で突っ立ってる俺と、気丈な表情を浮かべつつ、ぷるぷる震えて槍に縋りついているルミアフィア。

なんで、こんなことになっちまったんだろうな……

『お主の母親のせいじゃろ』

いやそうなんだけどさ。チラッと隣を見ても、ルミアフィアは俺の視線に気づく余裕さえなく、気力だけでどうにか立っている感じだった。

「おいおい、姫さんってまだ従騎士だろ？　子爵に――それも、あの王子に挑むのは無謀すぎるだろ……」

観衆の誰かが、呆《あき》れ半分、同情半分に言っていた。

「っつーか、どう見てもイヤイヤ引きずり出されてるんだが」

「やっぱケジメつけさせられてるんじゃ……尻尾切りみたいな……」

「ディオス家の連中が言ってたことも信憑性《しんぴょうせい》が……」

ざわざわざわ……とてもやる気満々には見えないルミアフィアに、ヴァルト家の作為を疑い出す者もちらほら。

「いやいや、姫さんが息巻いてたのは、殿下の訓練を見る前だったからよ」

しかし、そんな連中に、さり気なく話しかける奴《やつ》らもいる。

三馬鹿――もとい、アルバーオーリルとその弟分たちだ。

「気に食わねーからぶっ飛ばしてやるぜ！って、そのときはまだ強気だったんだ」

「それをゲの字が聞きつけて、あんなことになっちまってよぅ……」

「とはいえ、一度出した言葉を引っ込めるわけにもいかないってワケで」

三馬鹿たちの語る裏話に、「あー」と納得する魔族たち。

「たしかに、あの訓練見る前なら、な……」

「俺たちだって、ほんとに噂通りだなんて思ってなかったし……」

「今さら引っ込めるなんて惰弱な真似はできねえもんな……」

ルミアフィアを見守る視線が、気の毒そうな、生暖かいものに変わる。

「うぅ……」

ぷるぷるしながらも、なけなしの意地で涙だけはこらえているルミアフィア。

堂々と宣言されちゃったし、衆目環視で逃げられないし、ぶっちゃけ決闘という名の公開処刑だもんなコレ……

一応、殺しはしないことになっているが。

俺は小さく溜息《ためいき》をついて、プラティの言葉を思い出す――

†　†　†

『あの、あんまり気が進まないんですが』

族長一家が退室してから、俺は、控えめに抗議した。

『でしょうね』

澄まし顔でうなずくプラティ。沼に杭《くい》、って感じの手応えのなさ。たぶん俺の言葉が抗議であることにすら気づいていない。

『だけどね、ジルバギアス。わたしはそれが気がかりなの』

『気がかり……ですか』

はて？　何のことだ？

『……あなた、女に甘いのよ』

首をかしげる俺に、じっとりとした目を向けてくる。

『あなたが女好きなのは、……………この際、まあ、仕方がないとして』

プラティは、いくらか言葉を呑《の》み込んだようだった。

『女に甘いのは良くないわ。今回の決闘でルミアフィアじゃなく、エイジヴァルトが相手だったら、気が進まないまでも、そこまで嫌がる様子も見せなかったでしょう』

…………あながち否定もできねえ。

『いや、……性別の問題じゃないですよ。仮に相手が男だったとしても、俺とほぼ同い年や歳下《としした》ぐらいの相手だったら、躊躇《ためら》いますって』

『どうだか……』

プラティはほとんど信用してなさそうな顔だ。

『ちなみに我も、今ばかりはこの女に同意じゃ』

アンテ、お前もか！

『わたしは母親だから、特別に気兼ねせずに相手ができるんでしょうけど。見目麗しい女と戦わなきゃならないとき、戦意が鈍るようじゃ話にならないわよ』

ぱしん、と扇子で膝を叩いて、プラティが俺を見据える。

『あなた、戦場で女を相手にしても、きちんと殺せるの？』

『――殺せます』

俺は静かに即答した。

プラティの目を真《ま》っ直《す》ぐに――ほとんど睨《にら》み返しながら。

『日常と戦場は、話が別だと心得ております』

そもそも男女の話じゃねえ、同盟なら誰を相手にしたって、本当は躊躇う。

だが、俺は魔王子として立ち回らなければならない。必要とあらば誰だって殺す。

その覚悟は、決めている。舐《な》めんじゃねえぞ。

『……そう。今は、そういうことにしておきましょう』

プラティはパサッと扇子を開き、口元の笑みを隠した。

『明日の決闘は――戦場よ。同族の見目麗しい娘でも容赦なく痛めつけられるようなら、あなたは何を相手取っても問題ないでしょう。どれだけ傷つけても苦しめても双方合意の上。身内だから政治的問題にもならない。格好の練習相手が出てきてくれたのよ、ありがたいことじゃない』

フフン、と鼻で笑ったプラティは。

『──殺すつもりでやりなさい。手加減しちゃダメよ』

冷酷に言い放った。

『……はい』

俺は真顔を維持しつつ、ちょっと引き気味に頷《うなず》く。

『こやつ、絶対あの小娘のこと許しとらんじゃろ……』

アンテが呆れたように呟《つぶや》いた。

うーん。プラティの怒りだけは買わないよう、俺も気をつけよう……

†　†　†

……てなわけで。

「片方が戦闘不能となるまで、魔法は使用禁止。純粋な槍《やり》勝負とする」

向かい合う俺とルミアフィアの間で、ジジーヴァルトが俺たちを交互に見やる。

「……それでは始め！」

石像のように厳《いかめ》しい表情で、叫んだ。

「…………」

固唾を呑んで見守る観衆、そしてジジーヴァルト以下、族長一家。

ジークヴァルトは冷徹なまでに無表情だし、エイジヴァルトは「見たくないけど気にはなる」とばかりに目を細めている。

リリアナ、ガルーニャ、レイラといった俺の手勢も控えているが、みな一様に居た堪《たま》れなさそうな雰囲気だ。

唯一、扇子をひらひらさせるプラティだけがニッコニコだった。

『やらんのか？』

いや、やるよ。アンテの言葉に、俺は改めてルミアフィアに向き直る。

「……っ、……くっ……」

ルミアフィアは全身をガチガチに固めて、槍をこちらに突き出していた。基本の構えだな。稽古はサボっていなかったらしく、足腰や重心はしっかりとしたもんだ。

ただ、いかんせん緊張で強張《こわば》っていて……軽く小突いただけでひっくり返りそう。

『――あなた、戦場で女を相手にしても、きちんと殺せるの？』

プラティの問いが蘇《よみがえ》る。

俺はふと、初心に返って考えてみた。

普段、皆と過ごすときは、敢《あ》えて考えないようにしているが――俺はいずれ、この場にいるほぼ全員を裏切ることになる。

プラティはもとより、魔族全員。お調子者の三馬鹿ども、まじめくんなエイジヴァルト――最終的には魔王を。

殺す。

魔族だけではない。俺を主と仰ぐ夜エルフのヴィーネにヴィロッサ。心からの忠誠を捧《ささ》げてくれるガルーニャさえも……

いずれ裏切り、殺す。

『——あなた、戦場で女を相手にしても、きちんと殺せるの？』

だが、おそらくその前に、戦場で同胞たちを手に掛けることになる。

数え切れないほどの、同胞を。

魔王子の立場を守るために。禁忌の力を得るために……

そして——その暁に、魔王国を滅ぼす……！

俺は改めて、相対する少女を見据えた。

憎むべき魔族を。

年齢？　性別？　関係ねえ。こいつは敵だ。

『——あなた、戦場で女を相手にしても、きちんと殺せるの？』

はは。愚問だな。

「……ッ！」

息を呑み、ぶわっと額に汗を浮かべたルミアフィアが、無意識のうちに後ずさる。

「いくら格下であろうと、決闘を挑まれたからには、俺は手加減せん」

俺は静かに、口を開いた。話しかけられるとは思っていなかったか、ビクッと身をすくませるルミアフィア。

「だが、手加減するなと言われてもな。こんなつまらない決闘で、まさか人族を浪費するわけにもいかん。それでは前線の戦士たちに申し訳が立たない。道義的に考えて、お前の傷は、俺が引き受けて治すことになるだろう」

俺はあからさまに、嫌そうな表情を作った。

「だが――俺だって、無駄に痛い思いはしたくないわけだ。わかるか？」

ん？　とわざとらしく首をかしげて問いかけると、ルミアフィアは「わ、わかります」とカクカクと頷いた。

「だよな。それで、いいことを思いついたわけだ」

俺の手の中で、槍の穂先――聖剣《アダマス》が震えている。


「――お前が死ねば、もう治療する必要はなくなるな？」


とびきりの笑顔でそう問いかけると、ルミアフィアは目を見開いた。

全身に魔力をみなぎらせる。

一息に踏み込む。

眼前、魔族の箱入り娘は――俺の接近に、まるで反応できず、ただただ呆然《ぼうぜん》と迫る刃先を見つめていた。

「死ね」

その無防備な首筋に、俺は聖剣を――

「待っ」

はは、勝負に待ったもクソもあるかよ。


――叩《たた》き込んだ。


なまくらにしか見えないアダマスの刃は、難なくその細い首筋に食らいつき、頸動脈《けいどうみゃく》を切り裂き、首の骨を断ち切――

「っと」

――る寸前に、俺は剣を引いた。

バッシャァ、と練兵場にルミアフィアの血飛沫《ちしぶき》が撒《ま》き散らされる。虚《うつ》ろな目をした少女が、ふらりと力を失って倒れ伏す。

「【転置《メ・タ・フェスィ》】」

そして俺は、全力で首を手で押さえながら、その傷を引き受けた。

「……っ」

首にばっくりと傷が開き、熱い血潮がほとばしる。

「……ルミア――ッ！」

血相を変えたジークヴァルトが、駆け寄ってきているのが見えた。エイジヴァルトとジジーヴァルトも、蒼白《そうはく》な顔で。

「まだ、死んで、ない」

俺は転がるルミアフィアを指差しながら、かすれた声で言った。俺がこうして生きてるぐらいだから、死んではいないはずだ。本人は死んだと思ってるだろうがな。

クソッ、それにしても首が断ち切られたらこんな感じなのかよ。顔が青ざめていくのがわかるし、視界がどんどん狭まっていく――

「活を、入れて、やれ……」

足に力が入らねえ。傷を押さえる手にも……力が……ヤベ、止血が……

「うわんうわん!!」

リリアナの鳴き声が遠くに聞こえた。

俺は目だけを動かして、プラティを見やる。

――めっちゃ呆《あき》れ顔《がお》してた。

へへ、どうだい。

殺す気で……やってやったぜ……

そうして俺は、リリアナの息遣いを間近に感じながら、ロウソクの火が消えたように、意識を失った。

3．訓練の日々

――ふと目を覚ましたら、窓の外は明るかった。

俺はベッドに寝かされているらしい。

『この馬鹿者』

と、アンテの幻の手がニュッと俺の胸から伸びて、ナチュラルに目を突いてきた。

「痛《イ》てァ！」

「あ、お目覚めですか」

ベッド脇の小椅子にはメイド服姿のレイラが腰掛けていて、俺が起きると同時、何やらサッと手を後ろに隠した。

上体を起こす。窓際のソファでは、リリアナがすぴすぴとお昼寝中。

「……どれくらい寝てた？」

「半日くらいです」

両手を後ろに回したまま答えるレイラ。けっこう気を失ってたんだな。

『アホみたいに血を流したからじゃ、このバカタレ』

アンテがプンスカしている。悪かったって。

もうちょい軽めの傷で済ませるつもりだったんだが、途中まで本気だったから、思ったより食い込んじゃった。

『フン、あんな生意気な小娘、どうせなら殺してしまえばよかったんじゃ』

幻のアンテの手が、グイグイと俺の頬をつねる。ごめんて。

「……あのあと、どうなった？」

「大騒ぎでした」

苦笑するレイラ。

「あのお姫様は、心の臓が止まっていたそうで、ご親族が必死で蘇生《そせい》処置してましたよ」

まじかー。

しかしレイラ曰《いわ》く、すぐに呼吸も脈拍も安定していたらしいとのことで、問題はなかったようだ。

見物人たちも、俺の迫真の殺気にルミアフィアが首を刎《は》ねられたように錯覚したそうで、しかもその傷を引き受けて大量出血しながら、あまりに平然としていた俺に若干引き気味だったとか。

……この地での俺の名声も高まりそうだな。

「レイラは、ずっとついていてくれたのか？」

「はい。一応……」

レイラは不自然に両手を背中に隠したまま、にへらと笑う。さっきからずっとその姿勢のままだった。そろそろと椅子から立ち上がって、俺に背中を見せないよう横歩きで移動していくが――

「……その手は？」

あからさまに怪しいので、指摘せざるを得なかった。

「あ。……えーと、そのぅ……」

ちょっと恥じ入りながら、観念したように『それ』を見せるレイラ。かぎ針と、毛糸。

「編み物も、習ってみたんですけど……全然うまくできなくて……」

レイラの言う通り、かぎ針には編みかけの——何？　何というか……形容しがたいウネウネとしたものが出来上がりつつあった。いや、出来上がってんのかそれ？

「そろそろ寒くなってくるので、靴下でも、と思って……」

靴下なんだ、それ……ちょっと出来上がりがアレだから、恥ずかしくて隠したわけね。

……説明させちゃって、悪いことしたなぁ。

『この娘、どんくさいところがあるからのぅ』

まあ、確かに。やっぱり根本的に違う生物の身体《からだ》だからだろう。レイラはちょっと不器用なところがある。レイラに限らず、人化したドラゴン全体に言えるのかもしれないが。

ガルーニャもレイラに格闘の手ほどきをしようとして、匙《さじ》を投げたからなぁ。そしてそんな状態でも、アイロンがけは完璧なレイラ。どれほどの時間と労力をかけて習得した動きなのか、考えるだけで泣けてくる。

しかし、初心者でアレだけ編み上げてるんだから、すごくないか？

『まあそうじゃの。やはり、やる気にあふれておるからじゃろうなぁー、すごい集中力で練習しておったぞ』

なるほど！　レイラは学習意欲旺盛なんだな……！

馬車でも熱心に読書してたって話だし、俺も見習わなきゃ。それにしてもそろそろ冬か。ドラゴンは寒暖差なんて気にしないみたいだが——連中、火で炙《あぶ》られても氷水に漬けられてもビクともしねえし——人の体だとやっぱ寒く感じるのかな。

この頃は気温が下がってきたし、レイラも足先が冷えたりしているのかもしれない。心配だ。

「レイラも、もし寒かったりしたら、遠慮なく言ってくれよ。防寒着ならいくらでも用意するからな」

「え？……あ、はい」

俺の言葉に、こてんと首をかしげてから、モニョッとした顔で頷《うなず》くレイラ。

『この阿呆《あほう》』

が、再びアンテが俺の眼球をアタックした。

「痛てァ！　何しやがる!!」

『そういうとこじゃぞ』

何がだよ？

『いや……まあ、よい。そのうちわかるじゃろ』

だから何がだよ？……しかしアンテはそれ以上、何も答えない。

「……わふぅ」

？？？　と首をかしげる俺を薄目で見ていたリリアナが、つまらなそうにアクビして、再びスピスピと寝息を立て始めた――

†　†　†

（――あかるい）

ぼんやりとした、夢うつつの心地で、少女は目を開いた。

「…………」

薄暗い部屋。カーテンの隙間からは陽光が差し込み、小鳥たちのチッチッチという鳴き声が聞こえてくる。

（……あさ？）

なんでこんな時間に目を覚ましたんだろ、なんて考えて。

だんだんと、思考が輪郭を取り戻していく。

――そして、自分が生きていることに気づいた。

「ひィッ！」

ルミアフィアは、咄嗟《とっさ》に首へ手をやった。……傷ひとつない、なめらかな肌。柔らかい絹の寝間着。どうやら自分は、自室のベッドに寝かされていたらしい。

「……ん、ッ？」

と、視界の端で動くもの。見れば、ベッド脇の椅子に腰掛けてうつらうつらしていた兄――エイジヴァルトが、ルミアフィアの声で目を覚ましたようだった。

寝ぼけ眼で、顔を上げる兄。視線が、ぶつかり合う。

「――ルミア！　起きたのか!?　大丈夫か!?」

ほとんど椅子を蹴倒しながら立ち上がるエイジヴァルト。がっしりした手がルミアフィアの肩を摑《つか》む。温かい――自分も、兄も。

「お兄ぃ……あたし……何が……？」

問いかけながら、徐々にルミアフィアの息が荒くなっていく。

生々しい記憶が、蘇《よみがえ》った。

自分の首に、喉に、熱いような冷たいような何かが、めり込んでくる感触を――

生命の源が、体温が、体から抜け落ちていくおぞましい感覚を――

「ハッ……ハァッ！　ハァッ……!!」

「大丈夫！　大丈夫だから……！」

途端に呼吸が荒くなって、ガクガク震え始めたルミアフィアを、咄嗟に抱きしめるエイジヴァルト。

「大丈夫……！　もう終わったんだ……大丈夫なんだ……！」

優しく頭を撫《な》でられ、ゆっくりと身体を揺すられ、兄の体温と鼓動を間近に感じて……

ルミアフィアも徐々に落ち着きを取り戻した。

と同時に、どうしようもない安心感が、胸いっぱいに広がる――

「ぅっ……うぇぇぇぇ……!!」

ルミアフィアはエイジヴァルトの胸に顔をうずめて、赤子のように泣き出した。

「ごわがづだよぉぉぉ――!!」

死んじゃうかと思ったぁぁぁ、と鼻水を垂らしながら泣きじゃくる。

あのとき。ルミアフィアが最後に思ったことは、「あたし死ぬんだ……」だった。それくらい、あの恐ろしい王子から向けられた殺意は、真に迫るものがあった。

めちゃくちゃ痛い思いをするのが嫌で、それでも、死にはしないはずとタカを括《くく》っていた自分を、奈落の底に突き落とすような――そんな所業だった。

グズグズと泣きながら、あのときのことを思い返しても、ジルバギアスに対する不満や反抗心といったものは、自分でも驚くくらい出てこなかった。

完全に、心が折れていた。

かの御仁に対して不満を覚えることの方が恐ろしい、と身体がもう理解している。

なぜあんな存在に、つばを吐きかけるような真似《まね》をしたのか、理解できない。次に直接あったら、どうなってしまうだろう。その場で平伏しない自信がなかった。

（もうヤダ……）

できれば金輪際、顔も合わせたくなかったが――族長一家なのでそういうわけにもいかないだろう。自業自得なので誰にも文句は言えず、兄にすがりつくのが精一杯だった。

「……………落ち着いた？」

「……ぅん」

しばらく泣いて、ようやく平静を取り戻したルミアフィアの頭を、エイジヴァルトが優しく撫でる。

「よし。……何か、欲しいものとかある？」

「…………のど、かわいたかも」

「じゃあ、何か持ってこようか。何がいい？」

「……ううん、自分で……取りに行く……」

喉も乾いたし、ついでにちょっとお手洗いにも行きたいルミアフィアであった。

ベッドから起き上がろうとしたが、ふらふらと足元がおぼつかない。

兄が肩を貸してくれようとしたが、流石《さすが》に半ば抱きしめられるような格好で廊下を歩くのは恥ずかしかったので、「だいじょうぶだから……」と強がるルミアフィア。

「あ、じゃあ、ちょっとこれを使いなよ」

フラフラしている妹を見かねて、エイジヴァルトはベッド脇に立て掛けていたそれを杖《つえ》代わりに手渡した。

――訓練用の、槍《やり》。あくまで訓練用なので、刃引きされている。

しかしその穂先が目に入った瞬間に、ルミアフィアは――

「……うーん」

白目を剝《む》いて、ぱたんと倒れてしまった。

「え……？　は？　ルミア!?　おいどうしたルミア！　しっかりしろルミア――ッ！」

何が起きたか理解できず、動転するエイジヴァルト。

――その日以来。

ルミアフィア＝レイジュは、刃物がダメになってしまった。

†　†　†

――俺が族長の屋敷で世話になってから、1週間ほどが経《た》つ。

宴《うたげ》での喧嘩《けんか》や、箱入り娘との決闘など、着いて早々トラブルまみれだったが、ようやく一段落して平穏な日々を送っている。というか、そもそも里帰りの目的は、きたる来春の出陣に備えてのお供探しと連携訓練だったんだ。

決闘だ何だで忙しい方がおかしかったんだよ。

そんなわけで俺のお供も、メンツがほぼ確定した。

今日は本格的な行軍訓練をやるので、みんなを郊外まで連れてきたぜ。

まずは三馬鹿の兄貴分ことアルバーオーリル。

「うっす、よろしく！」

続いて弟分にしてマイペースで腰が低いオッケーナイト。

「がんばります、よろしく」

最後にその双子の弟でお調子者のセイレーナイト。

「よっす、どうも」

この3名は若手枠だな。こいつら以外にも、若年層の候補者や志願者は何人かいたんだが、手合わせしてみると一撃でノされるようなクソ雑魚ばかりだったので、弾《はじ》かれた。

一見、チャラチャラしているアルバーオーリルたちだが、槍の腕は思ったより堅実で、俺やプラティの攻撃も3回は凌げるからな。それに加え、俺との度重なる実戦形式訓練でもへこたれないタフさや、夜エルフのメイドたちの誘導尋問にも乗らなかった口の堅さが評価され、採用となった。

ちなみに『誘導尋問』というのは、ちょっとした俺に関する情報を「秘密だ」と念押しして伝えた上で、あとから夜エルフのメイドに尋ねさせてもちゃんと黙っていられるかというテストだ。子ども騙しみたいな罠だったが、引っかかってベラベラ喋るアホがいて、そいつは槍では三馬鹿より強かったにもかかわらず不採用になった。

俺としては……正直、いざというとき一撃で始末できる雑魚の方が良かったんだがな。

『まあ、弱いお供の方がいい、なんて言い出すわけにもいかんしの』

不自然だからなぁ。そもそもプラティが許可しないだろうし。

そして、俺とともに戦場を駆ける人員が、若手オンリーでいいはずもなく。

いわゆる年長組も俺の部下となった。

「殿下、今日はよろしくお願いいたします」

フル武装で丁重に頭を下げるのは、見覚えのある魔族のおっさんとその部下４名。

「よろしく、クヴィルタル」

俺は王族らしく目礼を返した。

――そう、こいつらは俺がファラヴギとやりあった際に、完全に出遅れて何もできなかった護衛の戦士たちだ。あのときの名誉挽回《ばんかい》のため、馳《は》せ参じることになったらしい。実質的にクヴィルタルが俺の副官だな。

護衛対象を全く守れず、現場に駆けつけたら既に自力で脅威を排除してた、なんてやらかしがあったのに、クヴィルタルが副官という責任ある地位に任命されたのは、魔族社会では極めて稀《まれ》なことだ。

プラティがそれを許可したのも、頭が冷えてから、「遠巻きに護衛しろと命令したのは自分だし、ちょっと責めすぎた」と思ったからかもしれない。

ちなみに階級はクヴィルタルが伯爵で、他４名は子爵。ただ、全員あとひとつでも首級を上げれば昇進できるとのことで、実力的には侯爵に率いられる伯爵の集団だ。

三馬鹿のアルバーオーリルは子爵で、俺と同格。弟分はともに男爵らしい。若手らしく小粒にまとまっている。デフテロス王国の首都攻め――市街戦や屋内戦では、俺はこいつら8名とともに戦うことになるだろう。

『王族の手勢にしては、ちと少ない気もするがの』

まあそれは仕方がねえ。というか俺としては助かる。

他ならぬ、お前の権能を考慮してのことだからな、アンテ。


「――今回の連携訓練の目的は、相互理解を深めることよ」

郊外の森の演習場で、乗馬服（蛮族風）的な衣装に身を包んだプラティが、俺たちに訓示する。

「来春に予定されているデフテロス王国の首都攻めに備え、一体となって動けるようにする。あなたたちの使命は、ジルバギアスのための露払いと援護、そして万が一強敵と遭遇した際に、身を挺《てい》して守ることよ」

できなかったら承知しねえからな、とばかりにプラティにジロリと睨《にら》まれて、直立不動の姿勢だったクヴィルタル以下8名が、さらにビシッと背筋を伸ばした。

三馬鹿が仰《の》け反りすぎて倒れそうになってるが、プラティはこれを華麗にスルー。

「単身で暴れ回るダイアギアスは例外だけど、他魔王子たちの手勢が少なくとも30から50名なのに対し、あなたたちはいかにも少数だわ。しかしもちろんワケがあるの」

プラティが目線で、俺に続きを促してきた。

「――俺は【制約の悪魔】と契約している」

8名に向き直りながら、俺は重々しく口を開いた。権能の情報開示に三馬鹿がそろってゴクリと生唾《の》を呑み込む。今は周囲に身内しかいないが、それでも念のため防音の結界まで張っているからな。

「俺は自身を含む範囲内の存在に、強力な制約を課すことができる。どれくらい強力かというと、母上が抵抗に手こずる程度だ」

俺の言葉に、ギョッとしたように顔を見合わせる手勢たち。大公妃が手こずる呪詛《じゅそ》を、子爵ごときが放つってんだからビビるだろうな。そしてドヤ顔で腕組みするプラティ。

「まあ、百聞は一見にしかずだ。――【呼吸を禁ず】」

俺は不意打ちで制定。

はい、というわけでね。

みなさん、息ができなくなりました。

「……！」

クヴィルタルたちが喉に手をやって、困惑したように目を瞬かせている。彼らは、俺の魔法について少し事前知識があったから、それほど驚いていないようだ。

ただ、各自抵抗を試みつつも、なかなか振りほどけないらしい。

「コヒュッ」

「ケハァ……ッ！」

「……ッ！　ッ！」

　で、クヴィルタルたちが手こずってるのに、格下の三馬鹿たちが抵抗できるはずもなく。声が出たら「ぐえー！」とでも言ってそうな顔で、喉や口を押さえその場でぴょんぴょん飛び跳ねていた。

「まあこういう魔法だ。理解してもらえたと思う」

　俺は制約を解いて、話を再開する。三馬鹿たちが青黒い顔をしてゼェゼェと空気を吸い込み、結局最後まで振りほどけなかった子爵勢がちょっと悔しそうにしている。

　クヴィルタルがやたら落ち着いてるのは、アレかな。頑張ったら振りほどけそうだったけど、俺の顔を立てたのかもしれない。

『こいつは要注意じゃの』

　ああ、そうだな。

「効果は俺から遠ざかるほど減衰するので、今の強度を維持できるのは……およそ30歩といったところか」

　俺は何食わぬ顔で話し続けた。実際はもうちょっと遠くまで届く。

「俺の手勢が少数精鋭なのは、単純に、周りを巻き込む魔法を使うから。大人数だと混乱必至だからな」

　なるほど、と三馬鹿《ダイアギアス》が納得してうなずいている。

「……正直、俺も第3魔王子みたいに単独で動こうかと思ったんだが、初陣でそれは無謀という話になってな」

全員に「そりゃそうだろ」って顔をされた。

クソッ……早くダイアギアスみたいになりてえな俺もな。

『今でも充分、あの兄のようになっておるのではないか？　主に女関係』

ソッチの話はしてねえよ。

それはさておき、俺が戦場で制約の魔法を使う可能性があることと、その際は手勢には退避してもらう必要があるので、その訓練をしたい旨などを話した。

「何か質問は？」

俺の問いに、クヴィルタルの部下の青年魔族が手を挙げた。

「殿下は、制約の魔法のどのような運用を想定されていますか？」

「まあ対人族なら、剣技を禁じたり、連携を禁じたりかな」

「な、なるほど……それは……」

エグいな……とばかりに、口の端を引きつらせながら納得する青年魔族。

「あれ？　でも殿下も剣使ってません……？」

と、三馬鹿弟分のオッケーナイトが独り言のように呟《つぶや》いた。

「これは、確かに剣だ」

俺は鞘《さや》に収まったアダマスをポンポンと叩《たた》き。

「――だが、これは槍だ」

骨と融合させて抜剣、剣槍とした。

「な、なるほど。しかし今さらですが、なぜ殿下は人族の剣を穂先にされてるんです？」

アルバーオーリルが尋ねてくる。

「それは……まあ制約が関わってくるな。魔法の都合上、口外はできない。俺が妙な行動を取っていた場合、制約が関係していると思ってくれ。力を育てるのに必要なんだ」

「そういうことでしたか！　わかりました」

魔力を育てるためなら仕方ないな、と得心がいった様子のアルバーオーリル。

「あのー、殿下って、大公妃様との訓練では、その魔法は使われてるんですか？」

と、もう片方の弟分セイレーナイトが、興味津々で聞いてきた。

「いや。あんまり知られたくないから、母上との訓練では使ってないぞ」

「へえ！　そいつはすごいや、大公妃様は色々使ってるのに――あっ」

やっべ、とばかりに口を押さえるセイレーナイト。

「…………」

俺が槍《やり》と【名乗り】だけで頑張ってるのに、遥《はる》かに格上のプラティは、大人気なく手札を切りまくってる――と言ったも同然だからな……

それも、本人の目の前で……

「ふふふ。そうなの。だから自慢の息子なのよ」

プラティは笑みを深めながら、目を細めた。ちょっと冷えた空気も漂わせている。

「……あなた、セイレーナイトだったかしら？」

「はっ、はひっ」

「あとで特別に、あなたに稽古をつけてあげるわ。ジルバギアスの部下となるからには、生半可な腕前ではダメよねぇ？」

「アッ……アッ、アッ」

ガクガクと冷や汗を垂らしながら、振動するセイレーナイト。

口は災いの元とはよく言ったもんだな……これから行軍訓練で、疲れ果てたあとにプラティと手合わせとか罰ゲームかよ。俺ですらイヤだぞ。

しかも、こいつの怪我《けが》を治療すんの、俺なんだよな……

頼む……できればあんまり傷を負わないでくれ……！！

『ムリそうじゃな』

うん、わかってる。


――そんなこんなでテンションを下げつつ、連携訓練は始まった。

†　†　†

「それでは、気をつけていってらっしゃい」

ニコニコ笑顔のプラティに見送られながら、俺たちは山林に踏み込んだ。

この演習場は、起伏に富んだ地形と、そこに延々広がる雑木林で構成されている。適度に樹木が間引かれているため、鬱蒼《うっそう》と生い茂る原生林ではないが、それでも夜の暗さは相当なもんだ。俺が魔族じゃなかったら、何も見えなかっただろうな……

今の俺の瞳は、こんな暗闇でさえ見通せるわけだが。ザッ、ザッ、という俺たちの足音に、ガシャッガシャッという耳障りな武具の音が混ざる。

全員、実戦を想定したフル装備だ。今回の訓練は、初日ということもありシンプルな内容となっていた。隊列を組んで、演習場を縦断し、無事に森を抜ける。

それで終わり――

「いやー、それにしても、殿下の鎧《よろい》ハンパないですね!!」

隊列の先頭を行くアルバーオーリルが、振り返って俺にキラキラとした目を向けてきた。

「そうだろう？　自慢の逸品だよ」

俺は、身につけた白竜の鱗鎧《スケイルアーマー》を撫《な》で付ける――

久々の登場。ファラヴギの鱗《うろこ》で造られた魔法の鎧、【シンディカイオス】だ。闇夜に白銀の鱗が映える。

俺はこれに加えて、頭防具の額当てを装備し、手には剣槍を携えていた。頭防具は間に合わせなので、魔王城に帰ったら新しく仕立てるかもしれない。

ちなみに他の連中は、兜《かぶと》をかぶっている。獣人たちがよく使う、耳が飛び出るデザインのノリで、角はそのまま露出した形だ。俺が、「角は丸出しなんだな……」とボソッと呟いたら、全員ビクッとしてたのが面白かった。

それはさておき、鎧について言っておかねば。

「鍛冶師にやる気を出させるため、俺はこの鎧を身に着けている間は、ドワーフ族に手を出さないという誓いを立てた」

段差や木の根っこに足を取られないよう、しっかりと地を踏みしめて歩みながら、俺は言った。

「だから、実戦でもドワーフ族との交戦はなるべく避ける方針だ」

「なるほど、わかりました！」

「殿下！　万が一、誓いを破ったらどうなるんスか？」

と、お調子者のセイレーナイトが尋ねてきた。プラティとの特訓確定でさっきまで死んだ顔してたくせに、もう回復しやがったのか。

「そりゃもちろん、この鎧の魔法の力が色褪《いろあ》せて、鱗を寄せ集めただけのガラクタになるだろうよ」

「はぁ、そりゃあ一大事だ！」

「そんな業物がガラクタになっちまうなんて、いただけませんね！」

「ドワーフ族が出てきたら、俺たちに任せてくださいよ！」

三馬鹿は槍を掲げて、やいのやいのと。

「ドワーフ族は殺すに惜しいし、交戦を避けるのが無難だろうが……閉所で鉢合わせたらお前たちに任せよう」

俺は苦笑した。先祖伝来の真打ちで武装したドワーフ集団に、三馬鹿が勝てる光景が全くイメージできなかったからだ。

それにしても、皮肉なもんだよな。この鎧のおかげで俺はドワーフを手にかけずに済む。だが……俺の同胞は、人族は……

こうして訓練で一歩進むごとにも、その日が着実に近づいている。

「…………」

俺は小さく溜息《ためいき》をついて、気持ちを切り替えた。考えても仕方がないことだ。

森に入ってしばらく経《た》つが、俺の足取りは相変わらず軽い。さすがはドワーフ製の魔法の鎧というべきか、重さを全く感じさせず、むしろ俺の身体《からだ》を支えてくれているかのような感じさえする。

普通、フル装備で起伏に富んだ地形を歩けば、足腰が疲弊して往生するんだが。

「汗がやべえ……」

「うわっ枝が引っかかった！」

「お前ッ槍が危ねえよ！」

――三馬鹿《あいつら》みたいに。

俺とは違って、高級品に縁のない若手の3人組は、（おそらく鹵《ろ》獲品《かくひん》の）鎖帷子《くさりかたびら》を身に着け、その上から骨と鋼を組み合わせたような鎧を装備し、さらに兜をかぶって槍まで抱えているので、かなりの大荷物だった。

おかげで動きが鈍いのなんの。その上で隊列を組み山林を行進してるもんだから、散々だ。実戦経験はあるそうだが、どうせ魔族らしく前線に突撃して、一族の連中と好き勝手暴れてただけだろうしなぁ。

対して、俺の前を歩くクヴィルタルや、俺の左右と後方を固める部下たちは、チームとしての動きが身についていてそつがない。フル武装で動き回っていても、ちょっと汗をかいてるくらいのもんで、涼しい顔のままだ。

ここらへん、年季の差がはっきりと出ているな。

「――小休止するか」

そこからさらに歩き、三馬鹿たちが無駄口を叩く余裕もなくなったところで、俺は声をかけた。

「ひぇえ、助かります」

「暑ぃ！」

「みず、水……」

木の幹に背を預け、兜を脱ぎ去り、革の水筒からガブガブと水を飲みだす三馬鹿。それを尻目に、俺は一口だけ水を含んで、じっくりと味わうように飲み下していく。

『にしても、地味じゃのー』

と、俺の中でアンテがぼやく。

『行けども行けども木々ばかり、似たような景色でつまらん。ちゃんと目的地には進めておるんかの』

それは、大丈夫だ。方位磁針は確認してるし、夜エルフ謹製の地図もあるし。

この手の地図は前世から馴染《なじ》み深いけど、今は測量術や星読みの心得まであるからな、バッチリだぜ。

このまま森を横断していって終わり！

……と、言いたいところだがなぁ。

『なんぞ、あるのか？』

いや、考えてもみろよ。あのプラティだぞ？

ピクニックみたいに、ただ山林を歩いて終わり！　なーんて甘い訓練があると思うか？

『全く思えんの！　これは、実戦を想定した訓練、そうじゃな？』

多分、そういうことさ。

†　†　†

――クヴィルタル＝レイジュは水分補給をしながらも、さり気なくジルバギアスを観察していた。

（うぅむ、危なげがない……）

山林に踏み入って以来、感心することしきりだ。

『――あなたも知っての通り、ジルバギアスの戦闘力は一線級よ』

昨日、クヴィルタルを呼び出して、プラティフィアはこう言っていた。

『でも、あの子が見た世界はまだまだ狭い。槍の立ち回りに問題がなくても、平らな練兵場で戦ってばかりですもの。それでは実戦じゃ通用しない、そうでしょう？』

『はっ』

『来春の王都攻めは市街戦だから、それはそれで別な訓練を考えているけれど、とにかくあの子には様々な経験を積ませてあげたいの。あなたには期待している』

『全力を尽くします！』

――というわけで、ジルバギアスに至らぬ点があればそれを指摘するのがクヴィルタルの役割だったわけだが――

（まるで熟練の戦士じゃないか）

舌を巻いていた。これまでのところ、文句のつけようがない。

森の中でも迷わぬように、常に方角を確認しているし、それでいて不整地の足元はおろそかにせず、しっかりと地面を踏みしめて歩いている。

体力的にも問題なし、少し汗はかいているが息は荒げていない。水分補給も慎重だし、何より――

（常に周囲に気を張っている……）

これだ。

全く油断していない。

自分たちの位置関係をも常に把握しており、いざというときは即応できるよう、常に身構えている。不気味なほど、老獪《ろうかい》さを感じさせる動きだった。

（これが本当に5歳児か……？　ありえん……）

いったい、どこでこれを学んだというのだ。知識として知っていたとしても、それを体に染み込ませるには、経験を積むしかないはずなのだが。

それともこれこそが、魔王陛下の血なのだろうか……？

「ん、どうしたクヴィルタル」

などと考えていると、ジルバギアスと目が合った。

「いえ。訓練とは思えぬほど、しっかりした動きをされているな、と」

「ああ。まあこの程度なら、母上に鍛えられてるからな」

この程度、と言われても……とクヴィルタルは微妙な顔だったが、部下たちも同感らしく、「どんだけ鍛えられてんだよ」とばかりに顔を見合わせていた。

三馬鹿だけは「やっぱ殿下すげえなぁ」「憧れるぜ……」などと呑気《のんき》に構えていたが。

どちらかというと、クヴィルタルの指導はこいつらがメインになりそうだ……

「にしても、この訓練。何か一波乱あると睨《にら》んでいるが、どう思う？」

不意に、ジルバギアスに水を向けられて、クヴィルタルは言葉に詰まった。

「……あるのか。そういう趣向だな？」

水筒から一口、水を飲みながら、ニヤリと笑うジルバギアス。

「……かないませんなぁ」

クヴィルタルは、もはや苦笑するしかなかった。

「バレてしまったからには、仕方がありません。ええ、そうです――」


ひゅうぅん、と。

風切り音。


「!!」

ジルバギアスが、咄嗟《とっさ》に身をよじる。

カッ、と乾いた音を立てて、その背後の木の幹に矢が突き立った。

「――こういう趣向です」

クヴィルタルは槍《やり》を構える。

「小休止中の奇襲、か」

額当ての位置を調整しながら、呟《つぶや》くジルバギアス。周囲で部下たちが隊形を組み直す。

泡を食って兜を被《かぶ》り直し、立ち上がる三馬鹿たち。

ザザザッ、と森の奥から、足音が複数。

――演習場を縦断し、無事に森を抜ける。

それが今回の訓練の目的だ。

「来るぞ」

ジルバギアスの言葉と同時、ブブブブン、と低い音が鳴り響く。

それは、弓の弦が奏でる、独特な――

†　†　†

やっぱりこうなったか。

茂みを突き破り、闇夜に煌《きら》めく無数の矢が、俺たちめがけて降り注ぐ――

「【刺突を禁ず】」

俺は小さく唱えた。

矢の雨が明らかに勢いを減じて、ぱらぱらと力なく落ちていく。「おお……！」とクヴィルタルたちが感嘆の声を上げた。実戦でも間違いなく披露するし、どうせ敵を演じてるのも身内だろうから、遠慮なく使っていくぜ。

眼前にひょろひょろ飛んできた矢をパシッと摑《つか》み取れば、鏃《やじり》が潰された訓練用の矢だ。奇跡や祈りが込められているわけでもなし、【制約】の魔法で封殺可能だな。展開している防護の呪文と、鎧兜《よろいかぶと》も組み合わせれば、矢玉に対して鉄壁の防御といえる。

――と。

ガサッ、ガサササッと茂みがざわめき、白い影が複数飛び出してきた。

武装した白虎族の戦士たちだ。革の軽鎧《けいがい》に身を包み、手には鉤爪《かぎづめ》やナックルなんかを装備している。

「いたぞー、魔族だー」

「うおおー闇の輩《ともがら》に死をー」

「ごしゅ……魔王子、覚悟ーっ」

いかにも大根役者な棒読み口調とは裏腹に、その動きは俊敏だ。っていうかガルーニャいるじゃん。いつものメイド服姿と違って、彼女の戦装束は新鮮だな。デカデカと『同盟軍』と書かれたゼッケンを着けてんのは、ちょっとアレだけど……

【制約】の魔法でへなちょこな矢の援護を受けつつ、素早く距離を詰めようとする獣人の軽戦士たちだったが、ほんの少しだけ、その動きが鈍る。

なぜなら――

「高台で休憩しておいて正解だったな」

俺たちが陣取っているのは、丘のように小高く盛り上がった場所だからだ。大の男ふたり分くらいの高低差だが、こんなものでも突撃の勢いはかなり削《そ》がれて、迎撃する側は楽ができる。

「まさか、そこまでお考えの上、ここで小休止を？」

「兵法書に書いてあった」

クヴィルタルには素っ気なくそう答えておく。前世《むかし》からそうしてた、なんて言うわけにもいかねーからな。

そうこうしている間に、露払いの三馬鹿たちと、獣人たちが接敵。

「【退《ど》け！】」

アルバーオーリルが呪詛《じゅそ》を浴びせかけ、ビクンと先頭の獣人が硬直する。そこにセイレーナイトが槍を突き込もうとしたが、【刺突を禁ずる制約】を失念していたらしく、腕が固まって「ありゃ？」と目を白黒させていた。

「あまり怪我《けが》させるなよ、戦技じゃなくて立ち回りの訓練だからな」

俺はそう言い含めながら前に出る。ガルーニャを迎撃するために。

「おにゃーッ！」

可愛《かわい》らしい気合の声には不釣り合いな、轟《ごう》ッと空気を抉《えぐ》る重い打撃。『突き』ではなく『殴り』、ちゃんと俺の魔法にも対応してるな。

だけどやっぱり格闘じゃリーチが足りない。拳聖みたいな謎加速もないし、低所からの攻撃で速度が乗ってない。

「ほい」

俺は剣槍を薙《な》ぎ払い、刃の腹の部分でガルーニャの胴体を叩《たた》いた。

「うにゃーっ！」

断末魔の叫びを上げたガルーニャが、パタッとその場で倒れ伏す。戦死判定。

「ひえぇ、とても敵《かな》わん！」

「逃げろー！」

数人が返り討ち（判定）にされ、残った獣人たちがピューッと退《ひ》いていく。

「……いかがなさいますか？」

クヴィルタルが生真面目に問うてくる。

なんだか、勇者見習いで教導院にいた頃を思い出すなぁ。

「どうせ追撃したら、本隊なり罠《わな》なりが待ち構えてるってオチだろ」

獣人たちが逃げていった茂みを、クイと顎でしゃくってみせながら答える。

ぶっちゃけ同盟でもよく使う手だ。ただそれの裏をかいて迂回路《うかいろ》で待ち伏せたり、裏の裏をかいて正面でやっぱり構えてたり、相手が移動しようとしたところに突撃したり、と色々な戦術があるので、どのレベルで対処すりゃいいのかがわからねえ。

「魔力探知はどうだ？」

クヴィルタルの部下のひとりに尋ねた。コイツは探知が得意なはずだ。ファラヴギ事件では、エメルギアスの騎竜の接近にいち早く気づいた実績がある。「自分に話を振ってくるとは抜かりがないなぁ」とばかりに苦笑した部下は、

「茂みの奥に、極めて強力な魔力の反応が5つほどあります。その、おひとりは審判役かと思いますが、ほかは勇者あるいは神官の部隊かと」

なるほど、魔族の同盟軍仮装大賞が見られるわけだ……吐き気がするぜ。審判役はプラティだろ多分。

「戦術的には、バカ正直に攻めるのは愚策だと思うが――」

判断しかねて、俺はクヴィルタルに意見を求める。

「――魔族の王子としては、同盟軍の小細工など真正面から粉砕してみせるべきか？」

「大軍での会戦であれば、それも考慮すべきかもしれません。しかし現在は山中での遭遇戦です。政治的判断までは求められないかと」

「なるほど」

俺とクヴィルタルのやり取りに、三馬鹿が「ほえー」とアホ面を晒《さら》して、感心したような声を上げていた。

「では……正面から攻めるか」

が、俺の言葉に「えっ？」と怪訝《けげん》な顔をする三馬鹿。

「獣人たちが素早く突撃・撤収していったから、正面には大きな障害物がないはず。ここでは側面を突く動きが定石だから、逆に考えて、迂回路にはすでに仕掛けが施されている

と見るべきだろう。俺たちが追撃せずとどまってる時点で、今はもう突撃が考慮から外れているだろうし、結果的に真正面が一番手薄になっている」

俺の勘では、左手側の迂回路で待ち構えていると思う。右手側は窪地《くぼち》になってるから、高低差がキツくて俺が避けると考えるだろう。今みたいに高台で小休止してる時点で、俺が地形を気にしていることは向こうもわかっているはずだから。

「何か意見があれば聞きたい」

「異論はございません」

面白くなってきたな、と笑いながらクヴィルタルがうなずいた。

「……ただコレが本当に実戦であれば、一旦退いてから夜エルフの偵察部隊と合流したいところだ。やはり彼らの力は必要だな」

夜エルフが必要とか、ペッペッとツバを撒《ま》き散らしたい気分だ。それでも悔しいが奴《やつ》らの偵察能力は侮れん。

「それは……」

うーん、とばかりに微妙な顔をするクヴィルタル。

「一部隊長としては妥当な判断です。奥方様もお責めにはなりますまい」

ですが……と茂みの奥に意味深な目を向けながら。

「勇者たちが、それをどう思うかはわかりません」

俺の行動をゲストはどう捉えるか、って話か。めんどくせーなぁ。

「やんごとなき身分はままならんな」

俺は肩をすくめて、額当ての位置を調整した。

「――総員突撃。勇者部隊を粉砕する」

偽物の勇者部隊を、な。


――早駆け。

魔力で強化された脚で、風のように斜面を駆け下りる。足場はクソ悪いが、流石《さすが》の三馬鹿もここで転ぶような無様は晒さなかった。

勢いもそのままに、敵の虚を突き、正面の茂みを突破する。

茂みを抜けて視界が広がれば、案の定、左手の迂回路に備えていた連中が、俺たちの突撃に気づいてこちらへ展開し直そうとしていた。

咄嗟に迎撃の矢が放たれるも、【刺突を禁ず】制約の魔法に弾《はじ》かれる。

「【退け！】」

「【ひれ伏せ】」

「【足萎えよ！】」

そしてお返しとばかりに、俺の手下たちが呪詛や魔法を行使した。もちろんどれも威力は加減してある。アルバーオーリルの呪詛が獣人たちを絡め取り、クヴィルタルがズンと足を踏みしめて、地面をめくれ上がらせながら無数の礫《つぶて》を放つ。

何人かに礫が直撃し、ドコッボスッという鈍い音とともに「ぎゃっ」「ぐええ」と悲鳴も聞こえてきた。クッソ痛そうだけど、実戦だったら礫じゃなくて、尖《とが》った石柱が飛んでいってたんだろうな。

「喰《く》らえ！」

「燃えちまえー！」

オッケー・セイレーのナイト兄弟も火魔法を使っているが、山火事防止のため、ただの賑《にぎ》やかしだ。多分こちらも実戦だったら、もうちょっとマシな火が飛んでいたはず。

「獣人部隊は半壊！　呪詛や魔法の直撃を受けた者は戦闘不能！」

と、聞き覚えのある女の声。

プラティだ。戦場の端っこで、金属製のメガホンを手に仁王立ちしている。乗馬服風の装いはそのままに、『戦場の女神』と書かれたゼッケンをつけていた。つまり、審判役ということだ。

「ジルバギアスの部隊は以降、呪詛禁止！　優れた神官が加護で防ぐため！」

プラティの示す先には――

「大いなる加護《メガリ・プロスタシア》よ～」

どこか棒読み口調で聖句を叫ぶ、剣と鎧で武装した赤肌の悪魔。

ついでに『神官』と書かれたゼッケンも身につけている――

ってソフィアじゃねえか！

目が合うと、ソフィアはわずかに口元を緩めて、肩をすくめるような仕草をした。

「ガハハ！　来たな闇の輩め!!」

「待ちくたびれたぞ！」

その周囲には、戦意旺盛に構える魔族が4名。どうやらクヴィルタルの部下が言う『極めて強力な魔力の反応』ってのはプラティを含めたあの5人で、所詮中位悪魔に過ぎないソフィアは含まないらしいな。

魔族どもはそれぞれ『勇者』『神官』と書かれたゼッケンを身につけ、鎧を着込んだムサい連中だ。聖教会の仮装ということで槍《やり》は持たず、剣と盾を得物にしている。戦場で拾ったか、ボロボロになった聖教会の旗まで掲げて——

「どうした魔族ども！　かかってこいよ！」

「テメーらの頭蓋骨で盃《さかずき》を造ってやるぜ！」

「オラァ、光の神々！　我らを守りやがれ——！」

ガンガンガン、と盾を剣で打ち鳴らしながら、馬鹿笑いする勇者たち。

なんだァ、テメェら……ブチ殺すぞ！

『っていうかガラ悪すぎじゃろ』

思わず頭に血が昇る俺をよそに、呆《あき》れた様子で呟《つぶや》くアンテ。

俺の、そして手下たちの意識が、否応《いやおう》なく勇者部隊へ引きつけられたその瞬間——意識の間隙を突くように、木陰からゆらりと飛び出す影。

「──セイレー、避けろ！」

俺の警告は間に合わなかった。

「えっ？　うわっ！」

「御免」

ぎらりときらめく剣閃《けんせん》。セイレーナイトがギョッとして槍を掲げ迎え撃とうとしたが、ヒュカンッと軽い音を立てて槍が両断される。首元にサッと刃を沿えて、身を翻し、鮮やかに退避する男。

──『剣聖』ヴィロッサ。

「セイレー戦死！」

プラティが宣言する。

「俺の槍があぁぁぁぁあ！」

悲痛な声で叫んだセイレーナイトは、力尽きたように倒れ伏す。

「あいつが噂《うわさ》の、夜エルフの剣聖……！」

アルバーオーリルが槍を構えながらごくりと生唾を呑《の》み込んでいる。

静かに細身の剣を構えるヴィロッサ（ひとのすがた）は、並の魔族を凌《しの》ぐ威圧感を漂わせていた。魔王国では力ある者は誰であれ尊敬に値する。アルバーオーリルがヴィロッサを見る目に侮りの色はない、むしろ強者への畏怖さえ──

クソッ、それにしても、敵に回すと実感するな。

魔法使いの援護を受けた剣聖の厄介さ……！

「クヴィルタル！　抑えろ！」

「はっ！」

俺の命令に、クヴィルタルが前に出る。呪詛が使えないなら、コイツが一番剣聖と相性がいい。ズンッ、と魔力を込めて地を踏みしめるクヴィルタル。地面から細い石柱が何本も飛び出し、槍衾《やりぶすま》のようにヴィロッサへ迫る。

が、すかさずヒュカカンッと乾いた音が響き、それらは全て切り飛ばされた。

睨《にら》み合うクヴィルタルとヴィロッサ、互いに迂闊《うかつ》には近づけない――

その間に、俺は供を引き連れ勇者部隊を叩く。

「来るか！」

大柄な魔族の男（ゆうしゃのすがた）が、盾を構えてニヤリと獰猛《どうもう》に笑った。

ってていうかコイツ誰だよ。プラティの親戚か？

そして何だァその構えは……隙だらけじゃねえか！

制約の魔法を解除し、俺は剣槍をまっすぐに向けて、刺突の構えを取る。

「ははァ！」

バカ正直に、盾を前面に押し出して受けようとする偽勇者――俺はヤツが盾で自分の視界を塞いだ瞬間、槍を引っ込め、体当たりするように思い切り盾を蹴りつけた。

「うおおッ？」

そして体勢を崩したところに槍で足払い。ひっくり返った喉元に穂先を突きつける。

「勇者レゴリウス、戦死！」

「ぐわーっ、やられたわい!!　グワハハハ!!」

大の字に寝転がって爆笑する魔族。三流劇団の芝居にでも付き合わされている気分だ。

さっさと終わらせちまおう、こんなもん。

「お前たちは神官をやれ！」

神官役の魔族とソフィアに手下どもを差し向ける。神官が一般兵に加護をかけてるって設定だから、撃破すれば呪詛が使えるようになるはず。

「させるかよォ！」

勇者役のひとりが即応し、クヴィルタルの部下と切り結び始めた。人数不利で、剣と盾にも不慣れな様子だが、なかなかの戦上手と見えうまく立ち回っている。槍を持たせたら強いんだろうな。

「闇の輩に死を～」

そして死ぬほど棒読み口調なソフィアだが、なんとしっかり剣を扱えていた。人族汎用剣術の基本だけじゃなく、ヴィロッサの流派の技もチラホラ。手本にしたいくらい綺麗な動きだ。前者はおそらく戦場で、後者は俺の修練で見て覚えたか……！

そしてそんなソフィアに、人数有利だからと油断したか、オッケーナイトが首を剣で突かれて「コケヒャァ！」と〆られた鳥みたいな声を上げていた。

「オッケーナイト、戦死！」

さて、よそ見ばかりしていられないな。

俺も眼前の敵に集中しよう。最後のひとりの勇者を睨む。

こいつは――

『――堂に入った構えじゃの』

ああ。流石に運動音痴のお前でもわかるか、アンテ。『誰が運動音痴じゃ！』だって、ホントじゃん。

どっしりとした体格で、全身鎧《ぜんしんよろい》を装備した『勇者』――角と干渉しない魔族用の、フルフェイスの兜《かぶと》をかぶっており、顔は見えない。

……できるな。かなり。

剣と盾の構えに合理を感じる。

人族汎用剣術ではないが、驚くべきことに、こいつには心得があるッ！

「――――」

一切の予備動作なく、フルフェイス勇者が前へ出た。

俺もまた前進しており、一瞬にして間合いがゼロになる。

そして剣ではなく盾で殴りかかってきた。ごうっと渦巻く風が額当てをかすめる。

こいつ！　使い方がわかってやがる……！　剣槍を短く持ち替え、撫《な》でるように斬りつけた。スッと差し込まれた剣がそれを防ぐが、甘いぜ――

「らァッ！」

俺は手元を捻り、相手の剣を跳ね上げる。崩れた体勢にねじ込むように穂先を――

「ははッ！」

しわがれた声で笑ったフルフェイス勇者が、躊躇《ちゅうちょ》なく背後へ転がるようにして俺の斬撃をかいくぐる。……今の声。声質が……

「いいねェ！――あらよッ！」

そのままあろうことか俺に剣を投げつけてきた。これには意表を突かれ、咄嗟《とっさ》に回避させられたことで、俺の追撃が鈍る。

その隙に体勢を立て直したフルフェイス勇者は――

「聖なる刃をお喰らィ！」

ざわっ、とその手に闇の魔力が集中。

ギュンッと伸びて硬質化し、黒曜石のような鋭い刃となって俺へ突き込まれた。

「ウッソだろおい！」

思わず素っ頓狂な声が出た。これ――プラティが使ってた血統魔法!!

驚いても身体《からだ》は動く。軌道を見切って首を傾け、魔力の刃を紙一重で回避。

骨の柄をぐるりと回転させ、槍の石突で打撃を見舞う――

「ふンっ！」

当然のように盾がそれを防ぐ。

だが――すっ、とその上から差し込まれる、色褪《いろあ》せた聖剣の刃。

俺は、剣と槍を分離させ、アダマスだけを右手に握っていた。

フルフェイスの兜の奥――ぎょろりとした目が、首元の隙間に突きつけられたアダマスと、その持ち手たる俺を睨む。

「――ハッハッハ!! 参った参った、こりゃアタシの負けだよ！」

構えを解いて、豪快に笑い出すフルフェイス勇者。

「ぐわー！」

「やられた～」

ほぼ同時、ソフィアら神官役も人数差に抗いきれず、討ち取られたようだ。

「勇者部隊全滅！　士気をくじかれた獣人と森エルフ部隊は潰走！　魔王子の勝利！」

プラティが宣言し、戦闘は終了した。


俺の前で、フルフェイス勇者が兜を脱ぎ去った。

ばさっ、と銀色の長髪が風にひるがえる。

眼光の鋭い、野性的な顔つきの魔族の中年女性だった。やっぱり女だったか……

「いいねェ！　アンタ、話には聞いていたけど、どうやらプラティのフカシじゃなかったようだねェ」

俺を値踏みするような目が、愉快そうに笑っている。

……ん？

俺を『アンタ』呼ばわりした挙げ句、プラティのことも、随分と親しげな……

「わたしが物事を大袈裟《おおげさ》に言うわけないでしょうに」

呆れたように肩をすくめながら、歩み寄ってくるプラティ。

「――母上もご存知のとおりにね」

母上!?　それはつまり、俺の……

「はン！　だけどもねェ、こればっかりは直接この目で確かめないと！」

鼻で笑った女――俺の祖母は、再びこちらを見やってニヤリと笑う。

「会いたかったよ、ジルバギアス。アタシがアンタのおばあちゃん――」

堂々と胸を張って、名乗る。

「――ゴリラシア＝ドスロトスさ！」

女傑プラティの生みの親だった。

†††

——ゴリラシアは、ドスロトス族の族長筋だったらしい。

40歳でレイジュ族に嫁入りして、プラティは80歳くらいのときの子だそうだ。

つまり今は180歳くらい。かなりピンピンしているというか、若い。ちょっとガタイがよくて、背が高めで、目尻に小じわのあるプラティって感じだ。あとよく見たら、右頬に薄《う》っすらと刀傷が残されている。

「いやァ、聞きしに勝るとはこのことだねェ！」

俺の隣をノシノシと歩きながら、ガッハッハと笑うゴリラシア。

「強い強いとは聞いていたけど、まさかここまでとは思わなかったよ！　プラティも流石《さすが》にこれほどじゃあなかった。なんだい？　これが魔王陛下の血なのかねェ？」

ワハハワハハと俺の頭を撫で付けてくる。籠手《こて》の隙間に髪が挟まって痛えァ！

にしても、重量級の鎧を身に着けているが、足取りは俺より軽やかだ。体幹が半端じゃねえぞこのババア。

「まさか、お祖母様《ばあさま》がいらしていたとは」

俺はさり気なく、撫でてくる手を振り払いながら、ゴリラシアを見上げて言った。不意打ちすぎて驚いたわ。プラティから名前は聞いてたけど、全く面識はなかったからな。

聞きしに勝る——ってのはこっちの台詞《せりふ》だぜ。プラティの戦闘槍術《そうじゅつ》は、ドスロトス族の影響がデカいって話だったが……ここまでパワフルなオカンだったとは。

プラティの蛮族っぷりって、もしかしてレイジュ族じゃなくてドスロトス族の気質なのか……？

『レイジュ族は、良くも悪くも小綺麗《こぎれい》な印象じゃからのう』

ああ。里帰りしてつくづく思ったが、想像より文明的なんだよなレイジュ族。

……その、蛮族にしては、と但書《ただしがき》がつくが。

対してこの婆《ばあ》さんは――なんというか、イメージ通りの蛮族風を吹かせている。

「お祖母様は、剣術の心得もおありなのですか」

「心得ってほどじゃないけどねェ。色んな武器を扱うのが趣味だから、見様見真似《みようみまね》で振り回してるだけさ！　弓も格闘もやるよ！」

見様見真似であのクオリティかよ。てっきり誰かに師事したのかと思ったわ、魔族に剣術教える奇特なヤツが、ヴィロッサの他にいればの話だが。

「会いたかったといえば、そこのアンタ！」

と、まさに俺が思い浮かべていた夜エルフの剣聖に、声をかけるゴリラシア。

「見込み通り、凄《すさ》まじい腕じゃないか！　惚《ほ》れ惚《ぼ》れしたよ！　あとでアタシとも手合わせしな、アタシは槍《やり》で、アンタは剣でね！」

「はっ。お望みとあれば……」

慇懃《いんぎん》に一礼するヴィロッサ。もうこういう流れは諦めたらしく、俺に視線で助けを求めてくることもなかった。

「あとねえ、ジルバ。お祖母様だなんて、他人行儀じゃないか。アタシのことはゴリ姐《ねえ》とお呼び！」

「ゴリ姐!?」

俺はゴリラシアを二度見した。いくら魔族で若く見えるからって『姐さん』って歳《とし》じゃねえだろ!?

「なんだい？　言いたいことでも？」

ギロッと三白眼で見下ろしてくるゴリラシア。

「いえ、何もないっス、ゴリ姐様」

俺は即答した。ここでこの女と争っても何の意味もないからだ。

『軟弱じゃのう、勇者としての意地はどうしたんじゃ！』

うるせえぞ万単位ババァ！

『なんじゃと！』

うおッやめろ目を突くな目を……悪かったって……!!

「あっ、ワシのことはレゴリウスおじさんでいいぞ！　姉貴より歳下だけど、姉貴と違って歳なんて気にしねえからな！」

と、もうひとりの勇者役――ゴリラシアの弟らしい、レゴリウスとかいうおっさん魔族が自分の顔を指差しながら言った。

「うるさいねェ」

「ごぼァ！」

そしてその顔面にゴリラシアの裏拳が炸裂《さくれつ》。ゴチンッと音を立てて吹っ飛ぶレゴリウスだったが——俺は見たぞ。裏拳が顔に当たる直前に、首元から黒い刃がニュッと生えて籠手を防ぐところを。

ドスロトス族の血統魔法、【虚無槍《レピダ・スキアス》】だ。

闇の魔力を硬質化させ、一時的に黒曜石のような鋭い刃を形成する魔法。あんな防御的な使い方もできるのか……

「アタシャ聞き分けの良い子は好きだよ！」

何事もなかったかのように、そして俺の抵抗虚《むな》しく、わっしゃわっしゃと頭を撫でつけてくるゴリラシア。

「……このあたりは、母親には似なかったみたいだねェ」

ふと、皮肉な笑みを浮かべて、チクリとプラティを揶揄《やゆ》するようなことを言った。

「母上に育てられて、聞き分けが良くなる子なんていませんよ」

対して、プラティはただただうんざりしたような顔。

「とりあえず、母上にされて嫌だったことはこの子にはしないと決めてました。何をするにしても、ちゃんと順序立てて説明する！　自分の機嫌が悪くても八つ当たりしない！　子どもであろうとちゃんと信用する！　などなど!!」

プンスカして、心なしか足取りが荒いプラティさん。こんなプラティ、初めて見るな。ってか険悪――ってほどじゃねえが、なんかギスギスした空気だぞ！

ゴリラシアは、バツが悪そうというか、ちょっと心外そうに唇を尖《とが》らせていた。

「仕方ないじゃないかねェ。ガキんちょに細かいこと言ったって、わかりゃしないんだから。幼い頃から習慣づけないと惰弱になっちまうものなんだよ」

「決めつけは母上の悪いクセです、現にジルバギアスは惰弱じゃありません！」

キッとゴリラシアを軽く睨《にら》むプラティ。

「それは母上もご存知の通り！　わたしの教育は間違ってなかった。だから今後とも、口出しは無用ですよ母上」

「んんぅ……わかったよ。そうツンケンしなさんなって」

鞘《さや》に収めた剣でトントンと肩を叩《たた》きながら、目をそらすゴリラシア。

と、その視線がそのまま俺に移った。

「アンタは、母親には不満はないかい？」

「ありませんね」

俺は即答した。

「何をするにしてもきちんと説明してくれますし、逆に、俺が何をやりたがっても、筋道立てて説明すれば納得してくれます。母上はいつも俺を応援してくれてるんで、その……感謝してますよ。不満なんてありません」

それは――本心からの言葉でもあった。

「……そうかい、まあ強いからいいんだけどねェ。理屈っぽいところは、プラティにそっくりなようだねェ……」

残念そうに小さく溜息《ためいき》をつくゴリラシア。プラティを見やれば、珍しく、ある種の狐《きつね》みたいなうんざり気味の半目になっていた。たぶん俺も似たような顔をしている。

もしもこの婆さんに育てられてたら、俺はいまだに、ただ魔王の首を獲《と》ることしか考えてない猪《いのしし》武者《むしゃ》のままだったかもしれねぇ……

そんなこんなで、心温まる家族の交流をしながら山道を歩いていると、森の出口が見えてきた。

同時に、なんだか香ばしい、美味《おい》しそうな匂いも漂ってくる。見れば、使用人たちが空き地でバーベキューの用意をしていた。楽しそうに串焼き肉を炙《あぶ》っているのはレイラで、傍らにはリリアナの姿も。

あ、レイラがこっちに気づいた。微笑《ほほえ》みながら小さく手を振ってくる。俺も軽く手を挙げて応えた。

「……あれが、アンタの噂《うわさ》の彼女かい？」

半ばからかうような声で、ゴリラシアが囁《ささや》いてくるが――

目が笑ってねぇ。完全に品定めしてんじゃん。

「ええ、ホワイトドラゴンの」

俺は【シンディカイオス】を撫《な》で付けた。

「この鎧《よろい》の素材の娘ですよ」

「……アンタもなかなか、肝が据わってるねェ……」

あまりにも平然とした俺の態度に、流石のゴリラシアもちょっと引き気味だった。

へへん、どうだ参ったか。俺たちの心のつながりは、お前が思ってるようなシロモノじゃないぜ！

「さて、行軍訓練ご苦労。反省点はあるけれど、まずは食事にしましょう」

整列した俺たちを振り返って、プラティがそう言った。

「やった！」

「お腹《なか》ぺこぺこっスよ！」

「肉だー！」

鎧を脱ぎながら、三馬鹿が大喜びしている。

「あ、セイレー。あなたは別よ」

「え？」

が、プラティが無慈悲に宣告。

「あなたには特訓があるって言ったじゃない。食べる前にわたしと手合わせせよ」

「え……え……」

セイレーナイトは、世界の終わりが訪れたような顔をしていた。

「別に、あなたが望むなら食後でもいいけど、食べたものが全部無駄になるわよ？　それでもいいの？」

プラティは早くも魔法の槍を展開させて、臨戦態勢だった。かくいうプラティも、食事より先に特訓に付き合おうってんだから剛毅《ごうき》な話だよ。セイレーナイトは脂汗をダラダラ流していた。

「あ、あの……奥方様……身に余る光栄ってか、お心遣いは嬉《うれ》しいばかりなんスけど……その、オレ、さっきの訓練で、槍が……！」

「わたしの予備をあげるわ。なかなか上等な槍だから大事になさい」

「アッ……ありがとございまッス……うっわすっげぇ良い槍だァ……うわぁ……」

しずしずと夜エルフメイドから上等な槍を手渡され、感激しながらも絶望を味わうセイレーナイト。

「それじゃあ始めるわよ」

「あっ、ハイ……」

そうして、ふたりとも空き地の端っこに移動していく。

アルバーオーリルとオッケーナイトは、自分たちの槍と見比べて、ちょっとだけ羨ましそうな顔をしていたが、決して口には出さなかった。万が一聞かれたら巻き添えを食らうのが目に見えていたから……

「よし、俺たちは一足先に飯にしようぜ」

固まっているふたりに、俺は声をかけてやる。

「……そっスね！」

「いやーお腹ぺこぺこですよ！」

ぐわあああというセイレーナイトの悲鳴は無視しつつ、俺たちは武装を解いてウキウキと皿を取りに走るのだった。

†　†　†

「うおおおさっすが王族！」

「いい肉食べてますねぇ！」

肉山盛りなバーベキューに、アルバーとオッケーは大はしゃぎだった。プラティにボコられてるセイレーのことなんて、すっかり忘れちまったみたいだ。アイツの治療するの俺なんだけどな。

「わん！　わん！」

「よーしよし、ほら、リリアナ。ご飯だぞ」

俺は尻をフリフリしているリリアナの前に、焼き野菜のお皿を置いてあげる。地べたでそのままじゃ食べにくそうだから、毛皮のシートも敷いておいた。

こんなふうに色々融通が利くのは、俺が王族だからだな！　ワッハッハ。

……ホントいつもごめんなリリアナ、本当にごめん……

「わふ、わふ！」

口いっぱいに野菜を頬張って、耳をピコピコさせるリリアナに、やるせなさが湧き上がってくる。いつになったら、俺は彼女を解放してあげられるんだろう。

「はい、あなた♡」

と、レイラが、俺にも皿を手渡してきた。

ファラヴギの一件で真実を知ってからというもの、レイラはこれみよがしに、俺のことを『あなた』と呼ぶようになった。

高度な政治的判断によるものだ。俺は早くレイラに乗れるようになりたいんだが、周囲がそれを許してくれない。父親の仇《かたき》に復讐《ふくしゅう》する機会を、レイラが虎視眈々《こしたんたん》と窺《うかが》っているかもしれないからだ。

ヴィロッサや、特にプラティはそれを疑っているし、レイラとかなり打ち解けているガルーニャでさえ、俺がレイラに乗ることには難色を示す。

まぁ……常識的に考えりゃ、父親をブチ殺しておきながら、その娘に乗ろうとしてる俺の方がおかしいんだけどな。俺だって、機会さえあれば魔王をブチ殺すつもりだし。

『高空からの落下は呪文で防ぎようがないゆえ、警戒するのは当然じゃがのぅ』

うん。魔王でさえ、防護の呪文を使っても落下死は防げないとされている。翼なき者は地に落ちる、その世界の理《ことわり》はあまりにも強固だ。

仮に俺が【落下を禁忌】にしたとしても、空中に投げ出された時点で、俺の体はわずかながら落下してしまう――【刺突を禁じ】られた矢が、勢いを失ってもパラパラと降り注いできたように。

そして、俺自身がわずかでも落下してしまえば、自ら【禁忌】を破ったことになり、魔法が無効化されてしまう。無効化された【禁忌】の再使用には時間がかかるから、結局そのまま地面に叩きつけられて死亡だ。

だから、レイラとの飛行はあまりにリスクが大きすぎる――というのが、周囲の主張。

残念ながら、普通はそれが正しい。だから俺たちは、その評価を覆すために、とにかく仲睦《なかむつ》まじい様子を見せよう、という方針に至ったわけだ。

命名、『つがいごっこ』作戦……ッッ！　効果は不明だが、やらねえよりマシだろ。

「ありがとう、レイラ」

「はい」

にっこりと微笑むレイラから、バーベキューの盛り合わせの皿を受け取る。

塩コショウをまぶして焼いた各種肉に、火を通した野菜、新鮮な果物……ワンプレートの宝島かよ。現金なもので、俺の腹が鳴り「早く栄養をよこせ！」とせっつき始めた。

レイラと一緒に、串焼き肉を頬張る。

うん、美味しい！　立ち食いってのもたまには乙なもんだな。

——ちなみにこの間、周囲は少しばかり緊張していた。ふたりの関係が良好であることは知れ渡っていたが、それでも、ジルバギアスがファラヴギの鎧を装備したまま、レイラの前で堂々と振る舞うのは初めてだったからだ。

白竜の鎧を身にまとっても、まるで気にする風もないジルバギアス。そして自らの父を殺した男に甲斐甲斐《かいがい》しく奉仕するレイラ。ふたりの関係性は、周囲の目には、ある種病的に映っていた——

「うまい！　火加減が絶妙だな。全然くさみがない肉だし、そこに香辛料まで振ってあって……歩き通しだったから濃いめの味つけが染み渡るよ」

「ふふ。よかったです」

舌鼓を打つ俺に、口元をほころばせるレイラ。モリモリ肉を噛《か》み千切っていく俺と違って、レイラは一口が小さく上品な感じだ。とてもドラゴンには見えない。

「にしても、バーベキューですぐに食事にありつけるとは思ってなかった」

肉類を腹に収めて一息つき、おかわりをもらいながら、俺はそう言った。腹はペコペコだったけど、飯は屋敷に帰ってからと考えていただけに、バーベキューの匂いがしてきたときは嬉しかったぜ。

目の前でお預け食らって、ボコられてる奴《やつ》も約1名いるけどな……

『あのアルバーとオッケーとかいう連中、セイレーの方は見向きもせずに、めちゃくちゃ幸せそうな顔で焼肉を満喫しておるの……』

アンテが呆《あき》れたように言った。落差よ。

まあ特にアルバーなんか、セイレーたちの遺体を持ち帰るって設定で、ずっと石を背負わされてたから気持ちは理解できるんだよな……余計に腹減ってたんだろ。

「このバーベキューは、野戦料理を想定しているそうですよ」

「え、マジで」

レイラの言葉に、俺は思わず皿を二度見してしまった。

野戦料理!?　このクオリティで!?

……いや、俺が王族ってこともあるし、魔族は息をするように魔法を使える魔力強者だから、前提が違うんだろうけどさ……

それでも、俺たち同盟軍がしけったクラッカーをガジガジかじっていた間にも、魔族はこんな良いもんを食ってたのか……？

そう考えると、俺の内なる殺意が吹き出そうに――

「…………」

レイラが、そっと俺の腕に手を添えた。

穏やかな、いたわるような視線に、ささくれ立った心が平穏を取り戻す。

「……ありがとう」

「……いえ」

顔に出てたかな。

『ずいぶんと暗い目をしておったぞ』

そいつはいけねぇ。気をつけないと。


「――邪魔するよ」

と、背後から声。串焼き肉を頬張りながら、ノシノシと歩み寄ってくるゴリラシア。

「この方は……？」

じろじろと無遠慮な視線を向けてくるゴリラシアに、レイラが助けを求めるように俺を見やる。

「俺の祖母だよ。どうしましたゴリ姐《ねえ》」

俺の呼びかけに、（ゴリ姐……!?）という顔でゴリラシアを二度見するレイラ。

「ふン。いや、大した用事じゃないんだけどさぁ……アンタ」

ずい、とレイラの顔を覗《のぞ》き込み、ゴリラシアは問う。

「アンタ――ジルバのこと、どう思ってんだい」

ずかずかと踏み込んできたな――!?

「えっ……」

そして軽く目を見開いたレイラは――

「……どう思う、というのは、その……」

ポッと頬を染めながら、たじたじと目を逸《そ》らした。

「――ああ、いや、うん。わかった、もういいよ」

若干げんなりした顔で手を挙げて制するゴリラシア。なんか思ってたんと違う、というか、味見しただけでお腹いっぱいとでも言わんばかりの表情だった。

「ずいぶん、すんなり引き下がるんですね」

レイラに探りを入れに来たんだろうが、撤退の見極めが早すぎないか？

「アタシゃわかるんだよ、敵意の色ってヤツがね」

肉の欠片《かけら》を口に放り込んで、もしゃもしゃ咀嚼《そしゃく》しながら、ゴリラシアは答えた。

「母方の血統魔法さ。【炯眼《エフスラ》】ってんだ、その娘には敵意の欠片もありゃしない」

ひょいと肩をすくめたゴリラシアは、俺を見下ろしてニヤリと笑った。

「アンタとは、大違いだね」

俺は全身の血管がざぁっと収縮するのを感じた。気取られているのか、俺の感情を!?

「あは」

新しい串焼きを手に、ゴリラシアが笑った。

「そうカリカリしなさんな、得難き素質だよそれは。強者に必要なもののひとつだ」

……ニヤニヤしながら呑気《のんき》に食ってるあたり、違うのか……？

「アンタの尖《とが》り具合を見ていると、昔のプラティを思い出す」

遠い目をして、空き地の端っこで特訓中のプラティを見やるゴリラシア。あ、セイレーが吹っ飛ばされた……

「なまじ感情の色なんか見えるから、ガキんちょなんて手玉に取れる……と、思ってたんだよねェ、アタシは……」

ふン……とゴリラシアは、鼻で小さく溜息《ためいき》をついている。

『どうやら、子どもの反抗としての敵意、とでも解釈されたようじゃの？』

……そうなのかもしれない。危なかった。

『まさか5歳の孫が、この場の全員を絶滅させる意気込みとは思うまいからの』

そりゃあそうだが、マジでビビるぜ。魔族ってのはホントに油断ならねえ、けど正直、対策の取りようもない……

リリアナを助けたときみたいに、自我を封印するくらいしか。

「ま、アンタとプラティの仲が良好で良かったさ」

ぽんぽん、と俺の頭を軽く叩《たた》くゴリラシア。今は籠手《こて》を外しているので、髪も痛くなかった。女とは思えない、ゴツゴツとした手。

「アンタがプラティに向ける色はね――」

――綺麗《きれい》だったよ、と。

「さぁて腹も膨れたし、腹ごなしに剣聖と手合わせでもするかね――」

言うだけ言って、ゴリラシアは歩み去っていった。

綺麗、だった――？　俺が……プラティに、……魔族に向ける感情の色が、……

そんな、……

「いやー食った食った……あ、この肉って余り？　持って帰ってもいいかなコレ？」

アルバーが、メイドから油紙をもらって、嬉々《きき》として肉を包んでいるのを尻目に。

俺は、しばし、茫然《ぼうぜん》としてその場から動けなかった。

†　†　†

――プラティに向ける感情が、『綺麗』だと評され。

あろうことか、俺は咄嗟《とっさ》に、それを否定することができなかった。

『何を今更ヘコんどるんじゃ。お主があの女に絆《ほだ》されておることなど、わかりきっておったろうに』

屋敷に戻ってから、部屋で忸怩《じくじ》たる思いに駆られていると、アンテがことさら意地悪な口調でそう言った。

ベッドに腰掛ける俺の隣、幻のように、魔神は現れる。

『てっきり自覚してやっておるのかと思うたわ』

「……何をだよ」

『仲の良い親子関係に決まっておろう』

極彩色の瞳が、真近から俺を覗き込んだ。

仲が良い？……笑わせんなよ。そりゃあ、外面は取り繕ってたけどよ。プラティは、確かに魔族にしちゃ物わかりが良い方だし、俺がやりたいようにやらせてくれている。そのことについては……感謝しているさ。

だが、それでも、アイツは魔族だ。しかも魔王国内で人族をバンバン消費しているレイジュ族の重鎮だ。そんなヤツ相手に好意を抱くなんて、お前……

許されねえよ。

それに何より、俺のおふくろは！　世界にひとりしかいねえんだ！

あんな気取った美人じゃねえ、もっと朗らかで、にこやかで、素朴で――

でも芯が強くて、夜エルフどもの矢を何本も背に受けながら、俺を抱えて一晩走り抜いて、守ってくれるような人なんだ……!!

俺はおふくろの顔を思い浮かべようとして――愕然《がくぜん》とした。

思い出せねえ。

「は……？」

ぼんやりと……印象と、輪郭ぐらいしか……髪型は？　目の色は？　笑うとどんな表情だった……？

「あ……あ、ああ……!!」

嘘《うそ》だ。嘘だろ。なんでだよ。なんで忘れちまうんだよ！　生まれ変わったときは、もうちょっとはっきり覚えてたじゃねえか！

俺は歯を食い縛り、虚空を睨《にら》み、必死で思い出そうとした。だが……記憶を掘り返そうとするほどに、むしろ曖昧になっていくような……

『何も不思議なことではない』

俺を憐《あわ》れむように見守りながら、アンテは小さく溜息をついた。

『我と出会った時点で、お主の魂は、ほとんど原型もなくスカスカじゃった。そんな状態で前世への思い入れが残っておるだけでも、奇跡的よ』

忘れてしまったわけではない――とアンテは告げる。

『もともとお主の記憶は限りなく無色透明に近い、どこまでも風化した絵画のようなものじゃった。そこへ、今のジルバギアスとしての色鮮やかな生と、圧倒的な経験が描き込まれていくうちに――相対的に、見えなくなっていっておるだけのこと……』

俺はその言葉に恐怖した。

じゃあ……どんなに思い出そうとしても。

思い返して記憶に留《とど》めようと頑張っても、いずれは――

『――さらに薄れていく。……そう表現するしかないのぅ』

今の、俺の色鮮やかな記憶が。ありし日の思い出を、容赦なく塗り潰していく――

そっと、アンテの幻影の手が俺の頬に触れた。

『じゃが……どれだけ記憶が薄れようとも、お主に前世があったことは変わらん。お主がアレクサンドルであり、人族の勇者であったことも、な』

憐憫《れんびん》と慈愛に満ちた笑みを浮かべ、俺の頬を撫《な》でるアンテ。

……そう、だな。もう、何もかも思い出せなくなっちまったとしても。

全て嘘っぱちだったことにはならないんだ。それが……いちばん大切なことだ。

『その上で言うが……お主が今生の母として、あの女《プラティ》を慕う。結構なことではないか』

「は？」

あっけらかんとした口調に、思わずとぼけた声が出る。

『人族の勇者として、魔族に絆されるなど言語道断という気持ちはわかる。じゃが、あの女が今のお主の庇護者《ひごしゃ》であり、良き支援者であることに変わりはない。腹の底で憎悪を燃やし続けるより、開き直って良好な関係を築く方が健全じゃろ？』

くふふ、と笑ったアンテは、表情を引き締めて、こう付け足した。

『特に――親族に、感情を見抜く能力の持ち主がいるともなれば、の』

……確かに。あれには本当に肝を冷やした。俺の、今のプラティに向けるある種の感謝の念のおかげで――ああ、認めるさ――ゴリラシアの目を欺けたとも言える。

『そうじゃ。これは必要なことなのじゃ。だからこそ今後とも、良き親子としてあり続けるがよい。それに――』

忘れたか？　と。アンテは俺に囁《ささや》いた。

『お主が、あの女への思い入れを強めれば強めるほどに――』

――手にかけたときの実入りも、大きくなるのじゃぞ？

……ぞわっ、と背筋に悪寒が走る。今や、魔神の憐憫と慈愛の笑みは。

輪郭だけはそのままに、おぞましい色を帯びていた。

『極上の美味であろうなぁ……!!　【親殺し】、あらゆる文化圏に共通する、最大級の禁忌。今のお主なら、いったいどれほどの力が得られるか見当もつかんわ……！』

ふ、ふ、ふ、ふ、ふ……と地の底から響くような笑い声。

魔神が、俺を抱きしめる。まとわりついてくる。蛇のように絡みつき、熱い吐息が俺の頬をくすぐる。

『――思い出せ。お主の目的は何じゃ？』

魔王を倒し、魔王国を傾け、人類を救うこと――

『であれば、魔王を倒せるほどに、強くなることがお主の責務じゃ。そしてそれは何よりも優先する……!!』

ゆえに、と魔神はわらった。

『――我が赦《ゆる》す。存分に愛し、慈しむがよい』

極彩色の、混沌《こんとん》の瞳が。俺の魂を、とらえて離さない。

『思い悩む必要はない。ただ存分に、あがき、苦しむがよい。それが、お主を強くする』

言葉の酷薄さとは裏腹に、頭を撫でつける手はどこまでも優しく。

いつしか、魔神は消えていた。アンテは俺の魂でたゆたっている。

俺は小さく息を吐いて、姿勢を正した。

うだうだ思い悩む気持ちは、きれいに消え去っていた。

ただ、どこまでも熱く冷え切った想《おも》いに、心の臓が引き千切れそうになるだけで。

――今こそ認めよう。壁に立てかけた聖剣《アダマス》を見つめながら、胸の内で呟《つぶや》いた。

俺は――今の俺は。

きっとプラティを、母として愛している。

†　†　†

――デフテロス王国、王都エヴァロティ。

　ここ数百年、大きな戦火には見舞われることのなかったこの国も、いよいよ命運が尽きようとしていた。交通の便をはかるため王都には城壁らしい城壁もなく、栄えた街並みに比して貧相な急ごしらえの土壁や防御陣地が、この国の窮状を端的に表している。

　ただ、仮にも王都だ。全く戦への備えがないわけではない。

　まるで衛星のように、王都を遠巻きに取り囲む堅固な砦《とりで》がいくつもあった。それらは有事の際、有機的に連携し、外敵を一致団結して迎撃する――ことになっている。

　いずれにせよ、ないよりマシ程度のものではあったが、そんな砦のひとつにて。

「今日という日に、乾杯」

「我らの明日と武勇に乾杯」

　木製のジョッキをこつんとぶつけて、エールを酌み交わすふたり。

「今日の晩飯は豪勢だな」

「いやーすごいねえ、よく残ってたもんだよ！」

　剣聖バルバラ、そしてヘッセルのふたりは、笑顔でテーブルを見下ろした。

　――しおれかけたリンゴ、カビの生えたチーズ、変色したソーセージ。

　それと白湯《さゆ》のような麦粥《むぎがゆ》。

「運が良かった。まさか肉が食えるとはな」

　壁に大剣を立て掛けて、完全にリラックスしたヘッセルは、ソーセージをひょいと口に放り込む。

「ン…………まぁ、まだイケる」

「食えるだけ贅沢《ぜいたく》なこったよ」

一瞬、硬直したヘッセルに対し、バルバラは気にする風もなく、豪快にソーセージを噛《か》み千切って「美味《うま》い！」と言い切った。

……最前線の砦から撤退を完了し。

ふたりは、再編された防衛戦力の最精鋭として、いつ来るとも知れぬ魔王軍に備えて、砦に詰めているのだった。

傷みかけのソーセージをエールで流し込み、バルバラは己の頑強な臓腑《ぞうふ》と、丈夫に産んでくれた両親への感謝の念を新たにした。

（――この冬は厳しくなりそうだねえ）

窓の外、兵士たちの焚《た》き火《び》の明かりを眺めながら、胸の内でごちる。予想されていたような魔王軍の追撃は一切なく、レオナルドたち斬り込み隊の面々を除いた残存戦力の全てが撤退を完了した。

重傷者のひとりさえ置いていかずに済んだのは、奇跡と言っていいだろう。

だが――敢えて逃された感が否めない。

ぎり、とジョッキを握る手に力がこもる。バルバラからすれば、それは――情けをかけられたというよりも、自分たちの覚悟を弄ばれているようで、屈辱的だった。

そして良いことばかりではない。治療はしたものの、すぐには戦線に復帰できない負傷兵たちが、逼迫《ひっぱく》したデフテロス王国に重くのしかかった。

もともと豊かな国土を誇る農業国だったが、魔王軍の侵攻により収穫前の穀倉地帯の大部分が削り取られ、食糧事情は悪化。後背地たる東部の支援国からの輸送も滞り――おそらく闇の輩《ともがら》の工作員や協力者たちの策謀だ――この冬は大量に餓死者が出るのではないかと、市井ではまことしやかに囁かれている。

だが、その餓死者の中に、おそらく自分《バルバラ》は含まれまい。

貴重な精兵として、残り少ない食料を回されるだろう。それを好むと好まざるとにかかわらず。また、生き延びてしまった。そして今も生きるために食らっている。

散っていったレオナルドたちの顔を思い浮かべながら――バルバラは自分が、ひどく場違いで、浅ましい存在であるように思えてならなかった。

「……どうした、神妙な顔をして」

対面でエールをちびちびやっていたヘッセルが、どこか冗談めかして問う。

「……いや、良い奴《やつ》から死んでいく、と思ってね」

「確かに」

真面目くさって頷《うなず》くヘッセル。

「俺やお前みたいに、悪い奴が生き残ったな」

「悪い奴とはまた御挨拶だね」

テーブルの下、こつんとヘッセルの脛《すね》を蹴る。

「ははっ。……運の悪い奴さ」

痛がる素振りもなく、そう言ってヘッセルは目を逸《そ》らした。

「……それを言ったら、『老師』も運が悪くなっちまうよ」

バルバラはフッと小さく笑って呟いた。

斬り込み隊で唯一生還したのが、拳聖『老師』ドガジンだった。全滅の可能性が濃厚だっただけに、老師がふらりと姿を現したときは、それはもうバルバラもヘッセルも喜んだものだ。

『ワシだけが……おめおめと、生き延びてしまった……』

しかし、当の本人は酷《ひど》く落ち込んでいた。仲間を見捨てて逃げる形になってしまったらしい。だがそれも、第4魔王子エメルギアスの情報を持ち帰るためだったのだから、仕方がないとは思うのだが――

いずれにせよ、ドガジンも精兵のひとりだ。バルバラたちとは別の砦に配属され、英気を養っているはず。バルバラとしては、酒のひとつでも差し入れに行きたいところなのだが、生憎《あいにく》差し入れできるような上等なものがない。

「……シャルはどうしてる？」

バルバラが物思いに浸っていると、不意にヘッセルが尋ねてきた。

「……もうダメだよ、あの娘は。戦端が開く前にとっとと後方に送った方がいい」

力なく首を振りながら、バルバラは椅子に背を預けた。

「けど、そう言ってても、テコでも動かないだろうね」

「…………だろう、な」

わかっていた、とばかりに嘆息するヘッセル。

シャルル――女神官のシャルロッテ。戻ってきたレオナルドの右腕に半狂乱になっていた彼女は、砦から撤退する頃には、魂が抜けた人形のようになっていた。

しかし3日ほどしてから、寸暇を惜しんで負傷者たちの治療に奔走するようになった。ひとりでも多くの兵を癒やし、戦力を再編することが――魔王軍への最大の復讐《ふくしゅう》になるとでも考えているようだった。

本来、治療に携わる神官たちは戦場の救いの神としてありがたがられるものだが、シャルロッテの血走った目と尋常ならざる気迫には、屈強な兵士でさえ怯《おび》えて震え上がる始末だった。

「魔力と命が尽きるまで、治療をやめない……そう言っていたよ。魔力が尽きたら、杖《つえ》を持って殴り込みに行く気だろうね、あれは……」

あの目はもう……それを覚悟しているようにしか、見えなかった。シャルロッテの部屋には、レオナルドの右腕の遺灰の壺《つぼ》が大事に置かれていることを、バルバラは知っている。

「聖教会の連中って、みんなあんな感じだよなぁ……」

ヘッセルは、グビとジョッキを傾けながら、どこか遠い目でぼやくように言う。

「武聖《アタシら》も大概だけど、ワケありな人ばっかりだからねえ」

バルバラも、やるせなさを呑《の》み下すようにエールを流し込む。いつにも増して苦い。

「……なあ、バルバラ。強襲作戦って知ってるか」

「7年前の？　知ってるよ」

公にはされていないが――聖教会と各種族の精鋭が、ホワイトドラゴンの協力を得て魔王城に殴り込んだらしい。

文字通り決死隊だ。しかしこの英雄的行為が、なぜ公にされていないかというと、戦争が継続していることからわかるとおり、失敗に終わったからだ。せめて魔王に手傷のひとつでも負わせていれば、華々しく戦果として公表されていたかもしれないが……

実際は作戦直後、健在さをアピールするように、魔王本人が前線に出張ってきて、暴虐の限りを尽くしただけだった。

今では強襲作戦の存在そのものが、公然の秘密と化している――

「俺の知り合いが参加してよ。全部終わったあとに、聖教会経由で手紙が届いたんだわ」

「へぇ、奇遇だね。アタシもだよ」

「なんだお前もか。……まあお互い名持ちだからな、そういうこともあるか」

ヘッセルは苦笑する。バルバラもヘッセルも二つ名持ちの剣聖だ。そして強襲作戦に参加したのは一角の人物ばかり。互いに知り合いがいてもおかしくなかった。

「まるで、ちょっとした旅行にでも出かけるような、軽いノリの手紙でよ。『行ってくるからじゃーな』だとさ」

「ふふ。……アタシの知り合いも、そんな感じでさっぱりした手紙だった。『魔王の顔面をぶん殴って、このクソッタレな戦争を終わらせてくる』ってさ……」

どこか懐かしげな、それでいて憂いのある表情のバルバラをよそに。

ヘッセルは、はたとエールのおかわりを注ぐ手を止めた。


「…………まさかとは思うんだが」

椅子に座り直しながら。

「そいつの名前、『アレクサンドル』っていわねーか？」

今度はバルバラが、鳩《はと》が豆鉄砲を食らったような顔をする番だった。

「……『不屈の聖炎』？」

「なんだ同じ奴かよ！」

バルバラとヘッセルは顔を見合わせて、ブッと噴き出した。

まさかこんな偶然があるとは。そしてヘッセルとはそこそこ付き合いがあるのに、今になってようやくわかるとは。

無性に可笑《おか》しくて……それでいて、一抹の寂しさと、ひとかけらの悲しみと。

笑い声が、しんみりとした空気に溶けて消えていく。

「戦友《ダチ》だった」

しおれかけのリンゴを、モソッとかじるヘッセル。

「北部戦線じゃしばらく肩を並べて戦ったよ。そのあとは、配置転換だ何だで、しばらく音信不通だったが。律儀な奴だ、最期に手紙をしたためるなんてさ」

「だねえ。アタシも故郷《クニ》の戦じゃ、ずいぶんと世話になったよ。あんときゃまだ小娘だったからねえ」

「小娘？　お前が？……ちょっとピンとこねえな」

「どーゆー意味だい」

ごつん、と強めにヘッセルの脛を蹴る。

「……ほんと、律儀で、おせっかいな男だったよ」

痛みに顔をしかめるヘッセルから目を逸らし、テーブルに頬杖《ほおづえ》をつくバルバラ。

「底抜けに気軽な、さっぱりとした別れの挨拶でさ。そのくせ『どうせ使《つか》い途《みち》がないから』とか言って、金貨まで同封しちゃって……」

「は？　俺にはそんなもん入ってなかったぞ？」

「え？」

再び顔を見合わせるバルバラとヘッセル。

「『魔王城に殴り込む、魔王ぶん殴って戦争を終わらせてくる、それじゃーな』って書いてあっただけなんだが……」

「………アタシだけかいッ！　道理で、文末にとって付けたみたいに、『一足先に結婚祝いだ、いい相手を見つけろよ』なんて……あーッもう、あの男ったら！」

何やら憤慨した様子で、壺からエールのおかわりを継ぎ足し始めるバルバラ。

「………」

しかし、ヘッセルは笑うでもなく、妙に真剣な顔をしていた。

「なあ、バルバラ」

「……どうしたのさ、改まって」

「お前、シャル連れて後方に引かねえか？」

その問いに、バルバラはきりりとまなじりを吊《つ》り上げた。

「……今さら逃げろとでも？」

「逃げるとかじゃねえよ。でもさ……」

ジョッキの中身を――エールに反射して写り込む自身を眺めながら、ヘッセルは。

「次は、やべえよ。生き残れねえ」

強い視線が、バルバラを見据える。

「……お前みたいな良い女に、無駄死にしてほしくねえ」

「………」

ごん、と再び、ヘッセルの脛が蹴り飛ばされた。

「舐《な》めんじゃないよ」

ジョッキをテーブルに置いて、バルバラは静かに言う。

「アタシは、戦うためにここにいるんだ。アタシは――私は、剣聖であり、プロエ＝レフシ連合王国、ダ＝ローザ男爵家の一員として、祖国と元領民のため身命を賭し、戦う義務がある！」

めらめらとその瞳が燃えている。

「たとえ亡国の騎士なれど、たとえ女の身なれど――私はこの剣を、この命を、祖国と人類のために捧《ささ》げると決めたのだ！　我が覚悟を愚弄するは、何人《なんぴと》たりとも許さんぞ！」

ヘッセルは息を呑んだ。眼前に座すのは、姉御と慕われる女剣士でも、女傑として名を馳《は》せる剣聖でもなく――気高い亡国の貴族であった。

その傷だらけの顔《かんばせ》に、美しくも凜々《りり》しい表情に、ヘッセルは見惚《みと》れた――が、徐々に険を増すバルバラの目に、ハッと我に返った。

「……すまない。気分を害したこと、伏してお詫《わ》び申し上げる」

ヘッセルは深々と頭を下げた。

「だが、……その覚悟を愚弄するつもりは、一切ござらん。貴公の覚悟のほどは存じ上げている。……その上で、その上で……」

縋《すが》るような目で、ヘッセルは。

「……それでも、お前には死んでほしくないんだよ……」

ヘッセルの消え入るような声に、バルバラもまなじりを下げた。

「……怒鳴って悪かったよ」

バルバラは、小さく溜息《ためいき》をついて。

「でも、悪いけどアタシは退《ひ》かないよ。それに死ぬつもりも毛頭ない」

その目には、しっかりとした力と意志が宿っている。自暴自棄ではない。

「……小耳に挟んだけど、聖教会からさらに援軍が来るんだって。遅くとも1月後には」

「！　そうなのか！」

「それに……あのクソ魔王子には、一発お返ししないと気が済まない。アンタこそ、シャキッとしな！　死ぬ気でことに当たるのと、最初から気持ちが死んでるのとでは、大違いなんだからね！」

活を入れてくるバルバラに、もう、ヘッセルは苦笑するしかなかった。

「……そう、だな！　俺らしくもねえ！　ちと気弱になっちまったぜ！」

「ははっ、そんなことじゃ笑われちまうよ。みんなに、ね」

――ふたりは顔を見合わせて、微笑《ほほえ》んだ。

どちらからともなく、ジョッキを掲げる。

「これまで散っていったみんなのために」

「我らが記念すべき、共通の戦友《アレクサンドル》のために」

こつん、と乾杯した。

「「――ともに、戦おう」」

†††

色々と開き直った俺だが、相変わらず訓練漬けの日々を送っている。

ゴリラシアには注意を払っているが、特に俺を警戒している素振りはない。

【炯眼《エフスラ》】は、あくまで瞬間的な感情の色が見えるだけで、計画的な殺意なんかは検知できないようだ。あるいは……俺の覚悟が、まだまだ中途半端なのか。

いずれにせよ、重要なのは気取られずに今を乗り切ることだ。

俺がレイジュ族の里に留《とど》まるのは1ヶ月ちょい。俺が魔王城に戻るのにあわせて、ゴリラシアもドスロトス領に帰るらしい。

『しかし、ゴリ姐《ねえ》はなぜドスロトス領に？』

食事を一緒にした際、流れで尋ねてみた。ゴリラシアはレイジュ族に嫁入りし、かつてはゴリラシア＝レイジュと名乗っていたにもかかわらず、ドスロトス族に戻っている。

『んん？　レイジュ領がつまらないからさ』

レイジュ族の目などまるで気にする風もなく、ゴリラシアは飄々《ひょうひょう》と答えた。

『見りゃわかるだろうけど、アタシャ古式ゆかしい魔族でね。あんまりこっちの文化的な暮らしが肌に合わなかったんだ』

ゴリラシアが鎧《よろい》を脱げば、その下は貴族服ではなく、古風な毛皮の装束だった。

『……旦那も死んじまったしねェ』

そう言って嘆息するゴリラシアは、ちょっとだけ、寂しそうだった。プラティの父ジゾーヴァルト＝レイジュ。王位継承戦で現魔王の陣営に馳せ参じ、討ち死にしたらしい。

『アンタのじいちゃんはね、最初は、レイジュ族らしいのほほんとした男だったよ。でもアタシに槍《やり》でブチのめされたのが、よほど悔しかったらしくってねェ』

ゴリラシアはくつくつと喉を鳴らして笑っていた。最終的に、魔法ありならゴリラシアと五分に戦えるようにまでなったとか。にしても、ヴァルト家の男が戦死するって、どんだけ激しい内戦だったんだろうな王位継承戦は。

『現魔王が崩御しても、似たような騒動が起きるじゃろうなぁ』

アンテがほくそ笑むようにして囁《ささや》いた。ああ、そうだな。

そうして未亡人となったゴリラシアは（未亡人という単語がここまで似合わない人物も珍しい）、プラティが魔王に嫁入りしたのを見届けてから故郷に帰ったというわけだ。

『ま、アンタが並々ならぬ闘志の持ち主で良かったよ』

わっしゃわっしゃと頭を撫《な》でつけてきて、ゴリラシアはニヤリと笑う。

『アタシとしても、鍛え甲斐《がい》があるってもんさ』

——そしてその言葉通り、俺はビシバシ鍛えられる羽目になった。

「1，2！　1，2！　走った走った！　剣聖の大軍に追われている気持ちで！」

「そこッ、三馬鹿！　もっとシャンとしな！　5歳児に負けて恥ずかしくないのかい！」

メガホンを構えたプラティとゴリラシアにドヤされながら、山道を駆け回る。フル装備に加え、食料や水などを詰めた背嚢《はいのう》まで背負っているせいで重いのなんの。普段から実戦形式訓練で鍛えていた俺でも、これはかなりキツい。

体力錬成が甘かった三馬鹿たちに至っては、毎度死にそうになっている。ただクヴィルタルとその部下たちは多少汗をかく程度で涼しい顔だし、同じ条件のプラティとゴリラシアに至っては、怒鳴りながら俺たちと並走して呼吸さえ乱していないので、「鍛え方が足りない」と言われたらぐうの音も出なかった。

プラティはまだ、俺みたいな軽鎧《けいがい》を装備してるからわかるけどさ……ゴリラシアは重装鎧じゃん。なんで山道を走り回って平気なんだよ、バケモンか。基礎体力の違いを感じさせられた。……体力お化けといえばゴリラシアの弟レゴリウスをはじめとしたドスロトス族の者たちも訓練に参加している。

参加っつーか、時々俺たちに奇襲を仕掛けてくるんだだが。

それが休憩中だったり、曲道で視界が悪くなってるときだったり、長い坂道を登り切って気が緩む瞬間だったりと、とにかくタイミングがいやらしい。しかも最初は寸止めだったのに、リリアナの治癒力を知り「おほーなんと便利な！」と実戦形式に切り替わった。

『まあ、人族を消費せずに傷が治し放題なら、そうするじゃろうなぁ』

アンテが他人事《ひとごと》みたい言った。そーだな。俺の苦痛は度外視されてるけどなァ!!

そして主に重傷を負うのは、三馬鹿どもなわけだ……連中を軽い気持ちで手下に加えたのを、何度後悔したかわからない。だが度重なる奇襲を受け、毎度死ぬほど痛い目を見ているせいか、三馬鹿たちはメキメキと練度を上げている。休憩中も油断しなくなったし、基礎体力も身についてきているようだ。

――まあ、肝心の戦闘力は一朝一夕じゃ伸びないわけだが。

「オラオラどうした小僧、もっと腰を入れんかい！」

「ぐわああ!!」

レゴリウスの盾にぶっ飛ばされ、セイレーナイトが宙を舞う。プラティから新たに槍を下賜されて張り切っていたものの、根本的に地力が足りてない。剣と盾を扱っているレゴリウス相手にこのザマだ。

まあゴリラシアの弟相手に、魔族の若造がそう簡単に太刀打ちできるわけないんだけどな……俺だって前世の経験ありきだし……

あと、セイレーナイトは【力業の悪魔】と契約している関係で、パワーはぐいぐい伸びるが、技量が伸びづらいらしい。最近はゴリラシアも匙《さじ》を投げつつあり、『アンタは雑魚狩り専門だね』などと散々な評価をくだされていた。

対して兄のオッケーナイトは、よく言えば要領よく、悪く言えば小ずるく立ち回っている。【解剖の悪魔】と契約しており、相手の弱点を突くことに長《た》けた技巧派だ。ただコッチはコッチで、押しが弱いというか強引さみたいなものが欠けているフシがあるので、囲まれて叩《たた》かれるような状況で踏ん張りがきかないという欠点がある。

セイレーとオッケーを足して割ったらちょうどいいんじゃねえかな？

『どちらも中途半端になるだけではないか？』

うーん、否定はできない。そして、そんな中で——

「殿下！　アレやりましょうよ！」

目覚ましい進歩を遂げつつあるのが、三馬鹿の兄貴分ことアルバーオーリルだ。

ひらりひらりと軽やかな足取りで、剣と盾を構えたドスロトス族の戦士と斬り結ぶ。

その手には——人族の剣を穂先とした、俺の得物にそっくりの、剣槍が。

「ああ——【斬撃を禁ず】」

アルバーオーリルの声に応え、俺は制約の魔法を行使した。斬る動作が封じられ、レゴリウスたちが自由に動かなくなった剣を手に「ぬぅ……！」と呻《うめ》く。

「はっはぁ！　行きますぜ先輩方！」

そしてその【制約】の中で——アルバーオーリルだけが自由に剣槍を振り下ろす。

「クッソ、汚えぞ坊主！」

「へへっ、勝ったもん勝ちだい！」

防戦一方のドスロトス族の戦士相手に、ガンガン斬りかかるアルバーオーリル。

——奴《やつ》は、【奔放の悪魔】エレフェリアと契約している。

しきたりや伝統に縛られることなく、自由に振る舞うことで力を得る。そしてその権能により、俺の【制約】をすり抜けられることが判明したのは、全くの偶然だった。

今では俺を見習って、魔族のしきたりを無視した剣槍を振るい、さらに【制約】をすり抜けることによって魔力を育てている――

「そぉら、足元が甘いぞ坊主！」

「のわーッ」

とはいえ、年季の差だけはどうしようもなく、ドスロトス族の戦士の逆襲を受けてひっくり返されていた。今はまだ、ぺーぺーの魔族の若造だ。だが……

『……危険じゃのぅ、こやつは』

アンテが酷薄な声で言った。ああ。俺も、そう思う。今日明日の話じゃないだろうが、このまま育っていけば、俺の天敵になるかもしれない。

――早めに排除しなければ。

――ジルバギアス殿下の訓練は死ぬほどキツい。

アルバーオーリルは、魔族の嗜《たしな》みとして槍の鍛錬は積んでいたが、体をいじめ抜くような本格的な訓練を受けるのはこれが初めてだった。

キツいだけじゃなく、5歳児（のはず）のジルバギアス王子や、その恐ろしい母や祖母にコテンパンに叩きのめされ、ナイト兄弟ともども何度も心が折れそうになったが、それでもめげずについていけてるのは――

「美味《うめ》ぇー!!」

訓練上がりのバーベキューがあるからだ。殿下直々に治療していただき、傷ひとつなくなった体で貪り食う焼肉の美味《うま》いこと美味いこと。

最初は「魔王子の野戦料理はなんて豪勢なんだ」と驚いたものだが――鬼婆教官《ゴリラシア》いわくモチベーション維持と、美味い飯をともにすることでの連帯感向上を狙っているらしい。

『アンタたちは運がいいねェ！』

自身も肉を貪り食いながら、ゴリラシアはアルバーオーリルたちに笑いかけた。

『戦場でこんな美味いモンを食えるって、確約されてんのは王族の配下だからさ！』

アルバーオーリルも戦場に出たことはあるので、それは重々承知している。普通の野戦料理や陣中食はもっと質素だ。というより、

（こんな上質な肉、そうそう食えねえもんなぁ～）

ハーブ入りのジューシーなソーセージをパリィッ！　と嚙《か》み千切り、至福の表情を浮かべるアルバーオーリル。

魔王国において、魔族は貴族階級とされているが。

他国でいう『貴族』に匹敵するのは、王族や族長家、一部の地主くらいのもので、残りは一般市民みたいなものだ。少なくともアルバーオーリルが人族の本を何冊か読んだ限りでは、そんな印象を受ける。

では、一般魔族がどう暮らしているかというと、基本的に魔王国から階級に応じた給金を受け取っている。さらに、戦場での活躍次第では別途恩賞があったり、レイジュ族なら ば転置呪を活用した治療業務などでも、一定の報酬が得られる。

階級が低くても、広い土地を持っていれば農業をしていたりもする。もちろん、自分で畑を耕すのは稀《まれ》で、実作業は獣人任せだが。

まあ、要はそれなりに働かなければ暮らしていけないということだ。独り身の男が慎《つつ》ましやかに食っていこうとしたら男爵くらいの給金はほしいし、家族を養っていこうとしたら子爵以上じゃないとキツい。

それが、さらに大家族だったり、ちょっと贅沢《ぜいたく》なものを食べようとしたり、高級な武具を揃《そろ》えたりしようとするならば……もっともっと階級を上げなければならない。

そのためには、戦場で手柄を立てる必要がある。だから魔族は誰しも、参戦する機会を求めているのだ。

「は〜食った食った……あ、その肉、余り？　またいつもみたいに包んでくれよ」

「はい、かしこまりました」

アルバーオーリルは、皆が食べ終わったのを確認してから、余った食材を片付けようとするメイドに声をかけた。夜エルフらしい鉄面皮でうやうやしく一礼されたが、（またお持ち帰りかよ、意地汚いやつ）とばかりに、冷ややかな目を向けられているのは、多分気のせいではない。

だがアルバーオーリルは気にしない。他ならぬジルバギアス殿下やプラティフィア大公妃が黙認しているし、普通の魔族なら体裁を気にしてやらないようなことを堂々とやれるのが、アルバーオーリルの強みなのだ。

【奔放の悪魔】の契約者、本領発揮――むしろ、メイドの視線を浴びて、ムクムクと力が育っている感覚さえある。

「それじゃあ、お疲れさまでした！」

「おつかれっしたー！」

ズビシッと一礼し、「おう、またな」とジルバギアスに見送られ、弟分たちと帰宅。

「いやー、今日もキツかったっスねー兄貴！　でもキツいだけあって、腕が上がってきてる気がしますよ！」

ピカピカに磨き上げられた槍《やり》を片手に、セイレーナイトが明るい顔で言う。

「そうだな！　間違いなく俺たちの技量は上がってきてる。あんな本格的な指導を受けられるだけでも、ありがてえ話だよ！」

アルバーオーリルはしみじみと頷《うなず》いた。ジルバギアスが無制限に治療してくれる上、ドスロトス族の戦闘術を実戦形式で学べるのだ。レイジュ領で最高の環境かもしれない。

「あ、これお前たちの分な」

最高の環境といえば。懐から小分けにした肉の包みを取り出し、ナイト兄弟に手渡す。

「さっすが兄貴！」

「いつもありがとうございます！」

朝《よる》のおかずが一品増えた！　と喜ぶナイト兄弟に別れを告げ、アルバーオーリルは自宅へ急いだ。

オーリル家は、街の東側の旧市街の一角にある。

もともとこの街は人族の王国の都を２００年以上前に接収したものだが、旧市街はその当時から『旧』市街だった。

つまりクッソボロい。経年劣化が酷《ひど》すぎて建て替えられた建物もあるが、当時そのままの石造りの家屋も多く建ち並んでいた。状態の良い家屋や高級な地区は、力のある家に押さえられている。オーリル家は、レイジュ族の分家のそのまた分家……というような立ち位置なので、あまり大した生まれとは言えない。

まあ、【転置呪】という国内有数の血統魔法を使えるだけ、恵まれた血筋だろうが。

「ただいまー」

傾きかけた、慎ましやかな一軒家。玄関ドアを開ければギシギシ軋む。

「おかえり！　今日はどうだった？」

居間で縫い物をしていた母が顔を上げる。アルバーオーリルは、父母姉との4人暮らし
――だったのだが、先日父が前線へ癒者《ヒーラー》として赴任したため、現在は3人暮らしだ。

「もうクッタクタだよ。ドスロトス族の教官に腕を引きちぎられて死ぬかと思った」

肩をぐるぐる回して溜息《ためいき》をつくアルバーオーリルに、「まあ」と目を丸くする母。

「それは痛かったでしょう。大変だろうけど、これからも頑張るのよ」

「もちろんさ。俺はビッグにならなきゃいけないんでね！」

パチン、と茶目っ気たっぷりにウィンクする息子に、母は呆《あき》れたように笑う。

「あ、あとこれお土産」

「またもらってきたの？　助かるけど、舌が肥えちゃわないか心配だわぁ」

アルバーオーリルに肉の包みを渡され、いそいそとキッチンの冷暗所に持っていく母。

その後ろ姿を微笑《ほほえ》ましげに見送ってから、2階へ上がった。

「姉ちゃん、帰ったよ」

「おかえり、アルバー」

ほとんど歳《とし》が離れていない姉・マリンフィアは、自室で糸紡ぎをしている。明るい笑み

を浮かべて振り返った彼女は――黒いアイマスクをつけていた。

アルバーオーリルの姉は、盲目だ。

あらゆる傷病が治療可能な、レイジュ族に生まれてなお。

なぜなら彼女には――生まれつき、眼球が存在しなかったから。

いかに転置呪といえど、もとから存在しないものは治しようがない。そして魔族は力を尊ぶ種族だ。生まれつきのハンディキャップを抱えた赤子は、本来、それが判明した時点で『選別』されることが多い。

が、長らく子宝に恵まれなかった両親にとって、マリンフィアはようやく授かった可愛《かわい》い娘だった。待望の赤ん坊を手にかける――そんなこと、できるはずがない。

だから両親は親族の反対を押し切って、マリンフィアを育てることに決めた。

それでも文句を言う親族とは絶縁し、生活が苦しくなろうとも、立派に育て上げる覚悟だった。……その数年後に、ひょっこりアルバーオーリルが生まれたわけだが。

ともに育った『本来なら生きていけない』はずの姉の存在は、アルバーオーリルの人格に多大な影響を与えた――

「何やらいい匂いがするわね」

くんくん、と鼻を鳴らして、おどけて片眉をひょいと上げるマリンフィア。

「さっすが姉ちゃん。これ、おみやげのソーセージ！」

懐から、また小包を取り出すアルバーオーリル。中身は焼きソーセージだ。

「ハーブが入っててめっちゃ美味《おい》しかったから、おすそ分けしようと思って」

「わあ、ホントにいい匂いじゃない。ちょうど小腹が空《す》いてたのよねえ」

マリンフィアは嬉々《きき》としてかじりついた。持って帰る間にちょっと冷めていたが。

「ん！　おいし！」

「だろー？」

「こんなイイモノを食べさせてくれる、太っ腹な上司が見つかってよかったわね」

「ホントだよ。その代わり、訓練がクッソきついけどな！」

今日の訓練はこうだった、ナイト兄弟がどうだった、とおやつに舌鼓を打つ姉を見守りながら、しばし談笑する。

「はぁー。おいしかった。いつもありがとね、アルバー」

「いいってことよ！」

「……ありがたいんだけど、ちょっと太っちゃいそう」

何やら腹回りを気にする姉に、寂しげな苦笑を浮かべるアルバーオーリル。

姉は引きこもりがちなので、あまり運動する機会がない……

「夜明け前に、散歩にでも行こうぜ」

「んー……そうね、たまには、いいかも」

「じゃ、その前に、俺はもうちょっと出かけてくるよ！」

「忙しいわねえ。気をつけていってらっしゃい」

ひらひらと手を振る姉に見送られながら、そして「ありがとね」と小声で礼を言われながら、アルバーオーリルは再び自宅を出た。

足早に、旧市街の片隅、さらに寂れた路地を訪ねる。


「あっ、兄貴ー！」

とあるボロボロな一軒家の前で、薄汚れた服装の魔族の子どもが、ぴょんぴょんと飛び跳ねながら手を振っていた。

「よう！　今日も来たぜ！」

挨拶もそこそこに家に入り、「ほら、おみやげだ」と肉の包みを渡す。姉への手土産と同じで、火が通してあってすぐに食べられるものだ。

「わぁ、おいしそう!!　かーちゃん、兄貴がおみやげ持ってきてくれたよ！」

「いつもすみません、アルバーさん。本当にありがとうございます」

痩せぎみな母親魔族が、申し訳無さそうに頭を下げる。

「なぁに、可愛い弟分のためなんで、気にしないでくださいよ！」

ニヤッと笑って、その弟分の頭をわしゃわしゃと撫《な》でるアルバーオーリル。

——魔王国の魔族が全員、豊かに暮らしているわけではない。

爵位があれば最低限の収入があるのは事実だ。だが、従騎士や騎士程度では雀《すずめ》の涙《なみだ》ほどしか給金が出ない。食っていくには爵位を上げなければならないし、爵位を上げるには手柄がいる。

そして手柄を挙げるには、相応の強さが必要だ。強さとは何か？　それは槍術《そうじゅつ》であり、武具防具であり、魔力であり――普通、両親や親族から受け継ぐものだが。

もし、何らかの原因で、それらが失われてしまったら？

「………」

肉を分け合って食べる親子を見守りながら、表情を引き締めるアルバーオーリル。

どうしようもない。強い者を優遇する魔王国は、弱い者に対してとことん冷淡だった。

戦死者の遺族に対する弔慰金などといった制度はあるが、あくまで一時的なものにすぎず、あとは自助努力に任せられる。それで家が裕福なら問題ないが、貧乏な一家は往々にして戦死者の爵位も低いため、弔慰金も少額となり遺族はますます立ち行かなくなる。

さらに、大多数の魔族は弱い者を蔑む。弱い奴《やつ》が悪い。悔しいなら強くなればいいとばかりに。誰も、困窮した惰弱な者なんかに手を差し伸べようとはしない――

それも一理あるのかもしれないが、子どもや若手は話が別じゃないか、というのがアルバーオーリルの持論だ。

何十年も生きた魔族が、鍛錬を怠って、弱いままなら仕方がない。だが、誰だって最初は弱いのだ。ある程度の補助がなければ、そもそも伸びようがないではないか。

「兄貴、おれ……悪魔と契約したい！」

そう、この子のように。肉を食べ終わってから、弟分が真剣な顔で言った。

手っ取り早く『強くなる』手段――それは悪魔と契約することだ。

戦いに関係しない権能の悪魔と契約できれば、日常生活の中でも力を育てられる。目に見えて魔力さえ強くなれば、他の戦士を押しのけて戦場に出たり、転置呪の治療師として働いたりすることで、階級を上げられる。

ただ問題があるとすれば、ダークポータルへの旅費もタダではないということだ。食いつなぐのがやっとの困窮した家庭では、それさえキツい。

だが、腐っても子爵のアルバーオーリルなら、工面できる。

「そうだなぁ……」

まだ角もちっちゃくて、背丈も自分の腰の高さほどしかない弟分を見やり、難しい顔をするアルバーオーリル。

「もうちょっとだけ、大きくなってからの方がいいと思うぜ」

「でも……レイジュ族の王子様は、5歳で魔界に行ったって……」

「いやぁ～、あれはなぁ……」

不満げに唇を尖《とが》らせる弟分に、アルバーオーリルは苦笑するしかない。「王子様は例外中の例外だ」と言いたいところだが、幼い子どもに言ってもへそを曲げるだけだろう……

「王子様って、ものすごくデカいんだぜ。もうこれくらいの身長があるんだ」

「ええっ、そんなに？」

アルバーオーリルが手で高さを示すと、弟分は目を丸くする。

「ああ。だから……まあ、王子様ほどとは言わなくても」

ナイフで、家の柱に小さく傷をつける。

「これくらいの身長になったら、俺がダークポータルに連れてってやるぜ！」

「ホント!?　あとどれくらい!?」

はしゃいで柱に背中をつける弟分に、「これくらいかな」と指を開いてみせる。

「うーん……早く大きくなりたい……」

「そのためには、いっぱい肉を食わねえとな。明日もまた持ってきてやるから」

「……ありがとう、兄貴!!」

抱きついてくる弟分の頭を、わしゃわしゃと撫でるアルバーオーリル。その後ろでは、涙を浮かべた母親が深々と頭を下げていた。

……魔族が全員、強いわけではない。悪魔との相性があまり良くなかったり、戦いが苦手だったりする者もいる。夫の戦死などで収入が断たれてしまうと、ロクな働き口がなく困窮する他ない。

流石《さすが》に下等種たちの手前、魔族が餓死など沽券《こけん》に関わるので、最低限の給金でも死にはしないが……逆に言えば、餓死しない程度にただ生かされるだけだ。

魔族らしく魔法を活《い》かして働けばいい、と思うかもしれないが、これもまた難しい。

レイジュ族には転置呪があるが、格上相手には抵抗されてしまうため、ある程度の魔力がなければ癒者《ヒーラー》になれないのだ。

夜エルフや獣人相手なら、魔力弱者でも治療可能だろうが、それこそ魔力強者ならどちらも兼ねる。癒者《ヒーラー》のポストにも限りがあり、弱い奴をわざわざ採用する理由がない。

ならば他の魔法を——となっても、食いっぱぐれなくて、需要のある魔法は限られてくる。土木建築に強いコルヴト族の土魔法や、食材の保存に需要があるヴェルナス族の氷魔法があれば、魔力がそんなに強くなくても食っていけただろうが……

そも、血統魔法をふたつも受け継いでる魔族なんて、一握りにすぎないのだ。

氏族を超えた婚姻関係を結べる時点で、ある程度の横のつながりがある。ないなら身近な者と結婚するしかないし、そうやって生まれた子は血統魔法をひとつしか持たない。

ちなみにアルバーオーリルは転置呪の他に母方の血統魔法も使えるが、【糸に護《まも》りの力を込める】とかいうおまじないレベルのものなので、母と姉の小遣い稼ぎくらいにしかなってない。

いずれにせよ、持てる者は優遇されてますます強くなり、持たざる者は蔑まれて、ますます弱くなっていく——それが魔王国なのだ。


「じゃあ、また明日な！」

弟分に手を振りながら、アルバーオーリルは次の家へ向かう。懐には、小分けした包みが残っていた。気の毒な弟分や妹分が、まだいるのだ。

戦いに関する悪魔と契約したのに、コネがなくて戦場に出られず伸び悩む者。姉のように生まれつきハンディキャップを抱えていて、活躍できない者。子どもが生まれたばかりなのに一家の大黒柱が戦死してしまった者――

（――アイツらは、機会に恵まれないだけで、『惰弱』なわけじゃねえ）

懐の包みをギュッと抱きしめながら、アルバーオーリルは思った。

（何かきっかけがあれば、ちょっとした手助けがあれば――）

『強く』なれる。伸びていける。

だが今の魔王国には、それを許さない風潮がある。

今のアルバーオーリルが彼らを助けようとしても、子爵程度では限界があった。もっと力が必要だ。融通をきかせるだけの地位が必要だ。そのためには――

（俺は……ビッグにならなきゃいけねえ）

夜道を駆けながら、アルバーオーリルは決意を新たにした。

†　†　†

どうも、今日も今日とて、レイジュ領で訓練漬けなジルバギアスです。日が暮れて目覚めたら軽く組み手、食事ののち腹ごなしの運動、森で行軍および戦闘訓練、バーベキューで腹を満たしてひと風呂浴びてから戦術論の勉強……そんな日々を送っている。

「はい、今日はここまで！」

——と思っていたら、今日に限っては森を軽く走って終わりだった。まだ1時間くらいしかやってねーぞ。

「ゴリ姐《ねえ》、何かあるんですか？」

こちとら、「わーい早く終わったぞー」と無邪気に喜ぶほど純真じゃねえ。

「ああ。明日から泊りがけで、廃墟《はいきょ》化した街に訓練へ行くことにしたからねェ」

俺の問いに、トントンと槍《やり》で肩を叩《たた》きながらゴリラシアは答えた。

「市街戦演習をするよ。かなりキツくなるから、今日は英気を養っておきな」

思わず「うへぇ」と声が出る。ゴリラシアが言う「キツい」ってよっぽどだぞ。

いつもは涼しい顔で訓練しているクヴィルタルたちでさえ渋い顔をしているし、三馬鹿に至っては「ほぇ……？」と間抜け面を晒《さら》している。あ、じわじわ絶望に染まってきた。

「それじゃ解散。明日から3日泊まりだから、着替えとかも用意しときな！」

ひらひらと手を振って去っていくゴリラシア。

「うわー絶対キツいやつじゃーん！」

「ちょっと慣れてきたと思ったらこれですかぁ……」

ナイト兄弟が頭を抱えている。

「今日はバーベキューなしかぁ……」

オールバックの髪を撫でつけながら、しょんぼりするアルバーオーリル。「仕方ねえ、狩りにでも行くか……」なんて呟《つぶや》いてたけど、どんだけ肉食いたいんだよ。

そんなわけで、イマイチ消化不良感を抱えつつヴァルト家の邸宅に戻る。

『普通、休みとなったら、もうちょっと嬉《うれ》しがるものではないかの？』

アンテがのほほんとした口調で言うが、そりゃあ他人事《ひとごと》だからだよ。

明日から地獄が確定してるようなもんだから、休日のプレミア感が一切ない。

それに正直、レイジュ領に来てからあんまり心が休まらねえんだよな。

というのも――

「ヒィッ！」

廊下で、魔族の少女と鉢合わせるなり怯《おび》えられた。――ルミアフィアだ。

その引きつった顔が、見開かれた目が、「なんでこの時間にここにいるの!?」と如実に語っている。普段の俺は、夜食《ランチ》のあとに帰ってくるもんな……

一瞬の硬直を経て、ほぼ反射的にシュバッと平伏するルミアフィア。

「で、殿下に、おかれましては、ご、ごご、ごきげんうるわしく……」

ぷるぷる震えながら挨拶する彼女に、「おう」と一言だけ返して、俺はそそくさと自室に引っ込んだ。長々話しても、お互いに良いことひとつもないからな……

『あーっはっはっは、いい気味じゃクソ生意気な小娘が！』

アンテは毎回ご機嫌で爆笑しているが、俺は悪者になったようでとても居心地が悪い。

というか、気まずい。

この間なんか、空き部屋から『お兄ぃやめて！　離してよぉ……！』という涙まじりに訴えるルミアフィアと、『じっとしてろ！　暴れるんじゃない！』と声を荒らげるエイジヴァルト、ついにはルミアフィアの『いやぁぁ、助けてぇ！』という悲鳴まで聞こえてきて『何をやっている！』と思わずドアを開けたら――

椅子に縛り付けられたルミアフィアに、エイジヴァルトが槍を突きつけていた。

『――いや本当に何やってんだよ!?』

『ちっ、違う！　これには深いわけが……！』

『ぶくぶくぶく……』

驚愕《きょうがく》する俺、慌てて弁明するエイジヴァルト、泡を吹いて気絶するルミアフィア。マジでカオスな現場だった――あとでプラティから聞いたが、ルミアフィアは俺との決闘で生死をさまよったせいで、先端恐怖症だか刃物恐怖症だかになっちまったらしい。族長家の娘が、刃物を怖がって槍も持てない、なんてお話にならないので、どうにか克服させようと族長たちも躍起になっているようだ。

ただ……どう見ても逆効果っていうか、日に日にルミアフィアが衰弱していってるような気がしてならないんだが……まあ、俺が口出しする義理もないのでスルーしている。

そもそも俺が原因だしな。

――そんなこんなで、自室に引っ込んだがやることがない。

それこそ手癖でリリアナをナデナデすることぐらいしか。

「……どうなさいます？」

俺と同じく手持ち無沙汰な様子のレイラが、こてんと小首をかしげて尋ねてきた。彼女も、魔王城なら仕事があったんだろうけど。予期せぬ空き時間だから何していいかわかんなくなっちまったよ。

「うーん……。そうだ、レイラはしばらく空飛んでないよな？」

「そう、ですね」

魔王城では毎日のように飛行訓練をしていたレイラだが、レイジュ領に来てからはご無沙汰だ。迂闊《うかつ》にホワイトドラゴンの姿を晒したら住民と一悶着《ひともんちゃく》あるかもしれないので、自重しているらしい。

「じゃあ、夜食《ランチ》のあと、一緒に出かけようか」

郊外で飛べば人目は少ないし、万が一誰かに見咎《みとが》められても、俺の監督下と言えば文句はあるまい。

「今日は月がきれいだし、レイラも気持ちよく飛べると思うよ」

夜空に銀の鱗《うろこ》が映えそうだ。

「……はい」

レイラは嬉しそうに頷《うなず》いた。そうだな、出かけるついでに、この街も軽く見て回ろうかな。今まで邸宅と訓練場の往復ばかりだったし、何か発見でもあるかもしれない。

――そして夜食ののち、街の散策に出かける。

リリアナは連れて行くと悪目立ちするのでどうしたものか悩んだが、「たまにはふたりでゆっくりしておいで」とばかりに、俺のベッドに潜り込んでスピスピと寝始めたので、ありがたくお留守番してもらうことにした。

護衛は特に連れていない。レイジュ領のど真ん中――ぶっちゃけ魔王城よりよほど安全だ。今のレイジュ領内で、俺より強いヤツなんてそれこそ数えるほどしかいないしな。

形式的に、ヴィーネをはじめ、側仕《そばづか》えの夜エルフが何人か付き従ってるくらいだ。

夜の領都。この街は200年ほど前まで、人族国家・ヴェナンディ王国の首都デルマと呼ばれていた。

しかし王国は魔王軍に攻め滅ぼされ、王都はレイジュ族が接収。今では『レイジュ領都』という風情もクソもない名に改められている。

もとは石の防壁でぐるりと囲まれた堅固な要塞都市だったらしいが、通行の邪魔にしかならないので、現在は全て撤去されているようだ。族長の邸宅を中心に、魔族の手が入れられた新市街と、当時の面影を留《とど》める旧市街で構成されている。

「魔族の街、か」

表通りを歩いていると何だか変な気分だ。おぼろげに記憶に残っている、どこかの人族国家の街の雑踏を思わせた――違いを挙げるとすれば、昼ではなく夜であることと、行き交う住民はほとんど肌が青く、角を生やしていること。

食事時が過ぎたこともあって、街は魔族どもで賑《にぎ》わっていた。蛮族のくせに、一丁前に商店なんかも開いてやがる。店主が魔族で従業員は夜エルフってパターンが多いようだ。

獣人の数が少ないのは、やっぱり本来昼行性だからだろうか。昼間、夜の住人たちが寝静まっている間に、街の清掃やら農業やらに勤《いそ》しんでいると聞いた。

「色んなお店がありますね」

レイラが歩きながら、通りに面した商店の水晶ガラスのショーウィンドウに、興味深げな目を向けていた。

「そうだな……レイラは、こういう街を歩くのは？」

「初めてです！　街を歩くのも、こんなふうにお店を眺めるのも……」

そりゃそうか。我ながらナンセンスな問いだった。自由に外を出歩く機会なんてレイラには長らく与えられていなかったわけだし。

それにしても、『お店を眺めるのも初めて』、か。好奇心で目を輝かせるのも無理ないな。俺でさえ故郷の村には雑貨屋があった――気がするというのに。概念でしか知らなかった『ありふれたもの』を、初めて間近で見るってどんな気分なんだろう。

「何か買い物でもしてみようか」

「ええっ」

そんなことができるんですか!?　とばかりに目を見開くレイラ。

「うぅ……でも、お金もってきてないですぅ……！」

「ふむ」

言われてみれば俺も財布なんて持ってねえや。チラッとヴィーネを見やると、サッと懐から革袋を出して頷いた。ちゃんと軍資金はあるらしい。持つべきは供《とも》だな。

「じゃあ、俺の買い物に付き合ってくれないか？」

「あっ、はい！」

レイラが心なしかウキウキしだして、俺も嬉しい。

とはいえ何を買ったものか。大通りにはいくつも商店が建ち並んでいるが、過度な装飾は惰弱とみなされるのが魔王国。レイジュ領はやや文明的とはいえ、やっぱり質実剛健なデザインの商品が好まれるようだ。

まず目に入ったのは料理道具などの日用雑貨店。貴族服（蛮族風）を取り扱う服飾店。ほう、貸本屋なんかもあるのか。あとでソフィアに教えてやろう。……いやもう知ってるかな？　そして大通りに面した店の中で、一番でかいのは――流石《さすが》は魔族というべきか、武器屋だった。

ピカピカに磨き上げられたショーウィンドウの中、ドワーフ製の魔法の槍がランプの光に照らされていた。通りを行き交う魔族たちも、チラッと槍に目を向けては物欲しそうな顔を見せている。やっぱドワーフ製の武具ってステータスシンボルなんだな。

「いいなぁー……」

「やっぱカッケー！」

「おれ、将来この槍で出陣するんだ！」

そんな中、身なりのいい魔族の子どもが数人、ウィンドウにかじりつくようにしてワイワイと話し合っていた。子どもらしい無邪気さを感じる反面、連中が出陣する頃には立派な人類の脅威となることを思えば、複雑な心境だ。

「ん？　なんだアイツ」

――と、子どものひとりと目が合った。

「見ねえ顔だな。生意気な目をしたガキだぜ」

ガンを飛ばしてきた。お前もガキだろうがよ。

しかしそれ以上、面倒ごとの気配を感じる暇もなく、そいつは顔色を失った他全員に、ボコッドガッゴスッとタコ殴りにされていた。

「バカッお前、顔知らねえのかよ！」

「角折られるぞ！」

「逃げろー！」

ぐったりしたガン飛ばし小僧を引きずって、ガキどもが逃げていく。

その場に置いていかないだけ有情だな、などと俺は思った。

『それにしても、お主の評判よ』

アンテが呆《あき》れたような声で言った。うん……まあ、魔族どもに何と思われようと、俺は構わないけど。

隣のレイラを見れば、目を伏せて何やら曖昧な表情をしている。多分往来で魔族をバカにしたと取られたらマズいから、苦笑を噛《か》み殺しているんだと思う。

――そんなこんなで、俺たちは結局、手近な食料品店に入った。

魔族の店ってすげー変な気分だぜ……小物や雑貨と違って、食料品は惰弱とか関係ないし、氷魔法の存在で保存や輸送も楽だから、クッソ品揃《しなぞろ》えがよかった。まさか、そのへんの市井の店にアイスクリームが売ってるなんて……

あと営業スマイルを浮かべる夜エルフの従業員って存在にも、ちょっとしたカルチャーショックを受けた。俺のお供のヴィーネたちに、従業員がちょっと萎縮してたのが印象的だ。魔族に階級があるように、夜エルフにも、似たようなエリート／非エリートの構図があるんだろうか？

「これとか美味《おい》しそうだな」

「あ、これガルーニャにおみやげに……」

俺とレイラは、ああでもないこうでもないと、他愛なく話し合いながら、焼き菓子をいくつか買った。

うーん。なんか知らんが楽しい。

っていうか女の子と買物したの、前世も含めてコレが初めてかもしれない……

『お主……ホントにわびしい人生だったんじゃな……』

いや、そんな暇なかったっていうか。従軍商人から干し肉の最後の一切れを、なんか女剣聖と奪い合った記憶はあるような気がするが、それをカウントしていいなら……

『いや……それは……違うじゃろ……』

違うよなぁ……買ったお菓子を頬張りながら、店を出る。「こ、これが食べ歩き……」

とレイラがにわかに興奮してたのが可笑《おか》しかった。

そんなわけで、思わぬ買い物を楽しんでから、歩くことしばらく。

俺は街の中心部を抜け、これまでとは違った雰囲気の区画に差し掛かった。

——旧市街。

魔族の建造物は、その多くがコルヴト族の手によるものだ。血統魔法【石操呪《コンクレータ》】により石材を変形させて自在に操れる彼らは、それこそ子どもが粘土をこねるような手軽さで家や城を造り出す。そして魔族特有の過度な装飾を嫌う精神と、コルヴト族の真面目な気質が融合した結果、【石操呪《コンクレータ》】造りの建築物は継ぎ目がなくのっぺりとした、無骨で直線的なものが多い。

だからレイジュ領都は、良く言えば機能的、悪く言えば単調な街並みとなっていた。

しかし旧市街は違う。ある意味、俺にとって見慣れた光景だ——そこは人の街の姿を保っている。タイルを散らしたモザイク模様の石畳の道。切り出した石材やレンガを組み合わせて建てられた家屋。

石を手軽にこねたりくっつけたりできない、人の手による建築物だ。それもかなり古い様式の。この辺りは、王国が接収された当時の街並みが、ほとんどそのまま残されているらしい。中にはあまり手入れがされておらず、石壁が欠けたりヒビが入ったり、傾いたりした家もある。中心街の賑やかさとは打って変わって、どこか打ち沈んだ空気だ。

「…………」

表通りの喧騒《けんそう》も、どこか遠く。俺は、自分がひどく場違いな存在に感じた。

口に頬張った焼き菓子が、やけに甘ったるい——

「ぜんぜん、雰囲気が違いますね」

レイラが戸惑い半分、好奇心半分といった様子で辺りを見回しながら言う。

「そうだな……」

俺は相槌《あいづち》を打つ。ガラが悪そう……というのとは、ちょっと違うな。『寂れている』に近いか。人気がないこともあるが、あまりにも活気に欠ける気がする。

『お主の気のせいではないのぅ』

と、アンテが口を開いた。

『先ほどの中心街には、お主を筆頭に、強大な魔力の持ち主がひしめいておった。しかしこの辺りは違う』

……そうか。魔力のプレッシャーが——

『極めて少ない。閑散として感じるのは、付近にそれほど強い魔族がおらんからよ』

俺はぺたりと自分の角を撫《な》でた。魔力が生々しく知覚される身体《からだ》には、すっかり慣れたつもりだったが、こういうときまだ人の感覚を引きずっているんだな、と思う。喜ぶべきか、悲しむべきか。

　それにつけても、この魔力の圧のなさよ。ここらって、まだ魔族が住んでるエリアじゃなかったか？　使用人の夜エルフや獣人たちの居住区は、もうちょい街の外側にあるって話だったもんな。

「この辺りは？」

「旧市街です」

　ヴィーネに話を振ったら、真面目くさって答えてきた。いや知っとるがな。

「……もうちょっとこう、詳しい情報を聞きたかったんだが」

「冗談です」

　ウソつけ、ぜってー今の本気で答えてたぞ。隣の夜エルフの同僚に肘で小突かれてたんじゃねえか。

「――レイジュ族の皆様方がこの地を征服された際、現族長邸宅の周辺は手酷《てひど》く破壊されていたため、コルヴト族の方々によって新たな街並みが形成された、と聞いております」

　ヴィーネは何食わぬ顔で説明し始めた。それがいわゆる新市街、中心街だな。

「当然、【石操呪《コンクレータ》】造りの家屋の方が物理的・魔法的強度に優れているため、有力者の方々はこぞって入居されました。そして、当時の人族奴隷の手により、簡易的に修復された旧市街には――残りの方々がお住いになられた、と」

　ちょっと言葉を選びながら、ヴィーネ。

強いやつほどピカピカの中心部に家をゲットして、弱いやつには余り物しかなかった、ってワケだ。なるほどな。つまりこの旧市街には、当時のレイジュ族の雑魚の子孫が住んでいる――ここまで如実に差が出るものなんだな。

それにしても『当時の人族奴隷』、か……。道中で目にした牧場を思い出し、俺は胸がムカムカしてきた。現在の領内の種族比を考えれば、当時の使役されていた人族奴隷たちがどのような末路をたどったのか、容易に想像がつく。

さぞかし無念だっただろう――その視点に立つと、途端に、この寂れた旧市街の街並みが、人々の墓標のように見えてきた。しかも厚かましくもそこに住まうのは、人ではなく魔族だ。寄生虫どもがよォ……。

「……ふぅ」

俺は意識して呼吸を整えた。俺ひとりならいくらでも憤るんだがな。

「行こうか」

気を取り直して、かたわらのレイラに微笑《ほほえ》みかけた。せっかく出かけたのに、俺がプンスカしてちゃ彼女に悪い。

『我もおるんじゃが？』

もちろんだよ、お前はいつでもどこでも一緒だろ。

『フン、まあわかっとるなら良い……』

レイラの手を取って歩きだす。彼女は少し寂しげに微笑むだけで何も言わなかったが、そっと俺の手を握り返してきた。指先に、ほんのわずかにこめられた力は、俺を支えようとしてくれているかのようだった——

よし、さっさとこのしみったれた区画を抜け出しちまおう。そう思って、少し歩調を早める俺だったが——

「あっ、殿下！」

曲がり角で、めっちゃ見慣れた顔と鉢合わせた。

「アルバーじゃないか」

槍《やり》を担いだアルバーオーリルだった。なんでこんなとこに。

「どうもです。どうして殿下がこんなところに……？」

「それはコッチの台詞《せりふ》だよ」

「いや、自分はこの辺りに住んでますんで……」

何だと？　この寄生虫がよォ——というのはさておき。そうか、実力と根性の割に、『あんまりパッとしない若手』みたいな不当に低い評価を受けていたのは家系のアレコレもあったからか……クソッ、なまじヴィーネに事情を聞いちまったせいで話しにくい。

「そうか……俺はちょっと街を散歩していたところだったんだ。里帰りしてからこの方、訓練漬けでろくに領都も見ていなかったからな」

早口にならないよう気をつけながら、事情を語った。さり気なくレイラの肩も抱く。

「それと……ずっと人の姿で窮屈させているレイラに、空を飛ばせてあげたいと思ってな。

このまま町外れの森にでも行こうかと」

だから失礼するぜ、というノリでそう口にしたのだが——

「おお、殿下も森に！　奇遇ですね、俺もちょっくら狩りに行こうと思ってたんですよ！

途中までお供します！」

アルバーがパッと笑顔になった。まったくイヤミが欠片《かけら》もない、純粋な善意と忠誠心の表れだった……

「お、おう……」

無碍《むげ》にできず、そのままアルバーも加えて歩きだす。

「コッチに行くと近道ですよ。あの道は真《ま》っ直《す》ぐ続いてるように見えて、坂の下で右折するんで森から遠ざかるんです」

流石《さすが》地元民ということもあって、道案内は的確だった。俺ひとりだったら入らなかっただろう小道なんかも、迷うことなくスイスイ進んでいく。

ただ時折、清掃が行き届いておらず、道の端っこに落ちているゴミなんかを、俺の視界に入れまいとするように、拾ったり足でどけたりしていたのが印象的だった。

たまに住民も目にしたが、中心街とは比べ物にならないくらいみすぼらしい格好をした魔族たちで、魔族にも貧乏人がいるのか、と俺は率直に驚かされた。この国における貴族階級じゃなかったのか……？

いや、冷静に考えれば、同盟圏にも名ばかりの貧乏貴族はいたけどさ。

「……この辺りは、貧しいヤツが多いんですよ。ホントは殿下のような御方《おかた》が訪れる場所じゃないっていうか」

旧市街をほぼ抜けたあたりで、不意にアルバーが呟《つぶや》くようにして言った。その目はまっすぐに、道の向こうを見ているが——意識は俺に向けられているような気がした。

「殿下は……どう思われますか」

どこか慎重な口調で、アルバーは問う。

「貧しくて、弱い奴《やつ》らのこと」

——終始明るいアルバーらしくもなく、切実な響きだった。

「……それは、魔族についての話か？」

流れ的に十中八九そうだが、一応確認しておく。もしかしたら種族を問わない、弱者や貧困について話そうとしているのかもしれない。

「はい、そうです」

違ったわ。魔族限定だわ。魔族の貧しくて弱いやつぅ……？「死ねばいいんじゃねえかな、全員」なんて答えるわけにもいかないし。

「ふむ……」

俺は唸《うな》って時間を稼いだ。コイツは俺にどんな答えを求めているんだ？　ノリからして一緒になってバカにしたいわけじゃなさそうだ。アルバーは珍しく温厚な魔族だし。

それに、旧市街をほとんど通り抜けたあたりで話を切り出した——おそらく住民に聞かせないための配慮。その上で、魔王子の俺に問いかけてきた事実も鑑みると……

『何やら、問題提起でもするつもりかの？』

かもしれない。確実に言えるのは、こちらの出方を窺《うかが》ってるってことだ。俺の答えを待つアルバーが、徐々に緊張を高めていくのを感じる。

『そもそも、ここまで考え込む必要があるかの？　お主が何を答え、こやつが何を思おうと、大した影響はなかろう』

まあな、言われてみりゃその通りだ。アレコレ考えるより、率直な感想を漏らして逆にアルバーの反応を見よう。

「……正直なところ、貧しい魔族が存在することさえ知らなかった」

偽らざる本心だ。魔族って魔王国の貴族階級じゃん。

「そう……ですか」

アルバーがわずかに顔を歪《ゆが》める。「そこからかよ」とでも言わんばかりだ。

「俺は、生まれも育ちも魔王城だからな。周りには魔族らしい魔族しかいなかった」

他種族を搾取し、魔力と権力を振りかざし、蛮族風の貴族服に身を包んだギラギラした連中ばかり。

「だから、『どう思う』と問われれば――驚きだな。なぜ彼らは困窮している？」

ここらに住んでるってことはレイジュ族だろ？　闇の輩《ともがら》にとっては貴重な治療術、転置呪の使い手がなぜ貧しくなるんだ？

「いやー……一概には言えないですけど、色々と理由はありますね……」

ボリボリと頭をかいたアルバーは、言葉を選びつつ話し出す。

「たとえば……跡継ぎが立派になる前に、一家の大黒柱が戦死しちゃったりとか」

まあ、そういうこともあるだろうな。同盟でも嫌になるほど見た光景だよ。

「戦闘に特化した悪魔と契約したのに、戦に出られなくて、魔力を育てる機会に恵まれず伸び悩んでたりとか」

悪魔と契約できてるくせに、贅沢《ぜいたく》な話だな？　とは思ったが。

「なぜ戦に出られないんだ？」

「……コネがないと、なかなか戦場まで連れて行ってもらえないんですよ。無条件で行けるのは初陣くらいのもんで。でも初陣で手柄を立てるのは難しいですし。結局、強いヤツとその縁者ばかりになっちゃって……」

「なるほど……？」

俺は魔王子。常に特別扱いなので、一般魔族の軍制については理解が浅いことに気付かされた。どの前線でも手柄を巡って、次の攻略対象をどこの氏族が担当するかでバチバチにやりあっているらしいが、担当が決まった氏族がどのように戦力を拠出しているか、具体的な流れまでは知らなかったな。

「……『連れて行ってもらう』というのは、前線への移動にかかる諸々《もろもろ》の経費を氏族が払う、という理解でいいのか」

「はい。骸骨馬車の手配料とか、食費とか色々ありますからね……希望者全員を連れていくわけにもいかない、ってことで」

ああ、だから枠の奪い合いなんて話になるわけか。

「それにしても、連れて行ってもらえないなら自力で――」

そう言いかけて、俺は口をつぐんだ。問題の核心が見えてきたからだ。

「――なるほど、あまりに貧しいとその費用さえ出せないわけか」

「仰《おつしや》る通りです」

アルバーは神妙な顔でうなずく。

『富める者はますます富み、貧しい者はますます貧する、と。飽き飽きするほど見てきた構図じゃのう……魔族でさえ逃れられんか』

アンテが呆《あき》れたように、そして嘲るように言った。

「一定の階級以上の者――たとえば伯爵以上ならば参戦費用は自弁することにして、空いた枠に若手を突っ込めば済む話じゃないのか？」

「それは……そうですが」

俺の素朴な疑問に、逆に意表を突かれた様子のアルバーは、

「それを提案して、すんなり上の階級の方々がうなずくかと問われると……」

「ああ……」

ぜってー反発するわ。

「あるいは……殿下から強く言っていただけたら……」

やめろ、俺にすがるような目を向けるんじゃない！　何が悲しゅうて、俺が魔族の新兵育成を手伝わなきゃいけねえんだ!!

「……残念ながら、俺は王子であってレイジュ族の跡取りではない」

俺はもっともらしく、溜息《ためいき》なぞついてみせた。

「氏族について下手に口出しすると、軋轢《あつれき》を生みかねん。母上にも、その点だけには気をつけろ、と口を酸っぱくして言われている」

だから俺の手助けを期待すんじゃねーぞ、と言外に釘《くぎ》を差した。

「そう、ですか……ですよねぇ……」

「族長に提案してみたらどうだ？」

俺の言葉に、アルバーは苦虫を噛《か》み潰したような顔をした。……もう訴えたことはあって、その上でダメだったのかな。

「ままならんな」

俺がホントにレイジュ族の一員だったら、頭が痛かっただろうよ。だけど現実には王子様な上、中身がコレなんで他人事《ひとごと》だ。

仮に――熟練戦士《ベテラン》の枠を狭めて、新米魔族《クソザコ》が前線に投入される量を増やせるなら。

同盟側が魔族を討ち取れる確率が上がるかもしれないので、俺が動く価値もあるかもしれない、とは考えたんだが――

『逆に、眠れる才能に成長の機会を与えかねんのが、難しいところじゃの』

それだよ。悪魔との契約はそれが一番怖い。何がきっかけで爆発的に伸びるかわからねえからな。

あと、強引に貧しい魔族も戦場に行けるよう取り計らったら、多分ベテランの枠はそのままで、新米を上乗せするような形になると思う。むしろ同盟の負担が増える。それじゃ話にならない……。

「……そう言うお前はどう考えているんだ、アルバー」

肩を落とすアルバーに、俺は問いかけてみた。

「根本的な解決が難しいことは、わかっていたんだろう？　お前自身は、どうしたいと考えているんだ」

「……俺は」

アルバーが顔を上げる。

「俺は……できるなら、そういう連中は助けてやりたい、って思ってます」

その目に、意思の光が宿っていた。槍を握る手にギリッと力がこもっている。

「惰弱と思われるかもしれません。弱い奴を助けるなんて。でも、誰だって生まれたときは赤子で、赤子は弱いものじゃないですか。誰かの手助けがなければ、強くなることなんてできません……！」

語気が強くなるのを一生懸命抑えながら、アルバーは語る。

「……ホントに性根が惰弱で怠惰で、鍛錬をサボった結果、弱い奴は自業自得ですけど。中には強くなりたいのに、機会に恵まれないから伸び悩んでる奴もいます。俺は――そういう奴にチャンスをあげたいって思うんです。……でも今の俺は子爵で大したコネもなくて、力も足りません。だから――」

アルバーが俺を見やる。

「――俺はビッグになりたいんです。それが殿下のお供に志願した理由です。もっと手柄を立てて、偉くなって――そういう奴らを助けられるように、なりたいんです」

……志は立派だが、アルバーオーリルよ。

頼る相手をどうしようもなく間違えてるぞ……にしても変わった奴だな。くっそ傲慢な魔族が、何をどうしたらこういう人格を獲得するんだ？

「お前は……どうして我が身を削ってまで、恵まれない者を助けたいと願うんだ？」

興味本位で尋ねると、アルバーはウッと怯《ひる》んだような様子を見せた。……あ、俺が責めているとでも思ったのかもしれない。

「ああ、勘違いしないでくれ、お前の主義が惰弱だと言いたいわけではない。むしろ感心している。魔族といえば、身勝手で傲慢で強ければ何でもいい、下々の者なんて欠片も気にしない――そういうものだと思っていたから」

背後で「ンフッ」と笑いを噛み殺すような声がした。多分ヴィーネが俺の言い草にウケて噴き出しかけたんだと思う。ドスドスッと音が続いたのは、同僚たちに肘鉄でも食らったのかな。

「あるいは、お前のような者を慈善家と呼ぶのかもしれんな、アルバー」

「慈善家……慈善家、なんですかねぇ？」

しっくりこないな、とばかりに首をかしげるアルバー。

「俺はただ……もどかしく感じるんですよ。それが当然とされているのが、気に食わないっていうか……」

言いよどみ、アルバーは迷うような素振りを見せた。

「……俺、姉貴がいるんですけど」

「おお、そうなのか。てっきり一人っ子かと」

「よく言われます。…………俺の姉貴、目が見えないんスよね」

……レイジュ族なのに？

「生まれつき、目がないんです」

それは……。絶句する俺に、アルバーは語った。本来なら『いなかったこと』にされていたであろう姉と、彼女を守る決断をした両親のことを――

「たぶん、その影響がデカいんですよね。今じゃ、姉ちゃんがいない生活なんて想像もつかないですし――そう考えると、他の連中も、『弱いから野垂れ死んで当然』なんて、俺には言えなくて。ほっとけなくて……」

…………

「まあ、ぜんぶ俺の勝手なんですけどね！　でも勝手なのが俺なんで、すいません」

冗談めかして、軽く頭を下げるアルバー。ヘラヘラしているが、その目には、頑として己の主張は譲らぬという意思の強さが表れていた。

そうか……お前も、我が強い魔族なんだな。

俺は何とも、形容しがたい虚無感のようなものを覚えた。なんでお前は、魔族でありながらそんなに思いやり深いんだ？

俺の心はどこか冷めている。話を聞きながらも、常に疑問が頭をよぎっていた。

じゃあ人族はどうなんだ？　と。

アルバーの話、人族を魔族に置き換えれば、共感できる点は多い。というか共感しかない。だが、アルバーが気にかけているのは魔族だけだ。当然といえば当然だが。

俺たちの間には、頑然とした壁が立ちはだかっている。種族の違いという壁が。

それに、貧しい魔族といっても、最低限従騎士の給金はあるんだから、餓死してるわけじゃねーだろ。逆に同盟圏じゃ、どれほどの人間が困窮してると思ってるんだ？　父や夫が戦死して、飢えに苦しむ家庭がどれほどあると思っている？

戦場に連れてってもらえないから手柄が立てられない？　贅沢言うな。窮地に追い込まれた国家に、否応《いやおう》なく徴兵されて、戦場に連れて行かれる人族の兵士の気持ちは考えたことがあるか？

ふざけんじゃねえぞ。

いかんいかん。このままじゃ隠せなくなる。

――虚無感が、徐々に熱を帯びてきた。

「――――――♪」

そのとき、どこからか、聞き覚えのある旋律が響いてきた。

「これは……？」

歓迎の宴《うたげ》で演奏されていた曲、か……？　見れば前方、市街地の森の境目に【石操呪《コンクレータ》】造りの巨大な建物があった。

「ああ……技能奴隷の居住区ですね」

俺の視線を辿《たど》って、アルバーが教えてくれる。

――あれが人族の居住区か。領都のやつは初めて見るな。

「意外と街中にあるんだな」

それが俺の素直な感想だった。これまでレイジュ領に入ってから見てきた人族奴隷の集落――闇の輩《ともがら》に言わせりゃ『牧場』――は、魔族の居住エリアから遠く離れたものばかりだったから、こんな街のど真ん中にあるとは思わなかった。石造りの壁は高いし、窓にも鉄格子がはまってるし、過剰とも言えるほど脱走対策は施されているっぽいけど。

『演奏系という性質を考えれば、立地は妥当ではないかの？　いざ宴会を盛り上げようとなったとき、遠くにしかおらんかったら不便じゃろ』

それもそうか。

「あー……そうですね。けっこう問題になってるんですよね最近」

俺の『意外と街中』という言葉に反応し、アルバーが微妙な顔をした。

「最近、俺たち魔族だけじゃなく、獣人も夜エルフも人口が増えてきたんで、領都が手狭になってきてるんです」

……そういや人口統計については、ソフィアとのお勉強でちょっと触れた気もする。

「魔王国の人口は増加傾向にあるからな。領都も例外じゃない、か」

「はい。しかもこの居住区って、無駄に良い立地にあるんで……これが邪魔になって、森の開発も進めづらいし、居住区の取り壊しとか縮小も検討されてるみたいですよ」

「……そうか」

遠く、壁の向こうから聞こえてくる弦楽器の合奏に耳を傾けながら、俺は相槌《あいづち》を打った。

何度も何度も、同じメロディを繰り返しているのは、練習をしているんだろうか。どこか物悲しく、悲壮さすら感じさせる音色だ。きっと、上手に演奏できなかったら、生存さえ許されないような環境にいるんだろうな、レイジュ領の演奏奴隷は……

………なぜ。人族が、こんな目に遭わなきゃいけねえんだ。

「話を戻そうか、アルバー」

「あっ、え、はい！」

「恵まれない者、弱い者、貧しい者。彼らを放っておけないというお前の気持ちは、とてもよくわかった。……だが、この世界に暮らしているのは我ら魔族だけではない」

ぱちぱちと、困惑したように瞬かれる、アルバーの目を見据える。

「――他の種族はどうだ？　獣人にも、エルフにも、ドワーフにも、そして――我らが仇《きゅう》敵《てき》の人族にも。恵まれない者、救われたいと願う者は多かろう。あるいは父や夫を戦争で亡くし、困窮する者もいるだろう。そのことについて、お前はどう思う？」

たとえば――あの、居住区の向こう側に囚《とら》われているような。

人族たちは、どうなんだ？　もし彼らのことがどうでもいい、っていうんなら。

お前は『弱い奴《やつ》は野垂れ死んでも構わない』とする、他の魔族と同じだぜ。

「それは……」

アルバーは、思わずといった様子で口元を手で押さえた。

「……考えたこともなかった。いや、獣人や、夜エルフについては色々聞き及んでるんスけどね、ホラ、治療枠のこととか……」

背後のヴィーネたちを気にしながら、アルバーは決まりが悪そうに。

「でも……そうですよね、よくよく考えりゃ、牧場で育ててる奴らと違って、同盟の人族にも家族はいるわけかぁ……」

うーむ、と空を見上げながら、頭に手をやったアルバーは――

「そう考えると、……やりづれえなぁ。いや、すいません。これは惰弱ですね」

そう言って――困ったように、笑った。

†　†　†

「んじゃ、俺は狩りに行ってきます！　また明日、殿下！」

町外れの森にたどり着き、槍《やり》を引っさげたアルバーは茂みに分け入っていった。

「おう、また明日……」

その背中を、釈然としない気持ちで見送る。

――俺は、どこかたかをくくってたんだ。どうせアルバーも魔族だから、「人族なんていくら死のうとどうでもいい」と無慈悲に切り捨てると。

そんな奴なら、その時が来たら気兼ねなくブチ殺せると――

だがアイツ、魔王子の前で臆面もなく、同盟軍の人族に同情して見せやがった。そのくせ、牧場の繁殖させられている人族はあまり気にしている風がない。

スッキリしねえ……まあ俺自身、『恵まれない魔族』なんてのには、これっぽっちも同情していないわけで。それを踏まえるとアイツの反応も妥当に思えてきた。結局、慈悲や同情なんて、『身内』にしか適用されないってことか……

『種族を問わず、そんなもんじゃろ』

俺の中に居座るアンテは、あっけらかんとそう言った。

『悪魔なんてもっと酷《ひど》いぞ？　同じ悪魔だからといって連帯感なぞ皆無じゃ。悪魔が入れ込むとしたら、古い顔馴染《かおなじ》みか契約者くらいのものよ』

いや……まあ……お前ら厳密には生物じゃねえし……比較にならねえっていうか。

『まあそういうわけじゃ、気に病むようなことではない。お主も普通、あやつも普通。ただ身内の適用範囲がズレておって、利害も一致しておらんだけじゃ。致命的なまでにの』

致命的。そうだな、致命的だ。

アイツがもし人族に生まれていたら――立派な勇者になっていたのかなぁ。

だけど現実にはあいつは魔族で……魔族の『弱き者』には手を差し伸べようとしているが、同盟軍の弱者には気後れするだけで、人族奴隷に至っては思いやる発想さえない……

「……狩りって言っても、この森に何がいるんでしょうね」

黙りこくる俺の胸中を慮《おもんぱか》ってか、レイラが空気を変えるように話しかけてきた。

「そう、だな。何なんだろう」

その心遣いをありがたく思いつつ、アルバーが消えていった暗い夜の森を眺める。

俺たちが散々しごかれてる訓練場の森とは違い、ここにはほとんどヒトの手が入っていないようだ。もっと鬱蒼《うっそう》と、乱雑に木々が生い茂っている。

とはいえ、街の近くだから、目ぼしい大型獣は狩りつくされてるだろうし。いるとすれば鳥か鹿か……

「………」

今の俺も、同じか。俺は同盟圏の人々のためには憤れるが、鳥や鹿が狩られようとも

「可哀想《かわいそう》だな」と同情こそすれ、怒りまでは湧かない。何なら自分も普通に肉は食う。

　アルバーが抱いてる感情も、これと同じってわけか？　牧場で飼育してる人族はそれが当たり前だから何とも思わない。でも、飼育下にない前線の人族には、社会や家庭の想像もついて、同情の余地を見出《みいだ》す。だが殺すのをやめようとまでは思わない……。

　どうしようもないな……。昨日、俺がたらふく食った焼肉も。肉の主が魔族なり人族なりに生まれ変わって、復讐《ふくしゅう》しに来ても、俺は文句言えねえや。

『別に文句を言う必要もあるまい。お主自身も復讐者なんじゃ、そんな奴が現れたら正々堂々受けて立てばよいではないか』

　言ってくれるなぁ、他人事《ひとごと》だからってよ。でも……なんだか笑えてきたぜ。

『うむ。あれこれ悩んでも時間の無駄じゃ。それに、埋めがたい溝を埋めるのに尽力するほど、お主も暇ではなかろうて』

　そうだな。根気よく意識を変えようったって変わるわけないし、魔族なんて200年も300年も生きるし。奇跡が起きて何かが変わってもその頃には同盟も滅んでるだろう。

　それなら、魔王国を滅ぼした方が早い。

　悪いな、アルバー。お前が同情しながらも、手を止めないように。

　俺も、悪いとは思いつつ、この手は止めないよ。

「……なかなか面白い話を聞けたな」

　俺は肩の力を抜いてレイラにそう言った。にこやかに笑う俺とは対照的に、彼女は少し心配そうな表情を見せる。

「面白かった、ですか？」

「ああ。……最終的にはそう思えたよ」

「それなら——よかったです」

レイラもまたホッとしたように微笑《ほほえ》んだ。

「……そういえば、レイラが空を飛ぶって話だったな。すっかり忘れてた、すまない」

お買い物のあとに思わぬアルバーとの遭遇まであって、頭から消し飛んでた。

「あ、わたしは別に……ただ、あなたと一緒にいられるだけでも」

えへへ、と照れながら指を絡ませるレイラ。

「まあ……俺もそうだけど、さ」

周りは敵だらけな俺にとって、心休まるタイミングなんて、本当にレイラやリリアナとのんびりするくらいしかないからな……レイラが、俺のことを受け入れてくれてよかったと、心から思う。

「でも、レイラもしばらく飛んでなかったから、ストレス溜《た》まってないか？」

俺は天を仰いだ。澄み渡った星空に、銀色の月が浮かんでいる。

——太陽は万人に照る、ということわざが同盟圏にはあった。陽《ひ》の光は、生まれも育ちも関係なく、誰にでも等しく降り注ぐと。

だけど、それは月の光も同じだな。

「――今夜は月が眩《まぶ》しいくらいだ。レイラが飛んだら、白銀の鱗《うろこ》が映えて綺麗《きれい》だろうな」

「それは……」

レイラが金色の目を見開いて、両手で口元を覆った。なんか見たことないくらい、茹《ゆ》で上がったように真っ赤になってる。

「そんなこと……言われちゃったら、わたし、もう我慢できないです……！」

しゅる、とメイド服のリボンを解くレイラ。そっと目を逸《そ》らす俺の前で、恥ずかしそうにしながらも、どこかもどかしげに脱ぎ去っていく。

……目を逸らした先で、夜エルフのメイドたちが視界に入った。常に鉄面皮なヴィーネの同僚たちまでもが、「んまぁ！」とばかりに身を寄せ合っている。

やめろ！　いかがわしい場面に出くわしちゃったみたいな反応すんのは！　人化を解くために脱いでるだけだろ！

やめろヴィーネ!!　小指を立ててるんじゃない!!

――と、一糸まとわぬ姿となったレイラが、ゆらりとその輪郭をにじませる。

膨れ上がる魔力。存在感。

美しい、白銀の鱗を持つドラゴンがそこにいた。

「じゃあ……わたし、ちょっと飛んできます」

そそくさと俺から距離を取って、レイラがばさりと翼を広げた。風圧が俺に害を及ぼさないように。

そして、トンッと軽く地を蹴って、空中に身を躍らせる。

風が吹き渡り、森の木々がざわめいた。

白銀の竜が力強く天に昇っていく。

『――見違えるのぅ』

アンテが感心したように呟《つぶや》いた。

本当にな。俺のところに来たばかりのときなんて、助走で勢いをつけても滑空することしかできなかったのに。今では重さなんて感じさせずに、本当に自由に――飛んでいる。

はは、やっぱり久々に飛べて気持ちいいんだろうな。上空を旋回したり、空中で輪を描いたり、曲芸飛行みたいなことまでしている。

まるで星の海を泳いでいるみたいだ――今の俺の、暗闇のわずかな光さえも捉える魔族の瞳には、レイラの姿は光り輝いて見えた。

俺が時間を忘れて見惚《みと》れていたように、レイラも夢中で飛んでいたのだろう。

天頂にあった月がやや傾くまで、たっぷり空を堪能して、レイラは戻ってきた。

「はぁ！　すっかり楽しんじゃいました」

普段の人の声より、ちょっと金属質な声で。でも全く変わらない口調で、レイラはちょっぴり恥ずかしげだった。人の姿でついた癖なのだろう、ドラゴンなのに照れたように前脚を頬のあたりに添えていたのが、レイラらしくて可愛《かわい》い。

「すごく綺麗だったよ。もうすっかり立派なドラゴンだな、レイラ」

俺はレイラの下顎を撫《な》でながら、感慨深くそう言った。グルルル……とレイラが喉を鳴らす。金色の潤んだ瞳が俺を見つめていた。

この空を自由に飛べたら、さぞかし爽快だろうなぁ。

『――やっぱり空はいいわ。自由で』

不意に、プラティの言葉が蘇《よみがえ》った。

忘れもしない、ダークポータルに向かう際に、竜に乗りながら言った台詞《せりふ》だ。

……なんだか、急に何もかもが馬鹿らしくなってきたな。

「なあ、レイラ。まだ飛び足りなかったりしないか？」

「えっと……実は、はい」

「それなら、ひとつお願いがあるんだ」

もう、いいよな？

「――俺を乗せてくれないか」

金色の瞳を丸くするレイラ。薄くニヤニヤと笑みを浮かべて見守っていた夜エルフたちも、冷水を浴びせられたように顔を強張《こわば》らせる。

「ジルバギアス様！　それは……！」

「母上から止められている、そうだろう？」

だけどさ、俺とレイラはもう今更だろ、建前としても。

「正直に言うが、レイラと俺の信頼関係はもう充分だ。俺を殺したいなら、わざわざ空から落とさなくても、油断しきっている今でさえ噛《か》み砕くことはできるんだぞ」

「それは……そうですが」

「しかも、俺が寸鉄さえ帯びず、すっぽんぽんでさらに油断しきってるときでも、レイラはその気になれば竜化して俺を殺せたはずだ。今更だろ？」

「それも……そうですが……」

　俺の後ろで、レイラが恥ずかしげに「うぅ……」とうめいている。

　ごめんな。ふたりきりでいるときも、実際にそういうコトをしてるわけじゃないけど、周囲にはそう説明してるわけだし……

「だからまあ、アレだ。お前たちはちゃんと俺を諫《いさ》めた。だけど俺が聞かなかった。そういうことにしてくれ」

　抗弁したそうだが、同様に今更感も覚えているらしく、言葉に詰まるヴィーネたちから目を逸らして、俺はレイラに向き直った。

「……いいかな？」

「……はい。どうぞ」

　俺を上目遣いに見つめながら、そっと身をかがめるレイラ。

「でも……大丈夫、ですか？　鞍《くら》もないのに……」

「はは、ちょっと怖いかもな。優しく飛んでくれると嬉《うれ》しい」

「が、がんばります」

そうして、レイラにまたがった俺は――

その日、彼女とともに、初めて空を飛んだ。

何物にもとらわれない、無限に広がる星空を。

†††

レイラと初めて飛ぶ空は――

「――ぉぁぁぁ」

キラキラと星がまたたいて――

「うゎぁぁぁ――」

いや、またたくっていうか揺れてて――

「うぅぬ――ゎぁぁぁぁぁッッ!!」

違う。揺れてんのは俺だ！

乗り心地が!!　やべえ！！！！

「あああぁぁぁぁ――ッッ！」

俺はレイラの首元に全力でしがみつき、羽ばたきに合わせた乱高下で振り落とされまいと必死だった。耳元でビュゴウゴウと冷たい夜風が吹き荒れる――！

「あははっ、うふふっ」

そして風に乗って、レイラのはしゃぐ声がかすかに聞こえてきた。俺を乗せて飛べたのが、よほど嬉しいのかな。でもちょっと、飛ぶのに夢中になりすぎてるかな……!?

「レッ――レイラ――ッ！　レイラ――ッ!!」

舌を噛みそうになりながらも、俺はたまらず叫んだ。

「あっ、はい！」

首を曲げてチラッと振り返るレイラ。翼を広げ、滑空に切り替えたおかげで、一時的に揺れが収まる。

「どうですか!?　わたしの乗り心地！」

期待が込められた、純真な乙女のような瞳に、俺は「ウッ」と言葉に詰まった。

「ちょ――ちょっと、揺れが怖いかなぁ！」

舐《な》めてた。強襲作戦のときに乗ったホワイトドラゴンも大概酷《ひど》かったが、レイラは気を遣ってくれるだろうから、もう少し揺れが大人しいだろうと踏んでたんだ。

だけど蓋を開けてみれば、暴れ馬なんてレベルじゃない。羽ばたくたび、胴体の上下がエグいこと。突き上げられては引きずり落とされ、俺の腕力が試される。

「あっ……ごめんなさい！　揺れてましたか……?」

「う、うん……少し……!!」

しゅん、とドラゴン顔でも見てわかるほどに気を落とすレイラに、罪悪感が募る。

——冷静に考えたら、彼女の飛び方は誇り高きファラヴギから受け継いだものなんだ。乗り手のことなんて、そりゃ考慮に入ってないはずだよ。

亡き父から受け継いだものに文句を言うなんて、俺にはできない……！　そうでなくとも、人間で言えばわざわざ背負ってもらってるのに、「もうちょっと揺れないように走れないの？」と不満をこぼしてるようなものだ。失礼すぎる！

「素手はちょっと無謀だったかもしれない——レイラ、首元に骨で輪っかを作って、つけてもいいかい!?　それなら大丈夫だと思うから！」

強襲作戦のときは頑丈なロープで身体《からだ》を固定してたのに、今は鞍も安全帯もなく、ただ素手でしがみつくだけ。流石《さすが》にちょっと危なすぎる。

「はい！　もちろんです、あなたのお好きなようにしてください……！」

お言葉に甘えて、人骨を操り、レイラの首元にネックレスのように回す。『仕方がねぇなァ……』と、年かさの兵士の溜息《ためいき》が聞こえたような気がした。

よし、これで手が固定できたぞ。かなりマシになった。レイラも気を遣って、あまり羽ばたかずに滑空してくれている。俺はようやく風景に目をやる余裕ができた。

「おぉ……！」

月明かりに照らされた、レイジュ領都が見える。闇の輩《ともがら》の本拠地とは言えランプが至るところに配されており、下手な人族の夜の街より明るい。……ふむ、こうしてみると確かに、アルバーが言っていた通り、技能奴隷の居住区ってデカいな。領都を圧迫してるって話も本当なんだろうな。

遥《はる》か眼下、森の手前の空き地では、俺たちを心配そうに見上げる夜エルフのメイドたちが豆粒のように見えた。この高さから落ちたら死ぬなぁ、とちょっとビビる。

だが、それ以上に――俺は感動していた。ドラゴンで空を飛ぶのは初めてじゃないが、レイラに乗せてもらっているという事実に。俺はこの体に生まれ変わって初めて、自由だった。ドラゴン族の監視の目もなく、闇の輩も今は周囲にいない――

「……レイラ！　ありがとう!!」

思わず叫ぶ。

「このまま、どこまでも飛んでいきたい気分だよ！」

全てを忘れて、気ままに旅できたらどれだけ気が楽だろう……

「あははは！」

レイラが可笑《おか》しそうに笑っていた。こんなに屈託なく笑うレイラは、初めて見たかもしれない。

「わたしも――同じ気持ちです！」

その気になれば、どこまでも飛べるだろう。だがレイラは、レイジュ領都から離れすぎずに、旋回を繰り返していた。

「ちょっと揺れますよ！」

高度が下がってきたので、再びレイラが力強く羽ばたいた。俺も、しっかりと骨の取っ手を摑《つか》み、体勢を低くする。

……うん、だいぶん慣れてきた。けど羽ばたいた反動でレイラの胴体が下降するとき、俺の体が浮き上がって振り落とされそうになるのがいただけない。やっぱドラゴン用の鞍みたいに、ガチッと俺の身体を固定するモノが必要だな。

「……綺麗《きれい》だな」

高度を上げ直して滑空へ。今や手を伸ばせば綿雲に触れられそうなぐらいだ。この高さには夜鳥だって滅多にいない。俺とレイラ、ふたりきり。風が冷たくて、どこまでも澄み渡った世界――

「……わたし、実はこんなに高く飛ぶの、初めてです」

レイラの、ちょっと上擦った声が風に流されてきた。

「お父さんの……記憶には、もっと高いところまで飛んだものもありますけど。やっぱり……飛ぶのって、気持ちがいいですね……！」

万感の思いを込めて、レイラが言う。それは、そうだろう。便乗させてもらってるだけでも、こんなに爽快なのに。

ああ、やっぱりレイラはドラゴンなんだなぁ、と俺はしみじみ思った。

そして――俺とファラヴギの因縁と、レイラの境遇と、俺たちの数奇な運命に思いを馳《は》せずにいられない。

「……きみに出会えてよかった」

白銀の鱗《うろこ》に、そっと手を添える。力強い竜の肉体の熱と、躍動が伝わってくる。

いくら謝ったって、なかったことにはならない。ファラヴギを亡き者にしたこと。

だけど、それをことあるごとに蒸し返すのは自己満足で、レイラに失礼だ。

俺が口に出せるのは、感謝と、祈りだけ。

「わたしも……！　わたしも、あなたに出会えてよかった……！」

レイラの声は、震えているようだった。

——ひた、と。

俺の頬に、濡《ぬ》れた感触。

雨？……こんなに綺麗な星空なのに。

そしてすぐに気づいた。レイラの頬を、きらりと輝くものが伝っている——

だけどそれは、冷たく澄んだ風に、またたく間に吹き散らされていった。

まるで星屑《ほしくず》みたいに——

「…………」

俺たちはそれ以上、言葉を交わさなかったが、たぶんそれは、その必要がもうなかったからだ。俺たちの心は、ひとつだった。

ゆるゆると高度を下げながら旋回するレイラ。彼女の熱を感じながら、俺は地平の果てを睨《にら》む。遥か遠く、別世界のように断絶して思えた同盟圏が——すぐそばにあるように感じられた。

その場の勢いとノリで、とうとうレイラに乗ってしまったな。事前に相談もなく独断したから、プラティはカンカンに怒るだろう。

だが、俺の自由度はこれから跳ね上がるはずだ。魔王城に戻っても、『空いた時間に何をするか』に『空の散歩』が加わるのだ。

色々と……選択肢と可能性が増える。楽しみなようでもあり、未知の領域に踏み出す恐ろしさも感じた。

それでもやらねばならない。

俺は、勇者だ。誰が何と言おうと……魔王を倒し、人類を救う勇者なんだ！

着実に、地道に行動に移していこう。何はともあれレイラとの空中散歩は、既成事実化してしまえばプラティもとやかく言うまい……

そして族長の邸宅へと戻った俺は――


自省の座に座らされていた。


「……それで、どういうことなのかしら？」

ソファに腰掛けて、不機嫌そうにトントンと扇子で手を叩《たた》くプラティ。

前言撤回。メッチャとやかく言われそうです。

「一緒に散歩していたら、その、色々と盛り上がってしまいまして……」

――これ以上どう言えというのだ？

「……乗せてもらいました」

「盛《サカ》りあったの間違いではなく？」

プラティの目は、それはもう冷ややかであった。ぱちん、と大きな音を立てて扇子を畳み、身を乗り出す。

「……確固たる信頼関係を築き、あの娘が裏切らないという確証が持てるまで、空は飛ばない。そういう約束じゃなかったかしら？」

「はい。ですが、信頼関係については、充分じゃなかろうかと――」

俺がそう返すと、プラティのまなじりが吊《つ》り上がる。不機嫌が加速してらっしゃる。

「……事前に一言も相談しなかったのは、悪かったと思います。ごめんなさい」

シュバッと頭を下げると、プラティはフンと鼻を鳴らした。

「――邪魔するよ」

と、バタンと部屋の扉が開き、ゴリラシアがズカズカと入ってくる。

「聞いたよ、なんだか面白いことになってるそうじゃないか」

「母上……面白くもなんともありません」

鬱陶しそうな顔でゴリラシアを見返すプラティ。

「アンタらしくもない。いったいどうしてそんなにカリカリしてんだい？　別にいいじゃないか、可愛《かわい》い彼女と一緒に空くらい飛んだって」

プラティの隣にどっかと腰を下ろし、ソファの背もたれに身を預けながら、ゴリラシアは楽しげに俺たちを見つめてくる。

「よくありません！　万が一のことがあれば即死ですよ！　いかに魔力が強かろうと高所から落ちれば死あるのみ。魔王陛下でさえ、この理《ことわり》には逆らえぬというのに！」

プンスカと噛《か》み付いたプラティは、怒りもそのままに、キッと俺を睨んできた。

「ジルバギアス。勘違いしないでちょうだい、わたしはあなたを無闇やたらと束縛したいわけではないの。でもこの件だけは命取りになりかねないわ。どれだけ鍛えていようと、翼を持たぬ身で空中に放り出されれば、あなたは完全に無力なの。あなたが心配なのよ」

「それは……わかります。重ね重ねすいません」

弱ったな、そんな目で見つめてくれるなよ、まったく。

「ただ……先ほど『盛り上がったから』とは言いましたが、レイラとの信頼関係について確信があったのも事実です。そもそも、飛行にこだわらずとも、その気になれば彼女が俺を殺せるタイミングは、今まで数え切れないほどありました」

ぶっちゃけ、プラティがここまでプンスカするとは思わなかったよ。今更だし。

「それに、こう言ってはなんですが、結果として落とされることなく、無事に帰ってきたわけですし……」

「アタシも同感だねェ」

頭の後ろで腕を組みながら、ゴリラシアもうなずいた。

「あのレイラとかいう小娘は見てみたけど、そりゃあもう、ジルバに対してはお花畑みたいにキラキラした感情を向けてたよ。害があるようには見えなかったねェ」

よっし、いいぞゴリラシア!! 思わぬ援護射撃だ!! プラティは苦虫を噛み潰したような顔をしている。【炯眼《エフスラ》】の使い手が太鼓判を押すのだから、これ以上とやかく言いづらかろう。

「それは……そうですが」

「認めなよ。アンタは息子が自分の手から離れつつあるのが不安なだけさ」

ツンツンとプラティのほっぺたを突っつきながら、ゴリラシアは意地悪な笑みを浮かべて言った。やめろゴリラシア!! ついでとばかりに煽《あお》るんじゃない!!

「……ぬぅ」

めちゃくちゃ悔しそうな顔をするプラティだったが、小さく溜息をついて、肩の力を抜きソファに身を預けた。

「母上がそこまで仰《おつしや》るならば、あの娘は安全なのでしょう。今は」

ですが……と胡乱《うろん》な目を向けながら言葉を続けるプラティ。

「【炯眼《エフスラ》】が見抜けるのは、ひとときの感情だけ。将来的に気が変わる可能性についてはどう思われます」

「それはそうだけどねェ」

頬杖《ほおづえ》をついて、ゴリラシアは顔をしかめた。まあ、そうだよな。俺の敵意を感知していながら、プラティに対して害意は抱いていない、とガバガバ判定したのがゴリラシアだ。

「だけどそんなこと言い出したら、誰だって信頼できないだろう？　いつ側近に背中から刺されるかわからないんだからねェ」

「側仕《そばづか》えの反逆程度なら、鍛えれば対処可能だからいいんです。でも高所からの落下だけは、どんなに鍛えても致命傷です。危険度が段違いだから心配してるんですよ」

　プラティは何でもないことのように言うが、側仕えの反逆も『いいんです』と言い切れる内容じゃないと思うんだが……それはそうと、プラティがぐじぐじと駄々をこねるように文句を言い続けていた理由がわかった。

　俺のことは信用できるし、信頼できるけど、レイラは完全に信頼できなくて、かつそれが対処不能な致命傷になりかねない点が、不満なわけだ。

「加えて、脅威は落下死だけに限りません。その気になれば、同盟圏にジルバギアスを連れて行ってしまうことだってできるじゃないですか」

　――思わず、俺はドキッとした。ゴリラシアの前で動揺したくはなかったが。

「何のためにそんなことをするんだい？」

「断言できるわけじゃないですよ、もちろん。しかしジルバギアスは魔王国の王子。父を殺された復讐《ふくしゅう》として、魔王国により深刻な被害を与えるため、王子を人質にするような手もあるかもしれない、というわけです」

「それは妙手かもしれないねェ」

さも愉快そうに笑うゴリラシアだったが――

「だが、あの娘は、少なくとも今はジルバを愛しているようだったよ」

「……その愛が永遠なら、わたしも安心できるんですが」

ふぅ、と溜息《ためいき》をつくプラティ。

「どうせならわたしも、【虚無槍《レピダ・スキアス》】なんかじゃなく【烱眼《エフスラ》】を受け継ぎたかったです」

いや、「【虚無槍《レピダ・スキアス》】なんか」て。ドスロトス族のゴリラシアさんが心外そうな顔してんじゃないかよ。

『しかし、この女が役に立たん方の血統魔法を継いでいてよかったの。感情を見抜く目なんぞ持っておったら、お主は終わっておったぞ』

アンテの言葉に、俺は寒気を覚えた。


――そうだ。俺は生まれ変わった直後から、殺意を秘めし赤子だった。いくらなんでも生後間もない赤ん坊が敵意を振りまくのはおかしい。それを気取られていたら俺は――

「…………」

プラティが【烱眼《エフスラ》】を使えなくてよかった。その上、親戚からも極力隔離されていて助かった。

本当に、危なかった……！　俺はずっと薄氷の上でステップを踏み続けていたのかもしれない。いや、今もそうかもしれないけど。

「……まァ、血統魔法については、とやかく言っても仕方ない」

　ふんス、と鼻を鳴らしながら、ゴリラシアが不機嫌そうに言った。怒り出しまではしないあたり、ゴリラシア自身、ドストロス族の【虚無槍《レピダ・スキアス》】より【炯眼《エフスラ》】の方が便利だと思ってるのかもしれない。

「あの娘の心変わりが心配なら……アタシにひとつ考えがあるよ」

　しかし、何かを思いついた顔でニタリと笑うゴリラシアに、嫌な予感が募る。

「へえ？　お聞かせ願えますか、母上」

「簡単なことだよ。心変わりは、隠そうとしてもどうしたって滲《にじ》み出るもんだ。バカな男どもは演技で誤魔化せるかもしれないけどね、女の目を欺くのは難しい。そうだろう？」

　こちらに意味深な目を向けたゴリラシアは――

「――というわけで、敵意の有無を確認したいなら、定期的にアンタの前でふたりを睦《むつ》み合わせればいいのさ」

　…………。

「はっ!?」

「はァ!?」

　俺とプラティの素っ頓狂な声が重なった。何言ってんだこのババァ!!

　母親の前で、彼女と乳繰り合えってか!?　冗談だろ!?!?

「それが本当の愛か、女が男に合わせてるだけかなんて、女が見れば一目瞭然じゃあないかい？　見破るのに血統魔法なんていらないよ」

　それに、とちょっと意地悪な笑みを浮かべて、

「アンタは魔王城で、そんなネチネチした女どもとやり合うのには慣れてるだろう。あの小娘が、男に媚《こ》びながら、同時にアンタの目まで欺けるとは思えないねェ」

「……ふむ」

　顎に手を当てて、考えるプラティ。いや一考するんかい!!

「……それは有効かもしれませんね」

　えぇ……

「ま、アタシも気が向いたら魔王城に遊びにいくからさ。そんときゃレイラと面接もしてやるよ、それで向こう数十年は大丈夫だろうとアタシゃ思うけどね」

「あまり気は進みませんが、それしかなさそうですね」

　…………俺は絶句した。

　そうして、俺はレイラと飛べるようになった代わりに、定期的にプラティの前で俺たちの『愛』を証明する羽目になったのだった……

†　†　†

　幸いというべきか、レイジュ領に留《とど》まる間はゴリラシアがそばにいる。

ゴリラシアが毎日レイラを観察しているので、プラティの前でイチャついて見せる必要はない。問題は魔王城に戻ってからだな――

『ええっ、わたしたちが、奥方様の前で、……ですか!?』

沈痛の面持ちで俺がプラティの決定を伝えると、レイラも流石《さすが》に慌てていた。

『そのぅ……えぇと……が、がんばりますっ』

頬を赤らめながらも、ぐっと両拳を握って意気込みを見せるレイラ。

そうかー……頑張っちゃうかぁ……

『お主も頑張らんとなぁ？　んん？　腰振りの練習でもしておくか？　んんん？』

こうなったらもう、情熱的なイチャイチャで開始早々にプラティをお腹《なか》いっぱいにするしかねぇな……!!

などと色々あったが、翌日。

予定通り市街戦の訓練をするため、俺たちは辺境の廃墟群《はいきょぐん》へと向かった。領都から骸骨馬車で2時間ほど。霧がかった渓谷に張り付くようにして、古びた都市がひっそりと佇《たたず》んでいた。

交易都市ターフォス。かつては、周辺諸国との交易路の中継地点として栄えていたそうだ。しかし王都が陥落しても魔族の降伏勧告に従わず、最後まで強固に抵抗を続けたため、見せしめとして女子供に至るまで根絶やしにされ滅んだらしい……

そんなありし日の交易都市だが、現在ではその街並みが保存され、市街戦の初歩を学ぶための訓練施設として活用されている。都市そのものは無人だが魔族たちが滞在する都合上、小さな宿場街のようなものが入り口付近に形成されていた。

なんとなく、【ダークポータル】にあったコスモロッジを彷彿《ほうふつ》とさせる。そしてゴリラシアたちの話を聞く限り、ターフォス訓練所の宿場街はクオリティが高いらしい。

「疲れ果てた身体《からだ》にここの料理は染みるんだよねェ。温泉で血や泥も洗い流してさっぱりできるし、今日はキツいけど気張っていくよ！」

「うぃ……ッス」

いつも訓練が終わったあともピンピンしているドスロトス族が『疲れ果てる』訓練メニューな上、血まみれの泥まみれになることが確定してしまった。

美味《うま》いメシや温泉などという言葉が全く慰めにならず、俺たちは刑場に連行される囚人のような気持ちで、武装を整え都市に入っていった。

――それからはまぁ、率直に言って地獄だった。

思わず、俺が前世の都市防衛戦を思い出すレベルのヤバさだった。

「いいかい！　人族は弱いからねェ、アタシらを殺すためならどんな汚い手でも平気で使ってくる！」

ゴリラシアが、整列した俺たちの前をキビキビとした足取りで行ったり来たりしながら講釈を垂れる。

「市街戦の鉄則その１！　民間人が命乞いしてきても容赦なく殺せ！」

そして近くに置いてあった、ひざまずいて祈りの姿勢を取った人族の人形を、その手の剣でズバァッと斬り捨てた。

「人族がよく使う手さ！　雑魚を囮《おとり》にして注意を引きつけ、死角から奇襲する。最善の対策は、付き合わないことさ！　ここからの進軍ルートには、至るところにこういった人形が設置してある。視界に入り次第、即座に殺せ、破壊しろ！　実戦でも考える前に手が動くよう、身体に叩《たた》き込むんだよ！」

「「ハイッ！」」

ビシッと背筋を伸ばして答える三馬鹿たち。俺は唇を引き結んでいた。

……実戦でも使ったことのある戦術だった。鎧《よろい》を脱いだ勇者や兵士が囮になって、注意をひきつけたところを襲撃する――だが民間人を囮になんかしたことは、断じてねえ！　適当言ってんじゃねえぞババァ！

「そして市街戦の鉄則その２！　足元をよく見る!!」

続いて、ゴリラシアが近くの石畳をドンと踏みつけた。パキャッ、と乾いた音を立てて石畳に偽装されていた板が割れ、その足が沈み込んだ。落とし穴だ。

「見てみな、この中身を」

「……うっわ」

「えっぐい……」

「痛そッスね……」

覗《のぞ》き込んだ三馬鹿が戦慄している。落とし穴の中には、金属の杭《くい》が斜め下向きに埋め込まれていた。ツルッと足が滑り込んだら逆棘《かえり》となって刺さり、抜けにくくなる罠《わな》だ。

「人族は足を引っ張るために、こういう罠も平気で使うからねェ。アンタらは——」

ゴリラシアは、サッと俺たち全員の足装備を確認した。

「ふむ……なかなかいいブーツを履いてるねェ。ジルバやクヴィルタルたちはともかく、三馬鹿《アンタ》らもいいモン持ってるじゃないか」

「へへ、俺ん家の血統魔法で、護《まも》りの加護を編み込んでるもんで」

アルバーがちょっと得意げに鼻の下をこすっている。

「へえ！　それは面白いねェ、その魔法は後付可能かい？」

「はい、よほど強力な魔法の品じゃなきゃ、できます」

「いいね。報酬を支払うから、後日仲間たち全員分も用意しておくれよ」

「うおマジですか！　喜んで！　姉貴とおふくろが引き受けますよ！」

思わぬ仕事に、アルバーが喜んでいた。

「と言っても、そこまで大きな加護じゃないですけど」

「そのちょっとの差が命運を分けることがあるからねェ」

　フン、と鼻を鳴らしたゴリラシアは、

「まあいい。これからの進軍ルートには、こういった罠が大量に設置してある。どれも人族が実戦で使っていたものを、夜エルフたちが学習したものさ。例を見せよう」

　そうしてゴリラシアはいくつか人族の『卑劣な』罠を紹介してきた。

「跳ね上げ板。踏むと跳ね上がって、刃が傷つけてくる」

「うわぁ……」

「ワイヤー罠。こんなふうに、周囲に溶け込む色の糸をうっかり切ると、壁から刃が飛び出たり石が降ってきたり……」

「うへぇ……」

「棘車《とげぐるま》。落とし穴の亜種だね、こうして回転する棒に鋭い棘が生えていて、落下するとズタズタに突き刺される羽目になるよ」

「ぎゃーッ！」

　色々見せられた三馬鹿たちが青い顔をしている。うん……どれも使ったことあるわ実戦で……雑魚魔族がたま～に引っかかってたけど、こういった訓練を受けるカネのない貧乏人だったんだろうな……

「ちなみに、流石にここでは再現してないけど、刃や棘に糞尿《ふんにょう》が塗りたくられていることもあるよ。転置呪で傷を治しても、毒が入り込んだら除去できないからね！　万が一刺さったときは周囲の肉を抉《えぐ》った上で治療すること！」

「うぎゃあ！　なんてこった！」

「許せねぇよ卑怯《ひきょう》な人族どもめ……！」

「絶対引っかからないようにしなきゃ……！」

震え上がる三馬鹿たち。

『本当に、ここまでやっておったのか？』

アンテがちょっと引き気味に問うた。はい、やります。毒キノコや蛇の毒を塗りたくることもあったけど、糞が一番入手簡単だから……

「ちなみに、訓練でも引っかかったら、実戦同様に治療するからねェ！」

……俺の負担ゥゥァ！　声なき絶叫を絞り出す俺に、ゴリラシアもちょっとだけ気の毒そうな目を向けてきた。三馬鹿ども！　迂闊《うかつ》な真似《まね》したら許さねえからなマジで。

「そして、これらの罠は全て、ジルバの配下が１日がかりで仕掛けてくれたよ」

そう言ってゴリラシアが示すのは、脇に控えていたヴィロッサをはじめとする夜エルフの猟兵一行だ。「わたしたちが作りました」とばかりにドヤ顔している。

俺のためを思って、懇切丁寧に仕掛けてくれたんだろうなぁ……ありがたすぎて涙が出るぜ。人族の罠なら大概見抜ける自信があったけど、夜エルフの手で偽装されているとなると、話が変わってきたな。

「さあ、そういうわけで訓練行くよ！　覚悟はいいかい!!」

「……おぉー」

「声が小さいッ！」

「おおーッ！」

「よし！　最後に市街戦の鉄則その3!!　1秒たりとも気を抜くな！　以上！」

　そうしてゴリラシアに活を入れられ、地獄の訓練は始まった。

「ホラっ！　キビキビ走る！　弱みを見せた奴《やつ》こそ狙われるんだからねェ！」

　ゴリラシアにドヤされながら、矢や石が降り注ぐ路地を俺たちは全力で走る。前方の家屋までたどり着き、中を制圧しなければならない……！

「おっと人族の民間人だ！　どうする!?」

　と、路地から命乞いする姿勢を取った人族の人形が飛び出てきた。俺は剣槍《けんやり》で斬り捨て駆け続ける。制約の魔法のおかげで飛び道具の威力は大幅に減衰しているが、目や顔面に直撃すれば危険だ。そして、そんな飛来物に気を取られ、足元をおろそかにすれば――

「ぎゃああああ！」

　ズボォッ、と落とし穴を踏み抜いたアルバーが悲鳴を上げる。

「放置！　そこで足を止めれば敵の思うツボさ！　助けるのは後回しで、敵の制圧を優先すること！　罠に引っかかった間抜けは自力で脱出しな！」

「があぁぁ足首がッ、足首がァァァ！」

　足が抜けずにわめくアルバー、どうやら落とし穴とトラバサミのコンボを食らったらしいな――いくら良いブーツと足甲を装備してても、足首の関節部分は脆《もろ》い。トラバサミはそこを狙った罠だ。

ポコポコと投石を食らいまくるアルバーを置いて、俺たちは家屋に突入。

「ぐわあああッッ！」

と、薄暗い室内でワイヤーを見落としたオッケーナイトが、振り子のように横から飛び出した丸太に吹っ飛ばされた。壁に叩きつけられたオッケーが「ごぶッ……」と血を吐いている。丸太には鋭い鉄の杭が仕込まれており、その何本かが刺さったようだ――

「こなくそーッ！」

叫びながら、しかし足元をめっちゃ気にしながら、上階の制圧に向かうセイレーナイト。扉を蹴破り、ワンテンポ置いて罠を警戒しながら階段を駆け上がろうと――

「ヴぅっぷ……ッッ」

――した矢先、階段の一段目が落とし穴になっていてズボォと胴を飲み込まれた。左右に仕込まれた棘付きローラーに装甲のない下半身や脇をズタズタに引き裂かれ、もはや悲鳴さえ上げられずに「オレ死ぬんだ……」という顔をしている。

「治療すんの俺だぞクソがァ――ッ！」

俺はそんなセイレーを捨て置き、毒づきながら階段を登った。クソッまたワイヤーかよ鬱陶しい、どうせ天井から落下物だろホラ来た！　そして避けた先に落とし穴、忌々しいほどよく考えられてやがる！　こんな民家にまで、手の込んだ罠を仕掛ける余裕があったら実戦じゃ苦労しねえよ……!!

俺はエゲつない罠の数々を無力化・回避し、階上に潜んでいた敵兵士役の獣人たちを制圧した。そして——お楽しみの治療タイムだ。

「お前ら……いい加減に……ちょっとは学べ……」

一時訓練を中断し、俺はリリアナにペロペロされながら苦言を呈した。

訓練がキツいのは良しとしよう、その過程で怪我《けが》をするのも仕方ないとしよう。

だが、罠に引っかかりすぎだ三馬鹿ども……!!

「すいません……」

流石《さすが》に返す言葉がなく、しょんぼりとしているアルバーたち。

「なんで殿下は、全部避けれるんです……?」

「勘」

まさか前世の経験と言うわけにもいかず、ぶっきらぼうに答えた。アルバーたちが困ったように顔を見合わせる。

しかし、俺もあんまり偉そうなことは言えないんだよな。夜エルフの偽装がガチすぎてパッと見でわかんないから、結局「ここかな?」とアタリをつけてどうにかしている。

「ちなみにアンタら、実戦だと今の棘やら刃やらに全部クソが塗りたくられてるからね。傷は塞がっても、帰ってから長いこと苦しむ羽目になるよ」

下手したら死ぬ、とゴリラシアに告げられ、ますます絶望する三馬鹿たち。

転置呪は、傷や患部を身代わりに移せても、解毒や解呪はできないからな。毒素が体内に残っていたら、いったん元気になってもまた体調を崩していく。そのたびに転置呪で治療する必要があるので負担がデカいのだ。まさか、俺たち怒りのうんち塗り塗り戦法が、ここまで魔王国に痛手を与えていたとはな……

ただ、裏を返せば、人族の身代わりを潤沢に用意することで、毒素が抜けきるまで持ちこたえることが可能なわけでもある。結局犠牲になるのは人族ってワケだ。畜生めッ！

「……不甲斐《ふがい》なくて申し訳ないっす。でも俺たちばっかり先頭なのはちょっと不平等じゃないっすか！」

――と、俺がイライラしていると、アルバーがクヴィルタルに噛《か》み付いた。

「勘違いするな」

しかしクヴィルタルとその部下たちは、冷酷なまでに平然と。

「お前たちの役目は露払いだ。罠を発見、無効化するのもお前たちの務め。我らにはいざというとき、殿下をお護りするという、より重要度の高い任務がある」

そして、とクヴィルタルは諸々《もろもろ》の罠を一瞥《いちべつ》して鼻を鳴らした。

「――我らはこの程度の罠には引っかからん。お前たちが未熟だからこそ、重点的に経験を積ませてやっているのだ。それとも、何か？　実戦で引っかかってから泣き言を漏らすつもりか？　それこそお笑い草だな……」

クヴィルタルも部下たちも、あからさまな嘲笑を浮かべる。クヴィルタルは、俺に対しては常に真面目で礼儀正しい姿しか見せないから、こういう魔族らしい偉そうな言動はなんか新鮮だな。

ぐぬぬ……と歯噛みするも、反論できない三馬鹿たち。

「――とはいえ、口で言っても納得はできまい。年季の違いを見せてやろう、小僧」

というわけで、今度はクヴィルタルが先頭に立った。

「ふンッ」

そして訓練を再開するや否や、魔力を込めてズンと足を踏み出すクヴィルタル。途端、石畳のあちこちにズバァッと石の槍が生えてきて、そこにあった罠の数々がまとめて粉砕された。

「…………あの、この訓練って必要なんスか？」

セイレーナイトが遠慮がちに問うた。アルバーとオッケーも、「もう全部あいつひとりでいいんじゃないかな」みたいな顔をしている。

「必要だ。万が一俺が倒れた場合は、お前たちが自力で突破しなきゃならんのだぞ」

真面目くさって正論パンチを放つクヴィルタル。まあな。こういう罠には一切魔法が使われていないから、呪詛《じゅそ》と違って魔力で察知できない。クヴィルタルは魔法で一斉に除去したが、罠自体は目視で見つけているわけだし……。

「お前たちは一箇所に集中しすぎだ、罠を過度に恐れず、もっと視野を広く――」

三馬鹿にレクチャーし始めるクヴィルタル。なんだかんだ面倒見は良いのだった。

そうして、余分に疲労しながら俺たちは突き進む。正直に言おう。実戦の罠《わな》は、流石にここまで高密度じゃない！　仕掛ける側にこんな余裕がないからだ!!

『つまり、この訓練を受けた者は、実戦が楽に感じるという寸法じゃな』

忌々しいがその通りだ。それにゴブリンやら獣人やら昼戦部隊が、ある程度露払いなり罠に引っかかるなりして、無効化するだろうしな。

「さあ走った走った！　まだまだ続くよ！」

相変わらず元気なゴリラシアに追い立てられるようにして、俺たちは市街地を制圧していく。罠を無効化し、敵兵士役の獣人たちを薙《な》ぎ倒し、人族の人形をぶち壊し――


とにかくやることが多い上に、キツい。


感覚が鈍っていくようだ。視界から色が消えていく。

久しく感じていなかった。戦い詰めで、クッソきついときのアレだ。

最後にこれを味わったのはいつだ？　前世で、魔王の玉座の間に辿《たど》り着く直前、近衛兵《このえへい》どもとやりあったときか――？　心の片隅でそんなことを考えながら。

路地を走り抜け、民間人の人形を剣槍でぶち抜こうとした俺は――


――その、人形と、目が、合った。

「たっ、……たすけて、ください！　殺さないで!!」

それは女だった。薄汚れた服に身を包んだ、何の変哲もない、若い人族の女性だった。

「おねがいです！　わたし、何にも悪いことは——!!」

必死で平伏し命乞いする、生きた人間に、思わず俺の手と足と思考が止まった。

『……いかん！　横！』

だからアンテの警告にも反応できなかった。

「そうらッ！」

ズガァンッという轟音《ごうおん》とともに真横の壁が砕かれ、戦鎚《せんつい》が俺の脇腹を打つ。凄《すさ》まじい衝撃が俺を襲い、肋骨《ろっこつ》がまとめてへし折れる嫌な感触、激痛——

「がッ——」

肺から空気が叩《たた》き出され、その場に崩れ落ちるしかなかった。息ができない。

「はっはっは、馬鹿な魔族が引っかかったぞ！」

戦鎚を振り回しながら、馬鹿笑いしているのは——鎧姿《よろい》のレゴリウス。

「あーあー、言わんこっちゃない」

ゴリラシアが呆《あき》れたように溜息《ためいき》をつく。

「ゴリ、姐《ねえ》……これ、は……」

「生きた人族の民間人さ。言ったろう？　囮《おとり》にしてこういう罠を張るってねェ」

俺の髪を引っ摑《つか》んで、無理やり引きずりあげられる。痛ぇ……！

「そしてアタシがなんて言ったか、覚えてるだろう？　民間人が視界に飛び込んできたらどうするか」

……やめろ。

「こうするのさ!!」

やめろ——!!

ゴリラシアは、一切の躊躇《ちゆうちよ》なく、その手の剣を振り抜いた。

「あぐっ」

袈裟《けさ》斬《ぎ》りにされた女性が、血飛沫《ちしぶき》を上げて倒れ伏す。

ごろん、と横を向いた顔が、開ききった瞳孔が——物悲しげに俺を見つめていた。

「ああっ、もったいねえ！」

遠巻きに見守っていたセイレーナイトが、思わずと言った様子で叫ぶ。

「あ。しまったねェ、そういや治療に使えるんだった……」

ぺろ、と舌を出して頭をかくゴリラシア。

「ジルバの治療が便利すぎて、忘れてたよ。いやはや贅沢《ぜいたく》な話だねェ」

「教官、この人族の女は……？　廃棄するには若くないですか」

オッケーナイトが不思議そうに尋ねる。

「石女《うまずめ》らしくってねェ、ちっとも子を産まないから治療用に回されたって話さ」

「ああ、そういうわけで……」

納得するオッケーナイト。俺は呆然《ぼうぜん》として死体を見つめることしかできなかった。

こんな……こんな、無為な死が、あるかよ。

平然とした空気を漂わせる周囲に、俺はただただ、取り残されていた。

……いや。ひとりだけ。

アルバーオーリルだけが、何とも言えない顔をしているが――


「…………」

「さ、アンタも治療しな。まだ訓練は終わっちゃいないよ」

こつん、とゴリラシアに頭を叩かれて。


めら、と俺の中で、何かに火がつきかけた。


だが、抑える。必死で抑える。肋骨の痛みに集中することでどうにか気を紛らわせる。

ガチの殺意はまずい。この女相手に、それはまずい――！

「うわんうわん!!」

リリアナが駆けつけてきて、ペロペロして俺の傷を癒やしてくれる。あっという間に、痛みが引いていった。呼吸も楽になった。だが――

「きゅーん……」

続いて、横に転がった女の頬をぺろりと舐《な》めて、リリアナが悲しげに鳴き、その耳を垂らした。どんなに癒やしの力を注いでも、起き上がることはない。

死んでしまったら、もう……治しても意味がないのだ。

†　†　†

――それから結局、さらに3人殺した。

ターフォス訓練所では、そんな感じで地獄の鍛錬が続いた。

似たようなシチュエーションで、『罠』として設置されている奴隷がいたのだ。

俺は、率先して彼ら彼女らを殺した。殺すことも訓練に含まれていた。ならば――他の奴《やつ》らに渡すくらいなら、俺が手にかけて禁忌の力に……するべきだと思って……

クソがよ……!!

また、訓練所に入った直後は、罠にかかるたびにギャーギャー騒いだり悲鳴を上げたりしていた三馬鹿も、あまりの過酷さにだんだんと感情が擦り切れていき、致命傷を負っても死んだ顔で粛々と対処するようになった。

いや、まず引っかかるなよという話ではあるんだが。

それでも初日に比べれば、信じられないほど慎重に、狡猾《こうかつ》になっていった。

……ここの訓練所、宿場街の飯は美味《うま》いし、温泉もあるしで快適って話だったが、それくらいの旨味《うまみ》がないとガチの新人は耐えられないんだろうな、と思った。まったくもって贅沢な話ではあるが……

そうして、荒《すさ》みきった心で訓練を続けること3日。

最終日、俺たちは訓練施設の中の広場に集められていた。

「今日はね！　アンタたちのために、特別な――最後の試練を用意したよ」

俺も含め、三馬鹿もげんなりした顔をしていた。ゴリラシアの口からこのセリフを聞いて喜ぶ奴が果たしているだろうか？

「さあ、連れてきな！」

……そして、ただでさえ最悪だった俺の気分は、ゴリラシアが合図を送ってから、さらに急降下していく羽目になった。


ぞろぞろと、人族の奴隷たちが姿を現したのだ。

その数およそ50。若者の顔はほとんどなく、大半が中年や老人だ。

奴隷身分の証《あかし》である青い質素な衣の他は、剣や盾を装備している。一応、隊列は組んでいるが、全体的に動きがぎこちなく、素人感が否めない。まるで即席の訓練だけ施されて前線に放り込まれた民兵みたいだ。

彼らの思い詰めたような顔――もう後がない、崖っぷちまで追い詰められた焦燥に、ある種の諦念。それでも決して捨て鉢になるだけでは終わらない、何かを『守る』という覚悟。腹をくくって、剣を手に取った男たちの顔――

彼らが、何のために用意されたか、なんて。

もはやゴリラシアの説明を待つまでもなかった。

「それで――この者たちを殺せ、と？」

「ハッ。できるものならね」

ゴリラシアが馬鹿にするような口調で答えた。

ンだよテメェ……何が可笑《おか》しい!?　何を笑っていやがる！

『抑えよ！　殺意を気取られるぞ！』

アンテが鋭い語気で制してきた。ああ!?　それがどうした、構いやしねえよ！　ゴリラシアの【炯眼《エフスラ》】がキラキラしてやがるけど、俺の怒りは魔王子として正当なものだ。

「……随分と舐められているようですね、俺は。『最後の試練』などと大仰なことを言っておいて、蓋を開けてみればこれですか？」

クイ、と人族集団を顎で示しながら、俺はいかにも忌々しげに言ってやる。

「この程度の雑兵、何人束になろうと同じですよ。時間と資源の無駄だ。余興にしても、もう少しまともなものを用意して頂きたい」

今さら俺が、いや俺たちが、この程度の戦力で学ぶことがあるとでも思ってんのか？

「ジルバギアス、あなたの実力を軽んじているわけじゃないのよ」

背後からなだめるような声。プラティだ。

「ここしばらくの訓練で、あなたは申し分ない力を示したわ。今すぐ実戦に投入しても、魔王子なの。皆が太鼓判を押すほどに。でもあなたは、いちレイジュ族の戦士ではなく、魔王子なの。万が一のことがあってはならない――だから、実戦に出る前に、教えてあげたかったのよ」

じゃら、じゃらと鎖帷子《くさりかたびら》の音がする。

誰かが歩いてくる。武装した戦士の足音。

「――聖属性のもとに結束した、人族の厄介さをね」

プラティが示す先には――

ああ、ひと目でわかったとも。

彼が、勇者に違いないって、ことくらいは。


前世の俺を思わせるような、若き人族の戦士が――そこにいた。


「贅沢な話だねえ。実戦前に、本物の聖属性を体験できるなんてさ。魔王国史上初じゃないかねえ？」

「あなたのために用意したのよ、ジルバギアス。勇者が生け捕りになるなんてこと、滅多にないんですからね」

ニコニコしながらプラティも言った。

「――あなたにはこれから、この勇者が指揮する民兵たちと戦ってもらうわ」

ギリギリと、食い縛られた俺の歯が、悲鳴のような音を立てた。

†　†　†

――時は数週間ほど遡る。

†　†　†

気がつけば、レオナルドは椅子に拘束されていた。

ぐわんぐわんと視界が揺れている。それが、何らかの薬物の副作用らしいことだけは、おぼろげにわかっていた。

（どこ……だ、ここは……俺は……）

エメルギアスの本陣で生け捕りにされ、夜エルフに拷問され、最後は怪しげな薬物を投与され、何もかもがめちゃくちゃになった。

それからは――わからない。何が起きたのか。時間感覚さえ曖昧で、ただ吐き気と途方もない飢餓に似た感覚だけが、波のように押し寄せてくる。

手足は、動かない。右腕はごっそりと感覚がないし、左腕と両足は、ズクズクと鈍痛を伝えてきている。右腕は欠損したのだろう。残る手足も使い物にはならないはずだ。よく覚えていないが、拷問を受けたことだけは確かだから……

——自分はこれから、どうなるのか。

（シャル……みんな……）

考えたくない。何を考えても、虚《むな》しく、悲しいだけだ……

と、そのとき、部屋の外から足音。今さらのように、自分が狭く暗い部屋に閉じ込められているらしいことに気づく。ガチャンッと乱暴にドアが開かれた。

「へえ、コイツが例のねえ」

「……ボロボロですね。生きてるのかしら？」

顔が腫れ上がっていてロクに物も見えないが、魔族の女がふたり、入ってきたらしい。

おぞましくも強大な、魔力のプレッシャーを感じる……

「【大人しく従え】」

ずしん、ととてつもない重圧がレオナルドの魂を鷲《わし》掴《づか》みにする。

「生きてるみたいですね」

「そいつは何よりだねえ、せっかくはるばる送り届けてもらったんだから」

大柄な女魔族が近づいてきて、椅子ごと自分をヒョイと抱え上げる。ゆら、ゆら。部屋の外に連れ出される。……いや、ここは屋外か？　外の空気。星空。知らない風景。

「……ぁ……しゃ……」

　そして、自分がいたのは部屋ではなく、骸骨馬《スケルトンホース》が引く馬車だったと知った。

「ふむ……拷問により重度の薬物中毒、と。使い物になるのかしら。……予備の薬までついてるのは、気が利いてるというべきかしら？」

　ぱら、と書類をめくるような音――

「右手は欠損、残りの手足は粉砕骨折……ああ指も何本かないねぇ。右目は潰れているっぽいけど。いかにも夜エルフらしい陰険な仕事ぶりだね」

「まあ、健康体が1頭いれば充分でしょう」

　そんな雑談とともに、ゆらゆらと揺れる。どこかに運ばれている……


　次に気づいたときは、ベッドに縛り付けられていた。

「【転置《メ・タ・フエスイ》】」

　――体から、傷と痛みが抜き取られるという異様な感覚。

　それで、レオナルドは意識を取り戻したのだった。

「んんぎゃあああぁぁぁ……!!」

　そしてこの世の終わりが訪れたような、誰かの悲鳴で完全に意識が覚醒する。咄嗟《とっさ》に跳ね起き、助けに向かおうとして――自分が動けないことに気づいた。

「おうおうおう、活《い》きがいいねえ」

嬉《うれ》しそうな女の声。魔族だ！　レオナルドは、その女の手から伸びる黒曜石に似た鋭い刃が、喉元に突きつけられていることに気づいた。

「おっと、下手な真似《まね》はしないことだね。してもいいけど、無駄死にすることになるよ。どうせなら状況を把握してから動いた方が、賢いんじゃないかねえ」

他人事《ひとごと》のように言う女魔族。レオナルドは目だけを素早く動かし状況の把握に努めた。狭い部屋だ。自分はベッドに寝かされている。室内には、この大柄な女魔族と、似た顔立ちのもっと若い女魔族。そして——床に、酷《ひど》い状態の男がひとり。

「……っ」

右腕が腐り落ち、全身血塗《ちまみ》れで、びくん、びくんと痙攣《けいれん》している。いったい何をした、何があった!?

「っ!?　右手が……!?」

そこでさらに気づく、自分の右手が復活していることに。

馬鹿な!?　欠損だぞ!?　上位の治癒の奇跡でなければ、こんなことは……ましてや闇の輩《ともがら》しかいないのに、いったいどうやって!?

「さて、色々と混乱しているところ悪いけどねえ、話を聞いてもらうよ」

レオナルドの困惑などお構いなしに、大柄な女魔族は話し始めた。

――ここは魔王国の奥地、レイジュ領の領都であること。

――自分は前線で生け捕りにされ、奴隷として売りに出されていたこと。

――レイジュ族の血統魔法により、負傷状態を他奴隷と『入れ替え』治療したこと。

――そして自分が買い取られた理由は――


「奴隷の教育……だと!?」

「そうさね。人族奴隷たちを、ある程度やれる兵士に仕上げてもらいたい。アタシの孫と戦わせるためにねえ」

「ふざけるな!!」

レオナルドは激昂《げきこう》した。そのまま炎の魔法を叩《たた》き込んでやろうかと思ったが――

「【ひれ伏せ】」

「ぐッ……が、ア……!」

薬物で意識が酩酊《めいてい》していた隙に呪詛《じゅそ》を打ち込まれていたらしく、さらに彼我の魔力差が大きすぎて簡単に制圧されてしまった。

「そうカッカしなさんなって。アンタにとっても悪い話じゃないんだよ？　アタシの孫は第7魔王子だ――アンタが無事に奴隷の教育に成功すれば、ひょっとしたら魔王子を討ち取れるかもしれない。そして、見事勝利すれば、アンタを生かして同盟圏に帰してやってもいいよ」

「そんな……こと……信じられる、か……!!」

「別に信じる必要はない。アタシは本気でそう思ってるけど、証拠は出せないからねえ。ただアンタに希望を与えるのみさ。戦うための希望を」

女魔族は――ニヤリと悪辣に笑った。


「それにアンタ、帰りたいんだろう？　シャルって女のこと、何度も呼んでたよ」


女魔族の、赤茶色の瞳が妖しく輝いている――

……熟考を重ねた結果、レオナルドは、一旦その話を受けることにした。魔族の思惑に乗るのは業腹だが、このまま殺されたら何の意味もないのは事実。結局のところ、女魔族――ゴリラシアという名らしい――が言う通り、自分がやれるだけのことをやって、魔王子を討ち取ることができれば御の字。そう思うしかなかった。

生きて帰れるかもしれない、などと本気で信じるほど、レオナルドは楽天家ではない。

だが、それでも――ゴリラシアが与えた希望は毒のように、薬物で疲弊したレオナルドの精神を蝕《むしば》んでいたのだ……

その後、さらに山奥の市街地を模した施設へ連れて行かれ、魔王国で技能職に従事していたという、50人ほどの奴隷たちと引き会わされた。

「勇者レオナルドだ。よろしく」

3週間ほどかけて、彼らを少しは戦える兵隊にしろ――とのことだったが、レオナルドは顔を合わせた時点で困難だと感じていた。

「「…………」」

奴隷たちは、目が死んでいた。戦う者の顔をしていなかった。レオナルドが話を聞いても、答えが返ってこない。見張りの夜エルフや獣人、魔族の戦士に怯《おび》えるばかりで、会話もほとんど成り立たなかった。

――最初の数日は、簡単な行進の訓練と、彼らと交流することだけに努めた。少なくとも奴隷たちは、指示に従うことには慣れていたので、整列と行進くらいはなんとかできるようになった。……ただ、人生で一度も集団行動を取ったことがない者がいたのには、驚かされた。

「なるほど……ヴィーゴさんたちは、そういう暮らしを続けてきたのか……」

「はい……」

レオナルドは、監視下ではあるが奴隷たちと寝食を共にし、彼らと交流を深めた。何人か、ぽつぽつと会話が成り立つ人もいて――結局レオナルドが異分子すぎて恐れられていただけだった――打ち解けた数名を起点に、他の奴隷たちとも真摯に向き合い、信頼関係を築こうと努力した。

戦い云々《うんぬん》の前に、人として歩み寄る必要があったのだ。何よりレオナルドも、魔王国の奥地で生き延びてきた人々に興味があった。

そして——彼らの口から語られたのは、レオナルドの想像を絶する過酷な待遇。

「生まれてすぐ……体が健康でなければ、間引かれる」

「物心がつく頃には、親や教官から、技を教わる」

「もしも才能がなかったら、そのまま出荷される……」

「居住区は、たくさん人が住めない。口減らししないと……」

「子ども以外で……一番演奏が下手なやつが、出荷される……」

「おれたち……頑張って戦わないと、次は家族が出荷になる……」

奴隷たちとの会話は、あまりスムーズではなかった。彼らの語彙が極端に制限されていたからだ。職人技能、あるいは演奏技能以外の、文化的なあらゆる素養が削《そ》ぎ落とされていた。——家畜に余計な知恵はいらない、とでも言わんばかりに。

苦労しながら話を聞いた結果、ここにいる50人の奴隷は、居住区の取り壊しに伴う人数削減の煽《あお》りを受けて、『出荷』された人々らしいということがわかってきた。

「ほら、来てやったよ。アタシに用ってなんだい？」

監視役を通して、レオナルドはゴリラシアとの面会を要求した。

「俺が、魔王子を見事倒せたら、生かして帰してやってもいい……と言っていたな。それと似たような、『解放』の条件を、奴隷《かれ》らにも出してほしい」

「へえ？　一応、理由を聞こうか」

「理由もクソもあるか。戦う前から、彼らはもう心が死んでるんだ。真面目にやらなきゃ家族を殺すだの何だのと、脅しをかけて動かそうとはしているみたいだが、不十分だ。今のままでは、どんな訓練を積ませたところで彼らは兵士たり得ない。まともな戦いになりはしない……」

レオナルドは——心底憎々しげに、忌々しげに言った。

「他ならぬ、あんたが言っていたことだろう。戦うための希望が必要なんだ」

なぜ、レオナルドが忌々しく思うのか。……それは、彼らに希望を与えるということは絶望を与えることとほぼ同義だからだ。

今、絶望しきっている奴隷たちは、逆にこれ以上は苦しむことがない。

だが希望を与えて、それを死という形で奪うのは……見方によっては、さらに残虐かもしれない……その思いが、レオナルドを苦しめていた。

「ふっふふ。それもそうだねえ、じゃあ魔王子に傷をつけられたなら、その傷の数だけ、生かしておいてやろうじゃないか。……ただし元の居住区に戻すことはできないよ。戦い方を学んだ奴隷を、他と交流させることは禁じられているらしいからね」

「……神々に誓え」

「はっは。いいだろう。【闇の神々に誓う】よ。ついでにアタシの一族、【ドスロトス族の父祖にも誓おう】。【魔王子を傷つけられたなら、その傷の数だけ兵隊を生かしておいてやる】」

「…………」

楽しそうに、素直に応じたゴリラシアを、レオナルドは奇妙な顔で眺めた。

「なんだい？　ちゃんと要請に答えたのに、礼のひとつも言えないのかい？」

「……感謝する」

レオナルドが、可能な限り感情を押し殺した様子で一礼するのを見て、ゴリラシアは腹を抱えて笑った。

「……鼻で笑われて、無視されてもおかしくないと思っていた」

無言で立ち去りかけたレオナルドだが、振り向かずに、そう言った。

「素直に応じた理由は、ふたつあるよ。まずアンタもわかってるだろうけど、傷をつけるのは言うほど容易《たやす》くはないこと。次に、たかだか奴隷を数頭助命するだけでやる気を出すなら、それだけでお釣りが来ること」

「…………」

レオナルドは、それ以上は何も言わず、奴隷たちのもとに戻った。

助命の条件が提示されたことに、奴隷たちは半信半疑だったが、それでも希望の種は彼らの心に根付いた。

「【聖なる輝きよ《ヒ・イエリ・ランプスイ》　この手に来たれ！《スト・ヒエリ・モ》】」

「「おお……!!」」

基本的な集団行動が身についてからは、さらに厳しい監視下で、魔法を使った訓練も行われるようになった。

「これが――聖属性さ」

銀色の炎を、手の中で揺らめかせながら、レオナルドは言う。

「俺たち人族の切り札だよ」

奴隷たち――いや民兵たちは、あれだけ怯えていた監視役の存在さえも忘れたかのように、純真なキラキラとした瞳で、銀色の炎に釘付《くぎづ》けになっていた。

文字通り、彼らは生まれて初めて見るのだ。この、人族に与えられた祝福を――

それが無性に悲しくて、切なくて、レオナルドはわずかに顔を歪《ゆが》める。

「……触れてみるかい？」

「えっ……触れる、んですか……？」

「もちろんだとも。君たちを傷つけることはないよ。決して」

おっかなびっくりで触れた、元演奏奴隷――ヴィーゴという中年の男が、銀色の光に包まれる。

「うわ……あ、ああ……！」

心地よい驚き。初めて感じる、内から湧き上がる力。

自らの光り輝く手を見て、ヴィーゴは涙を溢《あふ》れさせていた。

「光だ……！」

「お、おれも……」

「わたしにも、触らせてくれ……」

銀色の光が、伝播《でんぱ》していく。

眩《まばゆ》いばかりの、聖属性の祝福を受けた50人の兵士――

監視役の夜エルフ猟兵や獣人たちは、顔を引きつらせていた。魔族の戦士も少しばかり表情が険しい。特別に見に来ていたゴリラシアでさえ、真面目な顔だった。

「盾、構え！」

「「はっ！」」

「密集隊形！」

「「おうッ！」」

「全員突撃！」

「「おおおお――ッッ!!」」

聖属性に触れたのをきっかけに、民兵たちは見違えるほど士気が高まった。レオナルドから見れば、その練度は稚拙としか言いようがなかったが、初対面のときとは雲泥の差があるのは確かだ。

「やっぱり、基礎体力が足りないな。みんなで走ろう」

「「はい！」」

「ただ走ってもつまらないから、歌でも歌おうか。

人類の勇者たちよ、集え　いざ外敵に立ち向かわん
勇敢なる戦士たちよ、歌え　我らが戦意を天に示さん」
レオナルドが走りながら歌うが、ついてくる民兵たちは、足を動かしながらもきょとんとした顔。
「……もしかして、この曲も知らない？　演奏系の人も？」
「……知らないです」
「うわぁマジか……『銀光の戦歌』っていうんだ」
聞けば、演奏奴隷たちは許可された楽曲の演奏しか許されておらず、歌という文化も、消し去られていたらしい。
「勇者の歌よ、響け　揺るぎない意志を胸に
闇を破る戦士たちよ、進め　刃の舞に、敵は散りゆく
希望の火よ、燃えよ　我らの戦いが、明日を照らすように
戦士たちの魂よ、輝け　破魔の銀光が我らを導かん
我らが武名よ、永久《とわ》に轟《とどろ》け　未来に語り継がれる勝利の物語よ
おお光の神々よ　世を統べる物の理《ことわり》よ　我らに微笑《ほほえ》み給《たま》え
たとえ夜の闇が濃かろうとも　恐れることなかれ
我らの魂の輝きが　必ずや魔を討ち滅ぼさん
そしてともに迎えよう　新たな夜明けを

「勝利と栄光を我らの手に！」

――あっという間に歌詞を覚え、一丸となって歌い、走り込みで体力練成する民兵たちの姿は、ある意味で、魔族たちの管理方針の正しさを裏付けていたのかもしれない――


そして、運命の日がやってきた。

「今日、俺たちはついに、魔王子と対決する」

整列した民兵たちを前に、ゴリラシアから与えられた武装を――おそらく、志半ばで倒れた先輩たちのものを――身につけ、レオナルドは落ち着いた声で口火を切った。

「勇者として、これだけは言わせてほしい。俺は、君たちほど短期間で、これほどまでに練度を高めた兵士を知らない」

元奴隷の民兵たちは胸を張って耳を傾けている。初対面時、見知らぬ外界の人族だからというだけで、レオナルドに怯えていた集団と同一とは思えない、堂々とした態度。

そしてレオナルドの言葉にも、嘘《うそ》はなかった。

家畜として飼いならされていた元奴隷たちは、確かに、人族の兵士に変わっていた。

「俺たちが勇敢に戦えば、君たちの家族や仲間の命は保証される。そして、俺たちが全力を尽くして魔王子に傷をつけられれば、そのぶん、多くの仲間が助かる。奴隷ではなく、兵士として、ひとりの人間として――明日を生きていける」

レオナルドは、剣を抜いた。

自分のものではない、魔族から今日のために与えられた、見知らぬ誰かの聖剣。

だが、それでもいい。この手に剣と盾があれば。

皆の手に、剣と盾があれば。

戦える!!

「ヴィーゴ！　右翼の要は君だ、みんなを頼む！」

「はい！　任せてください！」

元演奏奴隷の中年男が、盾を掲げる。

「ディリロ、左翼は君が頼りだ、信じてる！」

「あい！　がんばるっす！」

元木工奴隷の男が、鼻息も荒く剣を抜く。

「グレイス爺《じい》、あなたには俺の背中を預ける。踏ん張ってくれ！」

「全力を……尽くしましょうぞ……!!」

元石工奴隷の老人が、重々しく頷《うなず》く。

「勝とう！　魔族は俺たちを舐《な》め腐っている。目に物見せてやるぞ、みんな！」

「「おう！！！」」

士気旺盛で答える民兵たち。

（――よし。あとは、これをどれだけ維持できるか、だ）

レオナルドの冷徹な部分は、勝算を考え続けていた。

民兵たちには、可能な限り自信をつけさせた。だが魔王子とその家来たちを前にして、こちらの攻撃は通じず、仲間が次々に倒れていったら――その自信も簡単に木《こ》っ端《ぱ》微《み》塵《じん》になってしまうだろう。

（短期決戦しかない）

震える手を無理やり押さえつけながら、レオナルドは唇を噛《か》み締めた。

この数週間、拷問で投与された薬物の副作用と禁断症状に悩まされ続けてきた。ほとんど睡眠は取れておらず、体はボロボロだ。多分だが、仮に今日を生き延びられても、自分はもう長くはないのではないか、という気がしていた。

（なら……！）

この命、最大限に活用してみせる。もとより、エメルギアスの本陣に斬り込んだとき、自分は死んだようなものなのだ。

（シャル、ごめん……帰れないけど）

君は果たして、無事に撤退できたんだろうか。

（俺は……最期まで、勇者としての責務を果たすよ）

だから、ほんの少しだけ。俺に、勇気をください。

もはやミサンガもついていない、右手首を握りながら。

険しい顔のレオナルドは――戦場に向かう。

†　†　†

霧がかった夜の遺跡。ターフォス訓練所、市街戦エリア。

三馬鹿を連れて俺はそこへ踏み込んでいた。『勇者部隊』が待ち構えている戦場に。

「先行します。セイレーとオッケー、殿下をお守りしろ」

高確率で待ち伏せがあるだろうに、アルバーは率先して危険な役割を買って出た。俺の左右のナイト兄弟も「了解」「任せろ兄貴！」と槍《やり》を構えて警戒している。この『試練』とやらを乗り越えれば、キツい訓練も終わりだからか、ふたりとも士気が高い……

――この模擬戦が始まる直前の、ゴリラシアの言葉を思い出す。

『それぞれの勝利条件を確認しようかねえ。勇者部隊は魔王子を戦闘不能にすれば勝利。魔王子部隊は勇者部隊を壊滅させるか、本拠地を陥落させれば勝利』

『本拠地、ですか？』

そんなもんあったか？　と思って聞けば、ゴリラシアは悪辣な笑みを浮かべた。

『ああ、市街地の奥の元市庁舎を防衛拠点とみなす。中には敵将と王族がいるという設定さ。そいつらの首を取れれば、勇者部隊を壊滅させなくてもアンタたちの勝ちだ』

……その時点で、嫌な予感しかしなかった。

『敵将がいるという設定なのに、首を取るんですか』

『そうさ、そこの勇者部隊の――家族だよ。……アンタたちが真面目に戦わないなら家族の命もない、最初からそういう話だった。そうだろう？』

ゴリラシアの言葉の後半は、ざわつく勇者部隊――人族奴隷たちに向けたものだった。

そうか……彼らが悲壮な雰囲気を滲《にじ》ませていたのは、家族を人質に取られているからだったんだ。いくら勝ち目が薄くとも、必死に戦わざるを得ない。クソ外道がよ!!

『ちなみに、あいつらは殺処分が決まった奴隷だけど、ジルバに傷をつけられたらその傷の数だけ助命することになってるよ。アタシが、闇の神々とドスロトス族の父祖に誓ったからね。これは確かだ』

――人質に加え自分たちの命までかかっている。

奴隷を真面目に戦わせるための工夫には余念がない、ってか……！

『あと万が一、魔王子《アンタ》を討ち取れたら、その勇者も無事に解放してやる約束になってるんだ。事後承諾になるけど構わないね？　ジルバ』

ゴリラシアの言葉に、一層顔を強張《こわば》らせる勇者。聖剣を握る手に力がこもっているのが遠く離れていてもわかる。彼は――いったいどんな気持ちで、この場にいるのだろう。

『……もちろんです。俺は一向に構いませんよ』

俺が拒否するとでも？　【名乗り】を習得するため、年かさ兵士たちと戦わされたときのことを思い出した。俺を倒せたら生きて同盟圏に戻してやる、と約束して――

『ジルバギアス、相手は何をしてくるかわからないわよ。この試練は限りなく実戦に近いと心得なさい』

プラティが少しばかり硬い表情で警告してきた。

『私たちはあなたの戦いを見守るけど、決して手は出さないわ。あなたの技量なら滅多なことは起きないでしょうけど……もし、あなたの戦いぶりに不安を感じたら、王都攻めへの参戦は見送ることにする。だから本気で戦いなさい』

『…………はい、母上』

これで、俺も手心を加えるわけにはいかなくなった……ッ！

クソッ！　この試練そのものは避けようがない、だからせめて、人族の被害を最小限に抑えることができないか、考えていたところだったのに！　もしも情けない戦いぶりだと思われたら、王都エヴァロティ攻略戦から外されてしまう。それは拙《まず》い。

もちろん俺だって、実戦に出たくてたまらないわけじゃない。同盟諸兵を殺戮《さつりく》するなんてまっぴら御免だ！　だが……【禁忌】を犯す機会が遠のけば遠のくほど、魔王軍の被害者が増える。転生してから既に5年、これ以上足踏みするわけにはいかねえんだ……！

『さあ、ジルバ。そして三馬鹿ども。アンタたちの訓練の成果、見せてみな！』

ゴリラシアはそう締めくくり、『勇者部隊』が先んじて市街地の防衛に向かって、その後、俺たちが踏み込んだ――というわけだ。ちなみに俺の部下のうち、クヴィルタルたちは参加していない。経験豊富な奴《やつ》らまでいると、こちらの戦力過剰で勝負にならないからだ。多分、後ろからコッソリついてきてはいるんだろうけどな……

『まこと、ここ数日は大量に力を稼げておるのぅ。書き入れ時じゃなぁ』

アンテがハッと皮肉げな笑みを漏らしながら言った。ああ、そうだな。アダマスの刃も人族の血で濡《ぬ》れっぱなしで、乾く暇もないくらいだよ。畜生め……ッッ！

「連中、どう来ますかね」

俺の隣、家屋の窓を警戒しながらセイレーが独り言のように言った。今、俺たちは細い路地を進んでいる。格好の待ち伏せポイントだが、周囲に人の気配は感じられない。

「これだけ入り組んだ戦場だ、十中八九、奇襲を狙ってくるだろうが……」

というか、奇襲・不意打ち以外に、彼らに勝ち筋があるとは思えない。練度も低いし、魔法を使えるのが勇者ひとりとあっては作戦の自由度が低すぎる。

「だが、戦力の分散は避けるはずだ。勇者の援護がなければ、人族は魔力が弱すぎて話にならないからな。捨て駒をぱらぱらとけしかけてきて、狭い必殺の領域《キルゾーン》に俺たちを誘い込もうとするんじゃないか。例えば、敵の拠点の前の道とか」

「なるほど……」

と言っても、あの勇者が隠蔽の魔法を使えるなら、また話は変わってくるんだけどな。訓練所内には罠《わな》の材料も山ほどあるし、ぶん投げる石ころにも事欠かない。油断はしない方がいいだろう……

『といっても、勇者ひとりじゃろ？　今のお主なら鎧袖一触《がいしゅういっしょく》じゃろ』

【制約】の魔法も使うなら、正直負ける気はしない。ただゴリラシアが『何でもあり』ってルールにしてたから、もしかしたら毒とか用意してるかもしれないし……俺なら可能な限り、殺傷力を高める工夫をすると思う。

だって、アンテも見ただろ？　あの勇者の顔。正直めっちゃ親近感湧くんだ彼には。

『むぅ……アレがお主だったら、と考えると確かに油断できんのぅ』

だろ〜？　若いのに大したもんだと思うよ。ホント……若いのに……


「――集え　いざ――　――戦士たちよ　――天に――」


……ん？

遠くから響いてきた声に、俺たちの足は止まった。これは……

「歌ってる……？」

オッケーが怪訝《けげん》そうに呟《つぶや》く。最初、俺も陽動を疑ったが、近づけば近づくほどに、どんどん声がデカくなる。ひとりふたりって数じゃない、数十人の――合唱。

「希望の火よ、燃えよ　我らの戦いが、明日を照らすように――

戦士たちの魂よ、輝け　破魔の銀光が我らを導かん――」

歌詞が耳に入った途端、薄れて消えかかっていた俺の記憶が、色を取り戻した。

『この歌、知っておるのか？』

……ああ。知ってるよ。同盟圏の人間なら、誰でも。『銀光の戦歌』っていうんだ……

顔も名前も思い出せないけど、俺も戦友たちと肩を組んで、歌ってたっけ……

——路地の果て、月明かりに照らされる広場が見えてきた。

いる。密集隊形になった兵士たちが、そこに。

「我らが武名よ、永久《とわ》に轟《とどろ》け　未来に語り継がれる勝利の物語よ——

おお光の神々よ　世を統べる物の理《ことわり》よ　我らに微笑《ほほえ》み給《たま》え——」

皆で声を張り上げて、歌っている。罠か？　陽動？

いやしかし……ぱっと見、全員いないか？　何より——

『おるのぅ……勇者が……』

堂々と。兵士たちの前で、指揮者のように腕を振る鎧《よろい》姿の戦士。

服や鎧だけ取り替えた影武者って線はない。なぜなら魔力の強さが同じくらいだ。

そうか。そう来たか、勇者部隊——

「殿下！　アイツら、まだオレたちには気付いてないッスよ」

と、セイレーが声を潜めて話しかけてくる。

「今のうちに仕掛けましょうよ！」

「馬鹿か？　お前は」

反射的に氷のように冷ややかな声が出ていた。セイレーが少し傷ついたような顔をしている。でも上位魔族としては、当然こういう答えになるだろ。

「この俺に、不意打ちを仕掛けろと言うのか？　母上が、クヴィルタルが、皆が注視している中で、惰弱なる人族を奇襲しろと言うのか？」

俺が険しい顔で問うと、セイレーも「あっ」と拙さに気づいたらしく、「すいません」と謝った。

できるわけねえよなあ？　そんな惰弱な真似《まね》を、天下の魔王子様がよォ！

「セイレー、お前の判断は合理的だが、俺には取れない選択肢だ」

言いながら、アルバーに頷《うなず》いてみせた。俺が先頭に立ち、広場に足を踏み入れる。


気配を感じ取ったか、歌いながら勇者が振り返った。

険しく、それでいて、清々《すがすが》しい開き直りを滲ませる表情。

決意の光に満ち満ちた瞳――

数十名の人族兵士、およびそれを率いる勇者。

対峙《たいじ》するは、魔族戦士を引き連れた魔王子――

「たとえ夜の闇が濃かろうとも　恐れることなかれ
我らの魂の輝きが　必ずや魔を討ち滅ぼさん
そしてともに迎えよう　新たな夜明けを
勝利と栄光を我らの手に――！」

高らかな男たちの歌声が、冷たい夜空に吸い込まれて、消えていく。

勇者が凄絶に叫んだ。ザァアッと一斉に、兵士たちが盾を構える。

「総員――盾ぇ掲げ！」

来るか。罠は――伏兵は――？

『周囲には見当たらんぞ。隠蔽の魔法の気配もない！』

じゃあ――まさか彼らは、本当に!?

「**【聖なる輝きよ《ヒ・イエリ・ランプスイ》　この手に来たれ《スト・ヒエリ・モ》！】**」

銀色の光が灯《とも》り、まるで枯野に火を放ったかのように、一瞬で兵士全体を包み込む。

「――突撃いいイイッツ！」

「「うおおおおおおお――――ッッ!!」」

聖剣を振り上げた勇者に、一丸となって兵たちが追随。

全速力でこちらに駆けてくる！

本当に――本当に小細工抜きで、真正面からやり合うつもりか!?


正気か!?

そんな俺の内心を読み取ったかのように、勇者は獰猛《どうもう》に笑う。

火花のように鮮烈に、その魔力が練り上げられ――

「【英雄の聖鎧《アイギア・アルマトウラス》ッ！】」

兵士たちの体を銀色に輝く鎧が包み込む。ズンッと彼らの存在感が膨れ上がった。

おいおい――最上位の聖なる加護か！　あの若さで!?

「【足萎えよ！】」

「「【焼け落ちろ!!】」」

アルバーが呪詛《じゆそ》を、ナイト兄弟が粘着く闇の炎を放った。

しかし間一髪で展開された【英雄の聖鎧《アイギア・アルマトウラス》】が呪詛を弾《はじ》き、

「【猛き火よ《アグリア・フローガ》！】」

勇者が吹き上げた銀色の炎が、闇の炎を食い破る。そして――

「【――大《メガリ》いなる加護《プロスタシア》よ！】」

さらなる魔除《まよ》けの加護が展開、吹き散らされた炎を突き破って、

速いッ、勇者部隊が肉薄する、

接敵。

「うおぁぁ――【みなぎれ我が力ぁぁ！】」

前に躍り出たセイレーが、捻《ひね》りもクソもない祈りとともに、【力業】の権能をその身に宿して勢いよく槍《やり》を振るった。

唸《うな》る。ドワーフ製の刃。

半ば体当りするようにセイレーに踊りかかった勇者部隊の右翼が、槍に薙《な》ぎ払われる。けたたましい音を立てて弾き飛ばされる剣、ひしゃげる盾、悲鳴を上げる間もなく引き千切られていく人体——槍は恐ろしいほどしなりながらも、折れることなく主の敵を蹴散らしてみせた。もしもセイレーがプラティの予備の槍を与えられておらず、今でも昔の槍を使い続けていたら、この一撃で折れ砕けていただろう。

だが、剛力とドワーフの魔法の槍のあわせ技をもってしても、勇者部隊の勢いは止まらなかった。いや、止まれない。兵士たちは自らの動きを制御できていない！　勇者が強烈な強化魔法を短時間に立て続けに使ったせいで、身体能力に振り回されている——！

「おおおおぉぉ！」

「うがあああぁぁ！」

「食らええええぇッッ！」

まるで銀色に輝く雪崩のようだった。セイレーが、一瞬で勇者部隊に呑《の》まれた。彼らは練度が低く、ただ押し合いへし合いしながら突っ込んできただけだが、だからこそ単純に質量と数の暴力で勝負できている——逆に勢いがありすぎて、先頭の数人が即死しても、怖気《おじけ》づいて立ち止まることさえできない！

そして、それは俺に対しても同じじッ！

そこそこ距離があったにもかかわらず、集団は矢のように間合いを詰めてきた。

近すぎる、【名乗り】を使う暇はない——

「【剣技を禁ず！】」

　――制定。

　素の魔力のゴリ押しで、【英雄の聖鎧《アイギア・アルマトウラス》】の魔法抵抗ごとねじ伏せてやる！……いや通りが甘いか!?　先頭を突き進む勇者が「!?」という顔で右手の聖剣をチラ見したが、動きが少し鈍っただけで、振り払われるのは時間の問題。

　そして――他の兵士たちにも大して効果がない!?　なぜだ!?

『こやつらアレじゃ！　練度が低すぎて!!』

　ああっ剣技の体を為《な》してない！　ただ盾を前面に押し出して突進してるだけか!!

「殿下ァ！」

　アルバーとオッケーが俺の前に割って入り、その身を盾にしようとするが――オッケーは弟セイレーと同様に人の雪崩に呑まれ、アルバーも当然止めきれずに押されまくるだけで終わった。

「闇の輩《ともがら》に――」

　そこへ、バツンッと呪詛を振り払い、歯を剝《む》き出しにした勇者が――

「――死をッッ！」

　吠《ほ》える。銀の炎をまとった聖剣が、突き入れられる――！

「【猛き火よ《アグリア・フローガ》！】」

　彼の怒りを、憎しみを、極限にまで凝縮したかのような噴流。

視界が銀色に染まる。ああ――まるで前世の俺みたいだ。

炎属性の勇者。人類の怒りを体現する者。

いや、彼の方が前世の俺より明らかに才能があるから、比較するのもおこがましい。

凄《すさ》まじい突進は、彼だけではなく、彼の背を押す兵士たちの力も込められている。

よくぞ――ここまで。この兵士たちは、出荷が決まった技能奴隷の集まりだという。剣なんて今まで握ったこともなかったに違いない。訓練期間は、話を聞く限りせいぜい数週間。動きは稚拙で戦術らしい戦術もない。ただ固まって突っ込んできただけ。

それなのに――こんなにも美しい。

彼ら、元奴隷たちのあり方は、今や立派な兵士のそれだ。技術が伴っていなくても、戦い、抗《あらが》うという意志がある。そして彼らをそう変えたのは、紛れもなく勇者の君《きみ》だ。

俺みたいな、ただ生き残るのが得意なだけの勇者じゃなく、君は本当に、人々を導く素晴らしい才能の持ち主なんだろう――

くそぅ……

こんなところで……

出会いたく、なんか、なかった……！

「――見事なりッッ！」

俺は歯を食い縛って、勇者の剣に剣槍を叩《たた》きつける。

剣聖もかくやという裂帛《れっぱく》の突きが逸《そ》らされ、俺の頬に小さな切り傷を作った。

銀の火花と闇の魔力が渦巻き、互いに食い合っては消えていく。

それでも集団の突進は止まらない、俺の身は押され続ける、聖属性が、人類の敵を焼く呪いがこの身を焦がす。

狂おしいほどの痛みが、俺の魂に、人のままであれと叫ぶ。


「【我が名は――】」

炎に焼かれながらも、俺は祈った。

「【――ジルバギアス＝レイジュ――】」

眼前、勇者の顔を見つめながら。

「【――次なる魔王に至る者にして、】」

勇者が、目を見開く。

「【人類に、滅びを報《しら》せる者なり――！】」


魔族どもの、滅びを！

俺が、人類に、報せてみせる！

だから……！


――闇の輩に、死を。

そのための、

——今の君たちに、敬意を。

「我が糧となるがいい……！」

膨れ上がった魔力の奔流を、全て槍に流し込み、俺は剣《アダマス》を突き入れる。

集団の力を、

俺の力が、

超える。

「ごっ……がぁッは」

自らの胴鎧《どうよろい》を、胸板を、やすやすと貫いた古びた刃を——

勇者は、信じられないという面持ちで、見つめていた。

「——うおおぁぁあああああアアァァァァッッ!!」

槍を抜く。すかさず薙ぎ払う。がくん、と膝をついた勇者の首をかすめ、背後の人族をまとめて斬り捨てる。

「うわああ！　うわああぁぁぁッ！」

「おおおおおおッッ!!」

「人類に、栄光あれえええ！」

だがそれでも、銀の燐光《りんこう》をまとった兵士たちは心折れなかった。やけくそじみて突っ込んでくる、だが悲しいほどにその動きは稚拙で、単純で、集団の勢いが止まった今、欠片《かけら》も脅威たり得ない。

突く。貫く。まとめて数人。柄が引っかかって抜けない、人骨を操作して柄を短くし、アダマスを剣のようにして振るう。左手の骨の柄は杭《くい》のように。抉《えぐ》る。突く。叩く。折り砕く。鮮血に染まっていく。視界が。人族の赤い血で。

「かっ……はっ」

俺は、背後、油断ならない声を聞いた。それはただの呼気のようだった。だけど俺は知っている、死神に連れて行かれる寸前の人が、最期に吸う息の音。

振り返る。

かろうじて上体を起こしただけの勇者が、俺を睨《にら》んでいた。

この目――ああ。見たことあるよ。これまで何度も。

魔王城強襲作戦のとき、みんな、こんな目をしていた。

「……さよ、なら」

勇者の唇からこぼれた言葉は、きっと、俺に向けたものじゃない。

右手に剣を持ち、空いた左手で、なぜか右手首を強く強く握りしめた勇者は。

瞬間、修羅の顔になる。

「――【火よ《フローガ》!!】」

今度こそ、視界が真っ白に染まった。

熱い――口を閉じ、左手で顔を押さえる。目鼻と肺を焼かれぬように。【白竜の鱗鎧《シンディカイオス》】をもってしても防ぎきれぬ、純然たる熱波。俺の周囲にいた、まだ息のあった人族ごと、全てを焼き尽くすような劫火《ごうか》が荒れ狂う。

『【赤熱を禁忌とす――】』

しかしアンテの静かな宣告とともに、空気が冷えていく。

目を開ける。見回す。焦げていた。俺の周りの全てが。

そして目の前には、座り込んだ人の形の、真っ黒な炭があった。

右手に剣を握って、それを支えるように、左手で右手首を握りしめた、炭が。

ぐら……と。剣と鎧の重みに耐えかねて、黒い炭が、倒れていく。

乾いた、パサついた虚《むな》しい音を立てて――

地面に叩きつけられたそれは、そのまま、砕けた。


「うっ、ぐがあぁ痛ええぇ！」

「クソがッこいつら！　死ねえ！」

まとわりつく人族を振り払ったセイレーとオッケーが、荒っぽく槍を振るい、兵士たちを吹き飛ばしていく。もはや、聖属性の加護はない。俺が制止する間もなく、呆気《あっけ》なく、生き残っていた人たちが消し飛んだ。

「殿下！　ご無事ですか!?」

さらに、聖属性の火傷《やけど》だらけのアルバーが、大慌てで駆け寄ってくる。

「……すいません！　俺……何も、できませんでした……!!」

炭化した勇者、そして散らばる兵士たちの凄惨な死体を見回して、しばし言葉を失っていたアルバーは思い出したように頭を下げた。

「……俺もだよ」

言葉少なに、俺は答えた。

「何もできなかったよ」

本当に……できなかった。

被害は抑えられなかった。勇者も殺すしかなかった。

彼らのために、俺がしてあげたかったことは……何ひとつとして、できなかった。

終章

俺がレイジュ領を訪れてから、かれこれ1ヶ月。

雪が深くなる前に、魔王城へ戻ることになった。

日没後、はらはらと粉雪が舞い落ちる練兵場で、使用人たちがせっせと骸骨馬車に物資を詰め込み、出立の用意をしている。

雪解けまでレイジュ領に留《とど》まるって選択肢もあったんだがな。あんまり長時間、魔王城を空けると何が起きるかわからないというアレな事情もある。

それに、ここでできる訓練は、もうイヤというほどやったからな……

ホントに、イヤというほど……

族長邸宅の玄関口で、俺はもはや見慣れたレイジュ領都の街並みをぼんやりと眺めていた。……土地勘が身につく頃には、去ることになる。人生そんなもんだ。

昨日は俺の送別会があったけど、宴会場の盛り上がりはイマイチだったな。宴会といえばどうしても初日の決闘騒ぎを想起させるから、みんな腫れ物に触るような態度だった。この宴会必要か？って感じた奴《やつ》は、たぶん俺以外にも大勢いたと思う。

当然、ディオス家の面々の姿はなかった。件《くだん》の角ポキおじさんことゲルマディオスは、親戚の死にかけ老魔族に拝み倒して角を修復させてもらったらしい。

だが13歳の少女にそそのかされた結果、5歳児にボコられて角まで折られたとあっては

――魔族社会的には死んだも同然。ルミアフィアを狙って長らく独身だったそうだが、嫁を見つけるのは無理だろうと囁《ささや》かれている。可哀想《かわいそう》になぁー。

『つぶやきが白々しいぞーもっと心を込めんかー心をー』

そんな日もあるさ。つーかお前こそ棒読みじゃねえか。


……ルミアフィアといえば、昨日の宴会では俺の隣の席にされていた。

王子とルミアフィアの間に遺恨なんてないぜ!! というアピールだ。

少なくともルミアフィアには反抗心なんて欠片も残ってなくて、俺にめっちゃ媚《こ》びへつらってたことだけは、会場中の皆にも伝わったと思う……。

フォークだけで、ちまちまと飯食ってたのが印象的だったな。涙ぐましい特訓にもかかわらず、いまだにナイフすら持てないらしい。『これじゃ嫁にもやれない』と族長のジジーヴァルトが嘆き悲しんでいた。こら、アンテ。笑っちゃいけません。

『もう余り物同士をくっつかせればいいのでは? そうすれば丸く収まるじゃろ』

ある意味お似合いかもな。

だけど、ふたりの間に生まれる子が気の毒だから、やめようそういうのは。

まあ……これから生まれる若い世代の魔族は、遅かれ早かれ。

俺のせいで、みんな不幸になるだろうが。

「……寂しくなるねェ」

と、背後から聞き慣れた、忌々しい声。ぽん、と女とは思えないゴツゴツした手が、俺の肩を叩く。隣に立ったゴリラシアが骸骨馬車の列を感慨深げに眺めている。

「アンタに教えられることは、だいたい教えたよ」

この脳みそまで筋肉と合理性でできたような戦闘特化ババァも、俺を見送ってからドスロトス領に帰るそうだ。

「いやー、ぜんっぜん手のかからねェ孫だったな姉貴！」

その弟、レゴリウスもひょっこり顔を出して、ガハガハ笑っている。

「そうだねェ。むしろ、あの小僧どもの方が手を焼いたくらいさ」

——ふたりの視線の先には、下町の住民から熱烈な見送りを受ける三馬鹿たち。

「出世してこいよー！」

「羨ましいぞー、コイツ！」

オッケーとセイレーのナイト兄弟が、似たような年代の青年たちにもみくちゃにされている。やっかみまじりの手荒い送別だ。

「イテテイテテ！　羨ましいなら、なんでお前らも志願しなかったんだよ！」

「いやだって、……なぁ？」

なぁ？　じゃねえんだわ。あとこっち見んな。

「……兄貴！　これ、森で拾い集めたんだ！」

ナイト兄弟のそばでは、アルバーがかがんで、小汚い魔族の子どもと話している。

「いざってときのために！　腹が減ったら食べてくれよ！」

「お前……こんなにたくさん、いいのか？」

子どもが差し出しているのはパンパンになった革袋。どうやら中身は木の実らしい。

「兄貴には、いっぱいごちそうになったからさ……ちょっとでも恩返ししたいな、って思ったんだ！」

てへへ、と照れたように鼻の下をこする仕草は、アルバーそっくりだった。

「……ありがとうよ！」

ガシッとその子を抱きしめて、厚く礼を言うアルバー。本当は、木の実なんていらないだろう。腐っても王子の配下だ、物資は潤沢にある――

だが、貧しいながらに地道に集めたであろう、その心意気を汲《く》んだのだ。

「……アルバー」

さらに中年の魔族の女と、目隠しをした若い魔族の女がアルバーに話しかける。

「これ、お母さんと作ったの。護《まも》りの魔法を何重にも込めたわ」

女はそっとアルバーの手を取って、ハンカチのようなものを渡した。……遠目から見てもはっきりわかるほど緻密な刺繍《ししゅう》が施されていて、強い魔法の力を感じさせる。

あれは――アルバーの母方の血統魔法、糸に魔法を込めるってやつか。ゴリラシアの依頼で、俺たちのブーツの靴紐《くつひも》にも護りの魔法がかけられている。あの魔族は、母と姉か。

そういえば生まれつき目が見えないって話だったな……姉の方は……

「きっと、あなたを守ってくれると思う」

「アルバー。ちゃんと頑張ってくるのよ」

「姉ちゃん、母さん……ありがとう！」

グワシッ、と姉と母をまとめて抱きしめるアルバー。姉の方が、何やら耳元にささやきかけているが、流石《さすが》に聞こえなかった。

「………」

俺は居心地が悪くなって、思わず目を逸《そ》らす。

ブーツを包む加護の魔法が、俺を責めているように感じた。


さらに、行きにはなかった1台の馬車に目を留める。普通の骸骨馬車に比べると簡素だが物々しい作りの客室。魔王国では珍しい、家畜輸送用の馬車だ。

いったい何を載せるのかって？　決まってんだろ、生き延びた技能奴隷たちだよ。


――結局、あの『試練』を生き延びられたのは、3人だけだった。

勇者が力尽きたあとは戦意喪失してもおかしくなかったのに、皆が逃げることなく最後まで戦い続けたのだ。

……より正確に言えば、ゴリラシアやプラティが様子を見に来た時点では、まだ6、7

人には息があった。ただ、『勇者部隊』が俺に傷をつけられたのは3回――頬の傷がひとつと火傷がふたつというカウントになり、勇者とゴリラシアの約束に基づいて、計3人を生かすことになった。

なので息がある人族のうち、もっとも怪我《けが》の程度が軽かった3人の傷を、他の生存者に【転置】して回復させた。……まさか人族奴隷ごときのために、俺が傷を引き受けてまで生かすわけには……いかなかったから、な。

そうして生き延びた3名だが――協議の結果、俺が引き取って『飼う』ことになった。戦い方を学んだ元奴隷なんて、レイジュ領では邪魔者以外の何者でもないし、いくらゴリラシアが命を保証したと言っても、監視者がいなければいつの間にか病死――なんてことになるかもしれない。

彼らを生かしておきたいなら、俺の手元に置いておくのが確実だった。

ちなみに生き延びたのは演奏家と、木工職人と、楽器職人だ。俺が人族の演奏を割と気に入ったので、魔王城に戻っても演奏を聞くために連れて帰る、というのが表向きの理由となっている。

プラティは扱いが面倒だからと反対していたし、人間嫌いのガルーニャも露骨に嫌そうな顔をしていたけど、押し通したぜ。問題になったら、最悪の場合は死霊術の材料にするから大丈夫、って熱弁してな。

『本人たちが知ったら、生きた心地がせんじゃろなぁ』

うん……まあ、それはそう。だから、知らなければいいのさ。

知らない、といえば、生き延びた演奏奴隷のヴィーゴという男に聞いたが、勇者の名は『レオナルド』というらしい。

戦いのあと、俺は早速、彼の魂を死霊術で呼び出してみた。

……結果、何も反応がなかった。

おそらく最後にあれだけド派手な……それこそ命を燃やすような火魔法を使ったから、魂まで燃え尽きてしまったのではないかと思う。

自己満足でしかないが、謝りたかった。

そして真実を知ってもらいたかった。

いや……この思いも、結局は、

自己満足に過ぎないかな。

「――出発の用意が整ったようです」

と、レイラが俺を呼びに来た。

馬車の前で、族長ジジーヴァルトとプラティが別れの挨拶を交わしている。

「……ま、アンタたちも頑張りな。レイラ、ウチの可愛《かわい》い孫を頼んだよ」

ゴリラシアが存外優しげな口調で、レイラの肩をポンと叩《たた》いた。……この婆《ばばあ》がレイラの名を呼んだのは、思えばこれが初めてかも知れない。

「……はいっ」

臆することなくゴリラシアの瞳を見返し、スッと表情を引き締めたレイラは一礼する。

そうして俺たちは、馬車に乗り込んだ。

行きと違って、ガルーニャ、リリアナ、レイラといった、気心の知れたメンツで助かるぜ。『母親を置いて女と馬車でイチャつくとは〜』なんて外聞、今更だからなァ！

「しかしヴィーネもこっちか」

「はい……すみません……」

「いや別に謝らなくていいんだが」

肩身が狭そうな夜エルフのメイドに、思わず苦笑する。中で早速おっ始めたりはしないから安心してくれ。

ちなみに、プラティはソフィアと一緒に、城から時折届いていた案件などを処理していくそうだ。忙しいねぇ。三馬鹿はクヴィルタルや夜エルフの馬車に分乗するとのこと。

「……色々あったな」

クリスタルの窓越しに、ゴリラシアをはじめとしたドスロトス勢に手を振りながら、俺は小さく呟《つぶや》いた。

「わう」

隣の席に陣取ったリリアナが、のんびり寝転びながら相槌《あいづち》を打つように鳴く。

――馬車が、滑るように動き出した。これから魔王城に戻って……色々やることがあるな。夜エルフどもやアンデッドに挨拶しつつ魔王にも帰還報告。あとレイラと飛べるようになったから、今後の予定も練り直したいし――

『母親の前でのイチャイチャもあるのぅ』

それは……うん、それもだが……そうだ、レイラにそのまま乗るのは危険だったから、鞍《くら》も用意したい。できれば携帯に便利なものがいいんだが、ドワーフに依頼したら上手《うま》いこと作ってくれないだろうか……

俺は窓の外に目をやり、今後のあれこれに思いを馳《は》せる。

「……じゃあなぁ、みんなぁぁ！　ビッグになって帰ってくるぜぇぇ！」

後方の車列から響く、アルバーオーリルの声を聞き流しながら――

†　†　†

「じゃあなぁぁ、みんなぁぁ！」

夜エルフたちの馬車に乗ったアルバーは、窓から身を乗り出して手を振っていた。

顔馴染《かおなじ》みの住民たちが、手を振って応えてくれる。中には走って馬車を追いかけてくる奴《やっ》らまで。やんちゃな弟分たちに思わず笑みをこぼしながらも、「行ってくるぜぇぇ！」と声を張り上げる。

アルバーの叫びが届く限り——盲目の姉も、こちらを向いて手を振ってくれるから。

普段は他者の目を避けているのに、今日はわざわざ見送りにまで来てくれた。

『——出世なんてしなくていいの』

先ほどの囁《ささや》きが蘇《よみがえ》る。

『——無事に帰ってきて。お願いよ』

胸ポケットにしまい込んだお守りが、熱い。

込められた魔法から、痛いほどに気持ちが伝わってくる。

(姉ちゃん……心配しないでくれよ)

俺、ちゃんとしっかり、やるからさ。……と、思いはするものの。


——ジルバギアス殿下の家来と認められて、春の王都攻めへの参戦も決まって。


しかしアルバーオーリルは、自分でも驚くほど浮かない気分だった。

様々な疑念が、頭の中で渦巻いている。ジルバギアスに投げかけられた問い。

『人族にも、恵まれない者、救われたいと願う者は多かろう。そのことについて、お前はどう思う?』

色々と考えたが、答えは出なかった。勇者と奴隷たちの、必死の戦いぶりを見て、ますますわけがわからなくなった。

（だけど……俺には）

かつて夢見たことが、やりたいことがあるんだ。

――必死で走って追いすがろうとしているが、骸骨馬車の加速には勝てず、徐々に引き離されつつある弟分たち。

（俺は、アイツらを――）

助ける。そしてそれは、きっと、悪いことじゃない。

全てに都合のいい答えなんてないが、ある一方向に対して『正しい』答えはある。

ならば――まずは手の届く『それ』を、大事にするべきだ。

悩むのは、『それ』が解決してからでも遅くない。

「……じゃあなぁ、みんなぁぁ！　ビッグになって帰ってくるぜぇぇ!!」

アルバーは叫び、故郷を、領都を見つめる。

その目に焼き付けるように。

決意を、胸に抱いて。

†　†　†

――ガタガタと揺れる家畜用の馬車の中で、ヴィーゴは膝を抱えて座っていた。

大量の干し草のクッションがあるので、存外乗り心地は悪くない。

「馬車なんて……初めて乗るな」

「ああ……まさか、自分が乗ることになるなんて」

自分以外のふたりが、ボソボソと話している。片方、元木工奴隷だった男はやたら感慨深そうにしているが、もしかしたら馬車の部品を作ったことがあるのかもしれない。

空気穴以外に、窓も何もない客室。

……自分たちはこれからどうなるのだろう。

(殺されは——しないはずだ。もし殺すつもりなら、商売道具を、私たちに持たせる意味がない)

生き延びた3人は、それぞれが使っていた道具類を持たされた上で、『出荷』された。

ヴィーゴの場合は、愛用していた弦楽器ヴィオランを。

「…………」

今、自分がこうして生きているのが信じられないくらいだ。

だからこそ、悲しい。死んでいった多くの仲間たちのことが。

自分たちを導いてくれた、勇者レオナルドのことが……

彼が、生きる力と、希望の光を与えてくれた。

ヴィーゴたちは、力と光を知ったのだ。

だから、それが失われた今でも、なんとか生きていけている。

レオナルドには返しきれない恩が、ある……

「…………っっ」

衝動的に、ヴィーゴはヴィオランのケースに手を伸ばした。

取り出し、軽く調律して、弾く体勢を取る。

……初めてのことだった。自ら、演奏したいと思ったのは。

これまでは、楽器なんて、明日も生き残るための『手段』でしかなかったから。

何かを、『表現したい』と感じたのは、これが生まれて初めてだった――

「――――」

弾き始める。頭の中にある、旋律を。

「あ……」

「それ、は……」

同乗者の仲間ふたりが、泣きそうに、くしゃっと顔を歪《ゆが》めた。

音楽奴隷に定められた、許された曲ではない。

本来ならば禁じられているはずの曲。

――『銀光の戦歌』の、旋律だ。

人類の勇者たちよ、集え　いざ外敵に立ち向かわん
勇敢なる戦士たちよ、歌え　我らが戦意を天に示さん
勇者の歌よ、響け　揺るぎない意志を胸に

闇を破る戦士たちよ、進め　刃の舞に、敵は散りゆく
希望の火よ、燃えよ　我らの戦いが、明日を照らすように
戦士たちの魂よ、輝け　破魔の銀光が我らを導かん
我らが武名よ、永久《とわ》に轟《とどろ》け　未来に語り継がれる勝利の物語よ
おお光の神々よ　世を統べる物の理《ことわり》よ　我らに微笑《ほほえ》み給《たま》え
たとえ夜の闇が濃かろうとも　恐れることなかれ
我らの魂の輝きが　必ずや魔を討ち滅ぼさん
そしてともに迎えよう　新たな夜明けを
勝利と栄光を我らの手に――

ヴィーゴは馬車に揺られながら、奏で続けた。
勇者が教えてくれた希望の歌を。
弱い自分を変えてくれた、力強い旋律を。

†††

「……ん」
リリアナを撫《な》でていた俺は、ふと、違和感を抱いた。

今……なんかさ。ほんのちょっとだけ、力が育たなかったか。

『育ったの。本当に、わずかじゃが』

……俺、今は特に禁忌犯してないよね？　なんでだ？

『ふむ。リリ公を撫でる程度では、もはや禁忌を感じぬし。今この瞬間は、特に自責の念に苦しんでいる、というわけでもない。……となれば、可能性はひとつじゃな』

他になんかあるか？

『お主に関わりのある何者かが、それなりの覚悟で、禁忌を犯したんじゃろう』

……禁忌の権能って、そういう働きもあるのか。

『うむ。お主自らが禁忌を犯して手に入る力とは、比べ物にならぬほど微弱じゃがの』

まあ、力はあるに越したことないから、ありがたい話だ。

……でも、いったい誰が禁忌を犯したんだ？

『それは我にもわからん』

ええ……お前の権能なのに……

『我自身には、世界中で犯される禁忌の力が、今この瞬間も流れ込んできておるからの。いちいち細かいところはわからんのよ』

そっかー。

………………。

でも、なんだろうな。

今の、決して嫌な感じはしなかった……

俺は小さく溜息《ためいき》をつき、座席のクッションに身を埋《うず》める。

——どこの誰かは、知らないけどさ。

この力……決して、無駄にはしないよ。

目を閉じて、里帰りであったこと、これからのことに思いを馳せる。

——懐かしくも力強い旋律が。

どこからか、また、聴こえた気がした。

OVERLAP

第七魔王子ジルバギアスの魔王傾国記 Ⅲ

発　　行　2023 年 6 月 25 日　初版第一刷発行

著　　者　甘木智彬
発 行 者　永田勝治
発 行 所　株式会社オーバーラップ
〒141-0031　東京都品川区西五反田 8-1-5
校正・DTP　株式会社鷗来堂
印刷・製本　大日本印刷株式会社

Printed in Japan　ISBN 978-4-8240-0525-0 C0193

作品のご感想、ファンレターをお待ちしています

あて先：〒141-0031　東京都品川区西五反田 8-1-5 五反田光和ビル 4 階　オーバーラップ文庫編集部
「甘木智彬」先生係／「輝竜 司」先生係

PC、スマホからWEBアンケートに答えてゲット!

★この書籍で使用しているイラストの『無料壁紙』
★さらに図書カード（1000円分）を毎月10名に抽選でプレゼント!

▶https://over-lap.co.jp/824005250

二次元バーコードまたはURLより本書へのアンケートにご協力ください。
オーバーラップ文庫公式HPのトップページからもアクセスいただけます。
※スマートフォンと PC からのアクセスにのみ対応しております。
※サイトへのアクセスや登録時に発生する通信費等はご負担ください。
※中学生以下の方は保護者の方の了承を得てから回答してください。

オーバーラップ文庫公式 HP ▶ https://over-lap.co.jp/lnv/